U0466751

中国作家协会定点深入生活项目

一座城市与一代人的梦想

许春樵，中国作协全委会委员，安徽省作家协会主席，安徽省文联副主席。享受国务院特殊津贴专家。著有长篇小说《放下武器》《男人立正》《酒楼》《屋顶上空的爱情》《下一站不下》，中短篇小说集《谜语》（21世纪文学之星丛书）、《一网无鱼》《城里的月光》《生活不可告人》，散文集《重归书斋》、"许春樵男人系列四部曲"等。

作品曾获"安徽文学奖"（政府奖）、"上海文学奖"、"全国公安文学奖"、"《当代》小说拉力赛冠军"、"《小说月报》百花奖"等，长篇小说《放下武器》入围"2003年中国长篇小说专家排行榜（提名）"、"《当代》长篇小说排行榜"、中篇小说《知识分子》《麦子熟了》分别入围"2011中国小说排行榜"、"2016中国小说排行榜"。

长篇小说录制成5部"长篇小说连播"，6部中长篇小说改编成影视剧、舞台剧，已完成拍摄和排练3部。作品被数十家选刊和报刊转载连载，收入数十种年度选本及各种作品选，部分作品被译成俄文、英文等。

麦田里的春天

许春樵 著

MAITIAN LI DE CHUNTIAN

安徽文艺出版社
时代出版传媒股份有限公司

图书在版编目（CIP）数据

麦田里的春天：一座城市与一代人的梦想/许春樵著．--合肥：安徽文艺出版社，2023.3
 ISBN 978-7-5396-7730-9

Ⅰ．①麦… Ⅱ．①许… Ⅲ．①纪实文学－中国－当代 Ⅳ．①I25

中国国家版本馆 CIP 数据核字(2023)第 042171 号

| 出 版 人：姚 巍 | 策 划：韩 露 |
| 责任编辑：柯 谐 | 装帧设计：马德龙 |

出版发行：安徽文艺出版社　　www.awpub.com
地　　址：合肥市翡翠路 1118 号　　邮政编码：230071
营 销 部：(0551)63533889
印　　制：安徽新华印刷股份有限公司　　(0551)65859551

开本：700×1000　1/16　印张：19　字数：300 千字
版次：2023 年 3 月第 1 版
印次：2023 年 3 月第 1 次印刷
定价：68.00 元(精装)

(如发现印装质量问题，影响阅读，请与出版社联系调换)
版权所有，侵权必究

目　录

1. 一座城市与一张地图 / 001
2. 打开地图的理由 / 007
3. 冲出十八岗 / 011
4. 先声夺人，重在开头 / 021
5. 麦田里的速度 / 029
6. "干道"之后的"尴尬" / 038
7. 四面出击，活下去 / 047
8. 来了，你就是先驱 / 059
9. 77天：10万平方米标准化厂房 / 071
10. 新都贸易公司与明珠广场 / 081
11. 梦想中眺望未来 / 097
12. 请给我一个身份 / 111
13. 探索与创新 / 126
14. 双管齐下：建设与安置 / 140
15. 立身之本 / 158

16. 新体制撬动新变化 / 177

17. 打通生命线 / 200

18. 城市脉动 / 230

19. 永恒的主题 / 249

20. 抢占风口：试看凌空"二次腾飞" / 266

结语 / 298

1. 一座城市与一张地图

1984年4月的广州，天已经很热了，人们穿着短袖衫在阳光下行色匆匆，安徽省外贸公司的一位年轻业务员坐大巴在广州白云机场下车时，身上已经冒汗了。广交会刚结束，他买了许多广式饼干、腊肠、鱼罐头，还有时髦的尼龙衫、香港拖鞋，塞满了整个行李箱。机场值机服务台办理行李箱托运时，年轻美丽的值机员多此一举地问了一句："合肥在哪里呀？"

同样年轻的外贸业务员有些生气地呛了她一句："合肥在哪里，你不知道，没看过地图？"

值机员并不生气，问："合肥是不是在贵州呀？"

旁边的另一位值机员嘲笑她说："你真无知，合肥明明是在宁夏。"

省外贸公司的年轻业务员是我中学同学，这是他1985年时对我说的，这个真实的情节很刺激人，所以，他说的话至今我连每一个字都记得清清楚楚。

1992年秋天,我接待一位从北京来的杂志社的编辑。他住在长江路省委对面的华侨饭店。我们谈完稿件,晚上喝了不少酒,京城编辑情绪高涨,他要我带他到合肥最繁华的市中心转转,我就陪着他从华侨饭店沿长江路一直逛到三孝口,总共逛了二十来分钟,再往西,就是大西门了,出了大西门,灯火渐渐稀少,偶尔一辆汽车从身边急速驶过,扬起的灰尘呛得人睁不开眼睛,那里已是城郊了。于是,我说:"回去吧!"

北京来的编辑很不高兴,他说:"我要你带我到合肥最繁华的市中心转转,你把我带到这么一条偏僻的路上。"

那一刻,我哑口无言。我要说长江路就是合肥最繁华的市中心,他会觉得我在敷衍和撒谎。可那时候的合肥最繁华的环城路以内,平均楼高只有4.2层,购物除了长江路上有几家商场,剩下的只能去安庆路上的城隍庙了,那里与繁华毫不相干。

1992年的冬天漫长而寒冷,1993年春节刚过,风像刀子一样削过江淮丘陵,瘦弱的麦苗在风中瑟瑟发抖,早起赶集的村民裹紧棉袄缩着脑袋匆匆赶路,他们对身边麦田里发生的事情一开始并没怎么在意。

这是肥西县肥光乡二十埠、枣庙、黄岗村的麦田,已经连续好多天了,一些"形迹可疑"的人在冰冻的田野里晃动着。起初村民们以为是城里下乡来收鹅毛、鸭毛的小贩,走近了一看,他们在麦田里架起了三脚架,手里端着水平仪,反复转换角度,不停地东张西望。中午时分,村里的炊烟升起来了,鸡鸣狗吠声中,村民们围坐在开裂的小桌边,抽着旱烟喝着劣质烧酒七嘴八舌地议论开来,有人不太有把握地说是城里下来探矿的,有人盲目而自负地认定自家麦田下面有煤炭,还有人说麦田下面有黄金。

其实,岗头水尾的这一带的地下,没有黄金,只有黄土。

村民们并不知道这些"来路不明"的人是合肥市规划局派出的测绘小组,共7路人马,他们正在把肥西县肥光乡、烟墩乡、桃花镇,包括合肥郊区常青镇在内的16个村,计53平方公里的土地当作一张白纸,按1∶10000的比例进行测绘制图。两个月后,这张地图最终要摊开在合肥市决策者的办公桌上,眼前的麦田、菜地、村庄将在地图上改变性质。

地图上的布局已经远远超出了16个村村民们贫穷而美丽的想象,也将让一座城市面貌一新。

三国时建起的合肥城墙早已拆除,城墙遗址上紧挨护城河而建的环城公园将合肥牢牢地固定在5平方公里范围内,一座城市,局限于方寸之间,两千多年,固若金汤,雷打不动。直到在肥西县麦田里测绘地图的那一天,合肥虽说在护城河之外已溢出了不少,但人们还是以环城公园内的居住和生活为合肥之正宗,市民们拥挤在狭窄的长江路上,无休无止地逛着四牌楼和三孝口并以此为自豪。在这张地图绘制之前,合肥实际上像是一个拥有城市名分的县城,它只是比肥西县肥光乡的农村多了一些钢筋混凝土的建筑而已。

这张地图令人目瞪口呆在于:合肥市的决策者们居然要在肥西县乡下的麦田里、油菜地里建一座"新的合肥",新合肥在地图上的控制面积是环城公园内老城区的10倍,这是一座按高起点高标准规划设计的现代化和工业化新城,新城不仅要改变合肥的面貌,而且将改写合肥的历史。1993年春天,当许多合肥人纠结于中菜市黄瓜价格涨得太猛的时候,他们做梦都不会梦到环城公园之外还会出现一个新合肥。

然而合肥的决策者们亮出了这样的口号:开放开发,再造新合肥,建设现代化大城市。

当这一梦想在市人代会上写进了政府工作报告之后,它就不再是口号,而是整个合肥市必须为之不懈奋斗的战略目标。

1993年,麦田里的春天就这样向人们走来了。

不久,肥西乡村里的传说越来越多,也越来越明确,村民们终于知道了他们的村庄被一张地图重新策划和设计了。

这张地图区域里的肥西农民有几分兴奋,还有几分忐忑,更多的是无限的迷惘。岗头水尾靠天吃饭,贫穷的日子由来已久,可收走了土地,等于收走了饭碗,未来的日子被安排在了一张地图上,而他们看不懂地图。

合肥向南过了南七,合安路两边是杂乱无章的低矮的楼房,一些农田和菜地穿插其间,这种低水平的城市扩张到十八岗戛然而止,十八岗有一个收费站,过往汽车经过一个空中喷水的闸口进出合肥。出了十八岗,进入肥西县地界,一望无际的农田扑面而来,1993年春天这里是彻头彻尾的农村。

对于世代生活在这片贫瘠的岗冲之地上的村民来说,发家致富不过是村民们漫漫长夜里的黄粱美梦。在江浙沪农民你追我赶地盖楼房、装空调、骑摩托的1993年,这一带近90%的农民住着空心砖墙或土坯墙灰瓦搭建的低矮房屋,其中不少是摇摇欲坠的危房,黑白电视还没有普及,电风扇是高档奢侈品,主要交通工具是两条腿和两条腿骑着的自行车,农民人均年收入只有700多块钱。这里离合肥市中心虽说只有20来里,但他们要先步行几里土路,走到合安路边,再搭肥西到合肥的汽车到南七,然后转1路公交车到三孝口、四牌楼,村民去一趟合肥步行加搭车、转公交,单程就要花两个多小时,对于大多数村民来说,去合肥是一件重大的事情,也是一件值得炫耀的事情,村里经常有从合肥回来的人眉飞色舞地对村邻说:"四牌楼百货大楼,那真叫个气派!"听的人就很羡慕地表示怀疑:"你上合肥了?"

进行这番对话的村民当然不会想到二十多年后他们已是合肥的市民,他们厮守了几千年的麦田和油菜地如今不仅是合肥城市的一部分,而且成了合肥的一个城市副中心,"再造新合肥"已经没有了争论,也不再作为一个奋斗目标,因为新合肥在这里早已成为事实。

那张地图展开二十多年之后,地图上的合肥经济技术开发区在合肥市1%的土地上生产出合肥市三分之一的工业产值,创造出了合肥市近15%的地区生产总值(GDP)。

合肥经济技术开发区第一任当家人杜平太是一个敢做梦也会做梦的人,1996年3月2日,由他签发了一份给当时安徽省省长的报告,报告在请求省里支持经开区体改的同时,还没忘了拍着胸脯表态,2000年经开区将实现工业总产值100亿,2010年经开区工业产值力争实现400亿。可以想象,当时杜平太签发这样的表态时,他的心里是不踏实的,项目开工的没几个,税收一分钱还没到手,10公里框型大道上鸡鸭横行、野兔乱窜,经开区的开发建设,正在老城区被当作酒桌上的笑料和另一道下酒菜。

而2010年,合肥经济技术开发区工业总产值已经突破1000亿,到这本书完成的2022年,经开区规模以上工业产值已经实现3400亿元,长三角地区一个全新的现代制造业基地和高新技术产业基地正在以风驰电掣的速度书写着一个城市的工业化和现代化的传奇。

1993年初,在一份《合肥市"三年大发展,五年上台阶"目标任务》的文件中,合肥市政府满怀信心地向全社会承诺,从1993到1997年,合肥工业总产值从100亿起步,五年力争拿下277.7亿,而整个合肥市1997年为之拼命奋斗的工业产值十来年后不过是合肥经开区"海尔"或"江淮汽车"一家企业的产值。

数字是枯燥的,当数字与我们的激情、创造和奋斗联系在一起时,数字就是最生动的。

陶醉于数字的辉煌是一种统计学意义上的满足,而还原那段九死一生、矢志不渝、剑走偏锋、绝地反击的创业史和奋斗史,将会使那段历史的参与者和见证者获得精神上的命名和心灵深处的慰藉。

也许,这对置身于那段历史之外的人更有意义和价值。

如果我们都愿意认同1993年麦田里的春天是一个历史象征的话,那么,在拍板绘制那张地图的合肥市决策者们的想象中,麦田里的春天并不是从麦田里开始的。

2. 打开地图的理由

　　二十多年过去了,这是一个春天的早晨,在合肥经开区翡翠湖迎宾馆的一个房间里,曾先后担任合肥市市长、市委书记的钟咏三用了一天半的时间给我讲述了1993年春天的故事。故事中的钟咏三不仅是"再造新合肥"的总设计师,而且还是冲在第一线亲自指挥的总导演,这位如今已是80多岁高龄的老人拎了一大袋子材料,里面有报纸、杂志、文件、讲话稿、申请报告,足足有十多斤,他要给我看,要我多了解一些合肥,多了解开发区。说起当年的创业史,这位耄耋老人像一个老小孩,情绪时常控制不住地激动,说到动情处,他会从沙发上站起身来,眼睛放着光,连说带比画着,手舞足蹈,生怕他的表述不够充分和到位。如今,他的心里是踏实的,表情是自豪的,阳光照耀在他饱经沧桑的脸上,像是一种关怀和抚慰。

　　然而,二三十年前,合肥市市长钟咏三参加全国或华东地区会议时,合肥的座位不是安排在后面,就是安排在拐角不起眼的地方,会议发言时,合肥也是安排在后面,要是时间不够,赶上饭点,合肥就不用发言了。与会者没有人觉得这有什么不妥。说到这里,受到过冷落和伤害的钟咏三从松软的沙发上反弹起来,手在半空中指点着宾馆的墙壁,声音委屈而不甘:"没人把你当回事!"

无足轻重,无关紧要,这就是当时合肥在全国的真实地位。你没有实力,没有经验,没有成果,人们无法记住你,也没必要让你做空洞无物的凑数的发言而影响了大家吃饭。

邓小平说,落后就要挨打。落后的合肥放在一个形同虚设的位置上,不让你发言算不上多么残酷。

而在钟咏三看来,被人家冷落,是一种精神上的挨打,是一种比遍体鳞伤更受重创的挨打。

一个国家和一座城市的地位是以经济实力说话的,而经济实力的显著标志是工业化和城市化,工业化是实力的基础,城市化是工业化的载体。

对于合肥来说,1949年新中国成立以来,国家没有把任何一个重大工业项目放在合肥,20世纪50年代安徽以煤炭资源为合肥换来了上海的一些工商业和轻工业项目,生产一些棉纱、毛巾、肥皂、球鞋、搪瓷、面粉之类,零打碎敲的,不成气候;合肥的工业生态主要是安徽省和合肥市自己上马的一些投资少、规模小、效益平平的中小型工业,诸如食品、服装、鞋帽、粮油加工之类的。在计划经济的时代,如果没有国家的项目支持,地方是谈不上有什么工业成果的,合肥是典型的被"计划遗忘的角落"。

然而改革开放后,国家的发展战略已经转移到了"以经济建设为中心"上来了,现代经济的表现形态是工业化,不抓工业,客观上就是脱离中心。所以,合肥市要想在全国性的会议显示自己的存在,必须实现工业化和城市化,这是无须论证的必由之路。

钟咏三是一个工业神经极其敏感的人,这位清华大学电机系毕业的高才生,在合肥变压器厂做过装配工,20世纪70年代曾背着干粮到中科院用中国唯一的一台电子计算机做过《电子计算机对变压器的优化设计》的研究,而且获得了"全国科学大会奖"。他对我说,自己没想过要去当官,1983年却由厂里的技术副科级干部破格提拔为合肥市分管工业的市委副书记,被推到领导位子后,脑子里只有一个念头,"搞工业化!""争取几个大的,改造大批老的,放开县区小的",担任市长后的钟咏三1987年提出了到1994年合肥要实现100亿元工业产值的目标,合肥市上下几乎所有人都质疑"百亿计划",都说:"这怎么可能呢?"

钟咏三说:"这怎么不可能!"100亿当时只是苏南一个县的产值。

1990年6月,中国市长代表团访美,成员包括武汉、重庆、太原、合肥、宁波等六市市长,清一色为清华毕业。在纽约市长办公室,钟咏三趁空隙时间浏览墙上的世界地图,他在地图上找到了中国,找到了安徽,找到了安庆,却没有找到安徽省会"HEFEI"。钟咏三深受刺激,但他很快就想明白了,合肥在国内的会场上都被放在边上,凭什么美国的地图要给你一个位置。作为一个地理城市,合肥太小了;作为一个经济区域,合肥太穷了。

所以,钟咏三和他的一批有着强烈工业化情结与城市化梦想的追随者要在这块自尊心严重受伤的土地上,绘制一张属于自己的地图。地图上的"新合肥"不仅要矗立在中国的视线里,而且要走进世界的目光里。如今,在世界500强成群结队抢滩合肥、高新技术产业扎堆落户合肥之时,没有人对合肥已经工业化和正在国际化的事实表示怀疑,而在三十年前,这却被人当作一场黄粱美梦。

一个没有梦想的人是没有向前动力的,一个没有梦想的城市是没有未来的。

合肥需要梦想,合肥需要一批做梦的人。

从一个战略高度来看,1993年的合肥最迫切的事情是工业化和城市化,而不是把郊区的蔬菜种好,实现城郊一体化,更不是如何去处理中菜市漏水、鱼花塘死鱼。

城市的决策者应该是一个深谋远虑的战略家,而不是一个埋头拉车的老黄牛。

当合肥的梦想直奔现代工业化、城市化的时候,安徽全省上下正在忙于种植水稻和小麦。国家没有把安徽定位于工业大省,安徽也没有要求合肥举全市之力发展工业化,所以,合肥的工业化和城市化建设的起步阶段是悄悄地干。

"新合肥"不是一个传统意义上的楼房加商场和农贸市场的城市,而是一个集现代工业、现代商业、现代服务业于一体的新型城市,这座新城的直接载体就是合肥经济技术开发区。

1993年春天,合肥经济技术开发区首先在地图上诞生了,论证这张地图需要许多理由,而打开这张地图只需要一个理由:合肥必须工业化!

3. 冲出十八岗

十八岗有一个收费站,收费站是一个关卡。

这个关卡卡住了进出合肥车辆的车轮,也卡住了合肥开放开发的道路。

确实,在1992年之前,合肥还是一个没有对外开放的城市,外国人要进入合肥还得经过外事部门的审查和批准,外地车辆进入合肥还要先在关卡交钱。

1992年8月国务院特区办在合肥召开"沿江及内陆开放城市座谈会",8月13日,合肥和沿江及内陆的16个城市被批准为对外开放城市,合肥封闭太久的城门终于打开了。这次会议像是一根导火索,引爆了合肥时不我待的开放开发的梦想,激活了合肥蓄谋已久的工业化之心。这次会议以国家的名义明确了对外开放城市,不仅可以对外招商引资发展经济,内陆省会城市还可以在条件成熟的时候,经国务院批准,兴办一个经济技术开发区。

此时,邓小平南方谈话的墨迹未干,整个国家的创业激情都被点燃了,合肥也被点着了。

合肥的工业化和城市化的目标终于由悄悄地准备,到旗帜鲜明地亮剑出鞘。1992年底,合肥市正式向安徽省人民政府提交了关于设立国家级合肥经济技术开发区的报告,并由省政府上报国务院批准。

1987年合肥提出的"百亿产值"宏伟目标,没人相信,那时候,如果全市只有一个人相信的话,这个人就是钟咏三。工科出身的钟咏三当了市长后在合肥大张旗鼓地对老企业进行技术改造的同时,把几十个大小三线的军工企业从大别山里搬到了合肥,搬来的还有成群结队的技术力量和工业产值。5万多人来了,10多亿的投资来了,军工转民用,合肥领先全国一步,超前介入,沿着金寨南路两边迁来的东风厂、皖西机械厂、八二一厂等军工企业迅速拉升了合肥的工业经济总量。本来计划到1994年实现的"百亿产值"目标,1992年已提前实现了,所以,当合肥市提交兴办国家级经济技术开发区报告的时候,合肥已经有了锋芒初露的尝试,报告中的文字激情洋溢,信心满满。

然而,邓小平南方谈话后安徽的政策性回应是:"开发皖江,呼应浦东。"省里把发展工业的重点落在了芜湖,合肥作为全国的科教基地,侧重于发展高科技产业和高新科技研发。

20世纪90年代,中国的科技时代刚刚起步,与西方发达国家相比,我们的科技水平低下,创新能力不强,成果转化能力更弱,"科技是第一生产力"的方向无比正确,但高新科技的产业规模和产值贡献却是长路漫漫。高科技的路得一步一步地走,中国的现代化建设的初级阶段无疑是发展现代制造业和现代加工业,合肥正是在这样的现实背景下,执着于自己的工业化构思和城市化梦想,合肥经济技术开发区也正是基于这一现实逻辑而被提了出来。

1980年,深圳、珠海、汕头、厦门四个经济特区拉开了中国工业化和现代化建设的序幕。1984年,大连、青岛、宁波等14个沿海港口城市对外开放以及随之设立的14个国家级经济技术开发区应运而生,大踏步走来的中国的工业化时代将取代几千年一成不变的传统农业社会。到了20世纪90年代,相对而言,保守而封闭已久的内陆城市中,合肥是最早嗅出工业化气息并率先开始工业化出击的城市。

工业化怎么办?

必须像沿海一样建经济特区,拿出最优惠的政策,引进最具成长性的外资企业和合资企业。早在合肥还没有对外开放的1988年,钟咏三找到合肥市建委分管规划的副主任王迺昌:"你帮我选个地方,我要搞开发区。"

王迺昌一脸迷茫,国家没计划,省里没要求,凭什么搞开发区。钟咏三也没多解释,只是说:"你先到西边看看!"向西的蜀山路刚刚修好,又宽又直的大马路挺扎眼的。

王迺昌带着规划人员转了一圈后对钟咏三说:"西边不行,不靠机场,不靠巢湖,不临水,空间狭小,电力保障也不够。"

最终,开发区地址选定在合肥向南的郊区十八岗、肥西桃花镇、肥光乡的岗冲地带,这里面临巢湖,与肥西县上派镇之间有20公里的广阔天地可供开发,更为得天独厚的是,国家电网要在这里规划建设110万伏的变电所,习友路边还有五水厂,312国道在此有开口,离骆岗机场只有3公里,有水有电,地域广阔,交通便利。选址初步确定后,国家科委和省里要在合肥建"合肥科技工业园"(即后来的合肥高新技术开发区),钟咏三却要搞开发区,市委常委会上,时任合肥市委书记的杨永良说:"怎么向省里汇报?"钟咏三想了五分钟,说:"整个叫合肥高新技术开发区,分北区、南区。"

后来国家科委来审核项目,说南区比北区好。省长傅锡寿在合肥市的报告上批示:"先启动北区,做好南区前期准备工作。"有了省长批示这一尚方宝剑,合肥的南部新城规划步伐大大加快,行动随之提速。

然而,合肥经济技术开发区从构思酝酿到规划设计直至开工建设,整整用了五年时间,这五年里,合肥发生了许多变故,但建设现代工业化新城的决心和意志从未动摇过。没有工业化,就没有现代化;没有现代化,合肥就不能算作安徽的中心城市。

合肥的决策者们很清楚,没有首位度,没有辐射性,没有带动力的合肥与省会城市的称谓是不相称的,一个没有产值的全国科教基地也是没有什么尊严的。改革开放后的中国,大到政府,小到个人,一切以实力说话。

二十多年后,钟咏三对我说:"学深圳不会错,搞工业化、城市化总不会犯错误吧。"有了这样一个基本的政治判断,合肥的做法是:说干就干,要干就大干!

邱永汉在中国台湾和日本商界、政界声名显赫,类似"经营大师""企业家之父""赚钱之神"的称号有好几个,他不仅懂经营理论,而且是企业经营的实践者,台南就有个"邱永汉工业园"。他在中国台湾和日本有很多投资,按今天的话来说,邱永汉实际上是一个风险投资家。1992年春天,邱永汉率83人的台湾企业家代表团在北京受到谷牧副总理的接见,得知此时邱永汉正率团从四川考察回武汉的途中,钟咏三率合肥市政府一班人马,日夜兼程,赶到岳阳,在一个台商朋友的引荐下,见到了邱永汉,并陪同邱永汉乘船到武汉,钟咏三在船上给武汉市市长赵保江打电话,提前安排好合肥市政府在武汉宴请台湾企业家代表团的准备工作。赵保江是与钟咏三同行的1990年中国市长代表团访美成员,又是清华校友,他将一切安排就绪。从岳阳乘船到武汉仅有9个小时,合肥市政府连夜在船上的会议室里先放《美丽的合肥》录像,紧接着又举行了招商新闻发布会,邱永汉和台商都很震惊,他们想不到一个默默无闻的内陆城市居然有着如此强烈的工业化和现代化的意志,并表现出了不达目的决不罢休的决心。邱永汉终于被这一帮西装领带打得很不规范的官员打动了,他对台资企业老板们说:"你们大胆去投资!"不久后,邱永汉应邀来合肥做了一场报告,而且说服了日本日立建机的株式会长冈田与位于南七的合肥矿山机器厂合资,邱永汉自己还投入了10%的股份。到了1995年,日立建机终于落户四处招商的合肥经济技术开发区,独资建立全球最大的日立挖掘机基地,一出手,就成了合肥经济技术开发区装备制造业的龙头和支柱企业。

1992年底的时候,由于有了可以兴办经济技术开发区的政策许可,加上邓小平南方谈话的鼓舞和跻身对外开放城市的激励,合肥市对合肥经济技术开发区的前景相当乐观,甚至有一种终于熬出头来的激动,他们并不知道许多美丽的想象和设计在几个月之后就陷于困境,险遭灭顶。

1992年邓小平南方谈话如同一针兴奋剂注入了这个国家蓄势待发的国家战略中。1992年下半年,全国到处都是工地,土地被连片开发和征用,尤其是房地产业以翻番的速度迅速膨胀,海南、广西北海的房地产业给全国的开放开发提供了令人激动而危险的先例,房地产投资商们按捺不住内心的狂喜,不计后果地四处圈地。他们急功近利的财富梦想放飞在大江南北长城内外的四面八方的土地上,低价位、低门槛招商的合肥无疑是他们嘴里的一块诱人的肥肉。于是深圳建设集团来了,深圳万科集团来了,深圳振业也来了,还有省内外大大小小的炒地皮的投机商们都你追我赶地来了。那时候,招什么商都不如招房地产商,回报高,来钱快,烤熟的鸭子抓到手上就能啃。

合肥经济技术开发区建设虽说在政策层面上允许启动,但不是省里的重点规划项目,全市上下对再造新合肥分歧也很严重,所以,起步阶段,没有资金支持,完全要靠自费开发。然而,合肥经济技术开发区的策划和设计者们在全国开发热的大背景下,依然信心满怀:有的是土地,有的是买土地的投资者,卖了地,就有钱修桥铺路,就可以甩开膀子搞开发了。

深圳建设集团总裁张宝是一个注定要写进合肥经济技术开发区历史的人物,是历史机遇,也是人生机缘,让他成为开发区发展史上一个无法绕开的人物。这位带着两万工程兵整体转业并创立深圳建设集团的张宝是一个具有战略眼光的军人。他到了合肥,同行的还有一位国家土地局副局长,张宝说是来顺便看看,但他显然已从新合肥的地图上提前嗅出了土地和财富气息。钟咏三在安徽饭店接待了张宝一行,接待时喝茶、吃饭是免不了的,但喝茶、吃饭绝不是因为口渴和饥饿,所以钟咏三吃了什么、喝了什么早已忘了,没忘的是,他不遗余力地向张宝推销合肥的低价位、低门槛的招商政策,只要来,地块随便挑,成交最低价。国家土地局副局长也推波助澜地说合肥要在那些麦田油菜地里建新合肥,升值空间很大,值得投资。军人出身的张宝雷厉风行,他被合肥的发展诚意所感动,"开发区建基础设施的钱我来给,"于是很快就签下了2000亩地,每亩4万,交定金5000万,这5000万就是经开区的第一桶金,也是经开区的启动经费。在随后不久的毁约风潮中,经开区内外交困,命悬一线,张宝始终没有跟风,没有抽回资金。二十多年后回过头来看这5000万,这不只是一笔出让土地的定金,更是一笔雪中送炭的救命钱,深圳建设集团直到十年后的2002年才过来正式开发"繁华世家"项目。

1992年下半年,合肥的空气中令人忘乎所以的兴奋情绪四处蔓延,深圳建设集团5000万交过来后,深圳万科也签约了,1000万定金又到账了,还有深圳振业、台湾卓森及华东建材城项目等纷纷签字,定金陆续到账,7000多亩土地没几个回合就出手了,合同金额21.6亿,麦田、油菜地一时卖得红火。

这时候,合肥经济技术开发区还没批下来,肥西的地也没征过来,"证"还没拿,"儿子"已经生下来,这既让人兴奋,也让人有些忐忑不安。

然而,更多的是兴奋。杜平太招兵买马的时候,动员精明能干的周玉来开发区:"你去干计划财务处处长,有的是钱,20多个亿,你去给我管!"

谁都不会想到,那时候国家的经济政策和投资环境变化太快。等到20来岁的周玉上任的时候,不是如何掌管20个亿,而是到哪儿去借20万回来把工资发了。

1993年1月8号,合肥市政府下发了《关于成立合肥经济技术开发区协调服务领导小组的通知》,市长钟咏三亲自出马,担任组长。眼看开张在即,可经省政府提交国务院特区办的报告时间太短,一时还批不下来。1993年3月11日,合肥市政府向安徽省人民政府请示由省政府批准,同意先行成立省级合肥经济技术开发区,土地已经卖出去了,定金也拿了,骑虎难下,无论如何,得先干起来再说。

怎么干?开发未动,基础先行。合肥经济技术开发区先修一条气派壮观、气势夺人的主干道,要让投资商看到开发区一出手,就是大手笔,魄力、决心、勇气全都体现在这条锋芒毕露的干道上,名字已经敲定——繁华大道。

3月18日,合肥市经济技术开发区干道建设指挥部成立,钟咏三依然亲自挂帅,担任干道建设总指挥,一市之长实际上成了修一条道路的第一责任人。

干道指挥部的队伍是总指挥钟咏三拉起来的,副市长邵林生任指挥,高新区管委会主任汤宝昌任副指挥,市政府副秘书长、市规划局长、市开发办主任杜平太任常务副指挥,会议明确指挥部工作以杜平太同志为中心,市建委主任李碧传、市土地局局长鲍传才任副指挥,高新区管委会副主任曾庆嵩任指挥部办公室主任。

这支队伍中的邵林生是合工大毕业的,他从肥西县副县长直接升任合肥市副市长,是钟咏三看重的得力助手。而干道建设的现场总指挥杜平太毕业于同济大学,是钟咏三选定的合肥经济技术开发区未来的掌门人,鲍传才是土地征管的现场负责人,这三个人是经开区起步阶段的三颗关键性的棋子,他们的进退得失左右着整个棋局。

1993年3月23日,天空中飘着初春的蒙蒙细雨,干道指挥部在肥西县肥光乡二十埠村一农户家的堂屋里召开第一次会议,宣布干道建设指挥部成立一室三处,即办公室、工程建设处、材料财务处、规划土地处,同时决定10天后的4月3日,隆重举行合肥经济技术开发区干道建设开工典礼。

干道指挥部租了五间民房,红砖灰瓦的小平房外墙上,石灰水刷白,用排笔蘸上红漆写上"合肥经济技术开发区干道建设指挥部",指挥部从老城区带了两个食堂师傅,支起锅灶,当第一缕生火做饭的炊烟从屋顶上空袅袅升起的时候,干道建设的序幕就算拉开了。许多人后来回忆那天的会议时说,感觉就像革命战争年代里的一次作战会议,农家堂屋里,一张八仙桌摆在中央,与会者杂乱无章地挤在一起,坐在条凳上领命,屋内弥漫着呛人的烟味和茶水的味道,隔壁磨豆腐的声音隐隐约约,门外的鸡鸭在细雨中觅食,远处是一望无际的麦田。

指挥部命令:10天内必须建好能满足200人就座、面积1000平方米的开工典礼的台子,而且要搭建好四间贵宾专用的临时接待室,组织100台挖掘机、100台推土机,开工典礼一结束,立刻以排山倒海之势直扑干道建设的麦田、水塘和油菜地。

从这一天起,合肥经济技术开发区终于从市委市政府的办公桌、会议室、文件夹、规划图上出发,义无反顾地冲出十八岗,完成了向南挺进的战略转移。

4. 先声夺人，重在开头

中国传统京剧里非常讲究"亮相"，大幕拉开，主角一登场，必须要威风八面、光芒四射，要能镇住台下的观众，戏曲行话叫"精彩亮相"。

1993年4月3号的干道建设开工典礼是合肥经济技术开发区第一次公开登场亮相，指挥部要求：规格高、规模大、声势强、影响好。也就是说，要办成合肥历史上规模空前的最盛大、最隆重的开工典礼。

合肥经济技术开发区必须"精彩亮相"！

从市建委抽过来的刘自忠被指挥部任命为工程建设处处长、开工典礼会场建设的总负责，他让手下的张义权负责会场和小平房建设，陈和平负责协调村民的劳务，祖朝兴负责推平繁华大道路基。开工典礼主席台1000平方米，工期只有10天，刘自忠让材料处买400块水泥楼板，买上几十车红砖，砖砌成结构墙，结构墙上铺上楼板，速度快，工期短，会后的红砖和楼板都能用。最终用了520块楼板在10天内建成了宽50米、净深20米的主席台，所有人都惊呆了，这哪是主席台，简直就是一艘航空母舰，合肥人从没见过这么气势逼人的主席台。

开工典礼的会场在合安路东侧的麦田里,周边有沟有塘,地貌复杂,材料车根本开不进来,只有先推平,再铺上碎石子,人工夯实,工程量很大,按时完工付出的是夜以继日的代价,所有人都知道这不是一项工作,而是一场战斗。

4月3日上午,开工典礼的现场已布置完毕,主席台上铺了红地毯,主席台背景简单而朴素,"合肥经济技术开发区干道建设开工典礼"的横幅下方的背景中央,只有一幅手工绘制的开发区的规划图,两侧的巨幅对联斗志昂扬,上联"抓住机遇开繁华大道振兴经济",下联"只争朝夕拓合肥新城造福桑梓",主席台两边是高2.5米,宽1.5米的单体巨幅标牌:"开放开发,再造新合肥!"台下的阶梯式的鲜花烘托着比2个篮球场还要大的主席台。

这是一个很气派、很排场的开工典礼的现场,甚至有些夸张。一些当年的建设者告诉我:在肥西麦田里建新合肥,阻力太大,如此"虚张声势",是向保守势力宣示气魄和决心,也是给自己壮胆。市建委综合计划处处长刘自忠被抽调到干道指挥部的时候,一位对他很关心的老领导满脸忧虑地对他说:"已经定过了,你明天就去报到,那地方怎搞?"这不是一个领导的忧虑,这几乎就是当时整个合肥的心态。

"新合肥"所面临的问题实际上是整个安徽面临的问题,从农业文明中分娩出来的思想和灵魂缺少了工业化的敏感和城市化的神经,自给自足的小农意识的目光只能看到稻田和麦地。历史是有惯性的,传统是生根的,观念是融入血液的,所以要想在这样的土地上有所作为,对封闭的历史惯性和僵硬的传统观念不能正面挑衅,只能迂回超越。邓小平用了一句话:"不争论。"1993年初在长江饭店召开的合肥市人代会上,代表们尖锐质疑和公开反对"新合肥"时,当时的市委书记王太华用了一句"不争论"抹平了会议的僵局。

20世纪八九十年代,中国改革开放的力度大,民主气氛也相当活跃,1988年全国七届人大一次会议上,有代表递上纸条,"请坐在主席台上的小平同志不要抽烟",邓小平看了纸条当即掐灭了香烟。所以,1993年初合肥市人代会在长江饭店分组讨论时,质疑写进政府工作报告"开放开发,再造新合肥,建设现代化大城市"的奋斗目标就一点不奇怪了,当时几乎是一片质疑声。

"再造新合肥,本身语法不通,逻辑混乱,难道现在的合肥是旧合肥?"

"肥西农田里能建新合肥,那么远的地方能招到商,引到资,这不是正常脑袋能想得出来的。"

"高新区这么好的条件,都没几个项目,跑那么远去开发,这是不按实事求是的乱来。"

"老城区都没建好,又跑去建新城,这是典型的官僚主义、形式主义和个人功利主义。"

钟咏三感受到了前所未有的压力,开会开得很累,他整夜整夜不能睡觉。

时间来到了2012年夏天,合肥滨湖指挥部一间阳光充足的办公室里,坐在我面前的杜平太有一种往事如烟的感慨,他平静地说:"基本上都反对,反对声占98%,到凌晨一点多了,人大会上还没通过。"身为人大代表和"合肥经济技术开发区协调服务领导小组"重要一员的杜平太一个组接一个组地去解释,去接受质询,杜平太说得最多的就是,合肥太小,合肥太穷,不搞工业化,不建新城,没有出路。被代表们逼急了,杜平太就说,"不要十年,时间和历史将证明再造新合肥的战略价值,大家都会看得到!"

那是一种被放在火上烤的感觉,有的质疑和风细雨,而有的质疑则是声色俱厉、言辞刻薄,连"白日做梦""瞎胡闹""拿合肥的未来开玩笑"都用上了,可你只能耐心说服、诚恳解释。

这个时候,新合肥的策划者们才知道,几桩土地成交带来的乐观情绪是非常脆弱而不可靠的,即将开始的新城建设最大的难题,不是启动资金缺乏,而是新旧观念冲突。封闭保守观念所制造的难题将会像影子一样步步紧跟,时时尾随。合肥经济技术开发区进入实质运作阶段后,首先面对的三大难题是:统一认识难,启动条件难,落地协调难。

首先得统一认识,统一不了怎么办,先民主,再集中,市委书记王太华以"不争论"定调子,有意见保留,服从大局。后来王太华还意味深长地说过一句,"开发区早一个月不行,晚一个月也不行",指的是经省政府上报国务院申请兴办开发区的报告,早一个月,内陆省会城市可以办一个开发区的政策没出台;晚一个月,1992年下半年开发过热通货膨胀,国务院开始不批开发区上马。合肥经开区的启动方案正好卡在这个恰如其时的节点上。

磨破嘴,跑断腿,四处游说,苦口婆心,人代会最终通过了"新合肥"的建设,但开发区实际上是在全市上下质疑、反对声中开工的,所以钟咏三要求杜平太"开工典礼一定要隆重"！显然是想展示气势和决心。

开工典礼在即，合肥经济技术开发区的批文还没下来，现在却要以经开区的名义开工，市长钟咏三心里一点底都没有。说是干道建设开工，实际是合肥经济技术开发区登场亮相，这么重大的事件，连日期都定好了，市委常委会和市政府常务会都没开，可市委常委会不敢开，市政府常务会不能开，钟咏三预感到会是开不下去的，通不过。

钟咏三去寻求省里的支持，省政府已同意批准先行成立省级合肥经济技术开发区，开工的日子定了，可批文还没到合肥市。时任省委副书记杨永良是合肥原市委书记，他在跟钟咏三搭档时，配合很协调，私交也很好，于是钟咏三通过杨永良请省委书记卢荣景参加开工典礼。正好卢荣景在合肥，1993年4月1日开工典礼前两天，钟咏三请杨永良、卢荣景一起来到了十八岗先看看经开区的选址。

站在十八岗的一处岗坡地上，钟咏三对着一大片麦田和油菜地熟练地推销着他的新合肥的蓝图和工业化的前景，说的全是新颖的构思和超前的规划，卢荣景和杨永良被钟咏三滔滔不绝的豪情感染了。

卢荣景站在高处，指点着眼前一望无际的麦田，激情澎湃，他说："咏三，我希望从十八岗这里到肥西上派，脚手架挨着脚手架！"

杨永良顺势推波助澜："老钟，我不怕你思想解放过头，就怕你思想解放不够！"

许多年后，钟咏三在跟我说到这一情节时，依然很激动，他说："听了他们的话，我浑身轻松，心里的一块石头终于落地了。杨永良对我最了解,钟咏三只是想干工业化,不是想犯错误。"

钟咏三当天立即召开市政府常务会议,传达省委书记卢荣景和副书记杨永良的指示精神,很快通过。合肥经济技术开发区干道建设开工典礼已经获得了合法性。

市里要在肥西的版图上割去14个村建开发区(加上郊区2个村,共16个村),这无异于剜掉肥西身上的一大块肉,疼痛在所难免。肥西县虽是合肥市的下属县,但用强制性行政手段逼其就范显然不行,因为县里的地方领导不仅对上要负责,对下也得有交代。县里一些地方利益捍卫者甚至情绪失控。市政府从战略的高度和全市发展的大局出发,跟肥西县的各个阶层深入沟通,并作出让步,在开发区规划范围内,让肥西县设立10余平方公里的"桃花工业园"。"桃花工业园"以合肥经济技术开发区的名义对外招商,享受开发区的一切优惠政策。在土地出让金使用上,55%给肥西用于征地拆迁安置,45%给开发区建设基础设施,尽量照顾到肥西的利益。尽管如此,工作难度依然很大。肥西县委书记杨振坦是一位能准确理解和把握大局的领导,他召集县委常委会,反复做说服动员工作,可常委会就是通不过。通不过就下次接着开,"功夫在诗外",背地里一个一个地谈,一直开了九次常委会,才通过了支持开发区建设的决议。

然而,开发区落地协调的困难这才刚刚开始,后面的问题和矛盾远远超出了人们的想象。

开发区登场亮相前的准备工作完全可以用惊心动魄来形容,4月

3日上午,开工典礼一切准备就绪。天有些阴沉,空气潮湿,在北京开会的市委书记王太华中午才能回到合肥,这一段日子雨水挺多,杜平太很担心下午3点举行开工典礼时老天会下雨,1000平方米的主席台没有防雨棚,省市领导和外商以及市直各单位、各区县嘉宾不能坐在瓢泼大雨中参加仪式,搭棚子来不及,上千平方米的台子也不好搭,钟咏三和杜平太此时只能暗暗地祈求老天保佑了。

所有人心里都捏了一把汗。开工典礼现场的工作人员不时地抬头看一眼湿漉漉的天空,大家心里有一个不敢面对的心结,开发区不能一开张就被淋成落汤鸡。

到了下午,天空中的云少了一些,云缝里偶尔还漏出几缕阳光,下午3点,合肥历史上最壮观、最隆重的开工典礼正式举行,时任省委书记卢荣景、省委副书记杨永良,市委书记王太华、市长钟咏三以及市直各区县嘉宾200多人在主席台就座,主席台俨然一个会场,请这么多人,是为开发区捧场,更是寻求各方支持。为了体现开发区对外开放的招商引资的决心,开工典礼上请来了台商邱永汉、港商李兆峰,他们坐在主席台上是具有象征意义的。

许多年后,经历过麦田里开工典礼的人一说起来依然很兴奋,台上嘉宾200多人,台下的军乐队、锣鼓队、施工队、挖掘机方阵、推土机方阵,还有四面八方围观的农民、市民拥挤在麦田里、油菜地里、田埂上、沟渠边,成千上万,人山人海,200台推土机、挖掘机上挂着红绸子,排成了一里多路的长龙。

典礼开始了,鞭炮齐鸣、锣鼓喧天、彩旗飘扬,省市领导及来宾纷纷致辞祝贺,开工典礼的时间很短,只有四十多分钟,人们没能完全记住开工典礼上领导们说了什么，但都记住了那场面，那阵势，那气魄。

典礼一结束，推土机方阵五台一排，在隆隆的轰鸣中，以排山倒海之势，直扑干道建设现场，繁华大道的路基以 300 米的宽幅一路向东推进。

送走了省市领导，工作人员在 1000 平方米的台子上收卷红地毯，几天几夜几乎没合眼的干道常务副指挥杜平太绷紧的神经一下子松了下来，他一屁股坐在地毯上，感慨万千地说了一句：太累了！还亏天没下雨。

话还没说完，天下起了雨，而且雨越下越大。

二十多年过去了，有人发现，每逢开发区遇到开工或其他什么仪式，差不多都要下雨，要么早下，要么晚下，就是在举行仪式的时候不下，许多人有许多种解释，但众说纷纭，莫衷一是。

干道建设开工典礼的台子很久都没拆，它像一艘即将起锚的航空母舰，也像一座牢不可破的战地堡垒，钟咏三的解释是：我们是在向人们表明，开弓没有回头箭！

第二天，1993 年 4 月 4 日《合肥晚报》头版头条报道开工典礼，粗黑大字标题是：开放开发，再造新合肥。

5. 麦田里的速度

20世纪80年代初,深圳特区三天建一层楼,被媒体命名为"深圳速度"。合肥经开区88天建成10.8公里高标准的框型干道,实际上已经创造了令人震惊的"合肥速度",但那时候没人敢这么说,也不愿这么说。干道指挥部的建设者们无非是想以这种超常规的建设速度向世人证明,怀揣新合肥梦想的这些人确实想干事、能干事,不怕苦、不怕累、不计得失,再拔高一点,那就是合肥的工业化的决心就像干道建设一样,势如破竹,锐不可当!

将88天建成10.8公里框型大道和77天建成10万平方米标准化厂房叫作"合肥速度",是许多年后媒体深度报道和学者们学术研究后的结论。

合肥经济技术开发区干道建设指挥部,以邵林生、杜平太、鲍传才三人为核心,杜平太为现场总指挥,从合肥市建设、规划、土地、供电、供水、供气及市政等各相关单位先后抽调40多人到指挥部参与会战,这是一支东拼西凑起来的"多国部队",各路人马,自带车辆,工资由原单位发放,当时的口号是:大干100天,完成干道建设任务。

干道建设首先要有建设人才,懂建设,还要会建设。

杜平太是干建设出身的,合肥的旧城改造基本上都是他带着一帮人干出来的,他的手下会聚了一大批建设和规划的高手精英。干道建设指挥部工程建设处处长刘自忠是学道路桥梁出身,跟杜平太在市政和建口共事过七八年,工程处的方世文、祖朝兴、陈和平、张义权则是他在市开发办和规划局的直接手下,年龄不大,二十郎当岁,却是干建设的行家里手,专业身份和独当一面的能力注定了他们是干道建设的砥柱中流,杜平太在动员他们来干道指挥部时,话说得很简单:"跟我走,干开发区去!"

建设干道(繁华大道)是极具有象征意义的,所以干道建设也不是一般意义上的基础设施建设。对于指挥部来说,他们没有时间进行更多的意义论证,但有一点是非常明确的:把修干道当作一场战役来打。这是一场战斗,在临时修建起来的小平房指挥部里,灯火彻夜不眠,指战员24小时在指挥各标段、各后勤保障部门的协调运转,水、电、路段施工分解到指挥部的每个人,由他们在施工现场监管实施,每天下午五点,各路段、项目负责人向工程处处长刘自忠汇报工程进度,工程出现问题,当天研究,现场解决。

合肥市市政工程公司、安徽省水利建筑安装公司、市政养护处、六安城建公司四支队伍是干道建设的主力部队,他们都是大风大浪里闯荡过的能吃苦、能战斗的队伍,但他们没吃过这么大的苦。他们在工地上24小时连轴转,夜晚在骆岗机场降落的飞机上,乘客从舷窗看到地面上有一大圈人,一大圈灯火,由四面组成一个巨大的火龙在夜空里游动和翻滚着，5平方公里范围内的灯火给乘客们以巨大的震撼。有乘客落地后向当地安全部门询问出了什么事，回答是：合肥正在进行干道建设大会战。

干道建设指挥部要跟每个施工单位签订军令状，而不是责任状，限期、限质、限量完成任务。

我在合肥经开区档案室里复印了一份"军令状"。一张A4纸上，题头是"军令状"三个重磅黑体字，双方签署人是干道建设指挥部的杜平太和立状单位合肥市第二建筑安装公司的周平，军令状承诺在1993年6月5日前完成繁华大道快车道过路供热管道工程，6月20日前完成莲花路、始信路过路供热管道工程。军令状的后面言之凿凿地保证："我们决心克服困难，创造条件，争分夺秒，日夜奋战，确保上述任务完成，并接受干道建设指挥部给予的奖惩条件。"

在档案室里，我还看到了杜平太跟电信公司、供电公司、市政建设公司等等单位签订的几十份军令状，这里不需要"合同"，而是需要"军令"。所有军令状统一格式、统一文本，所以，所有参战单位也统一"日夜奋战"。

干道开工后，人们才知道在麦田里修路艰苦卓绝。这里位置偏远，回城路途遥远，没有交通工具，附近老百姓的房子也征用、拆迁得差不多了，加上24小时连轴转，施工单位只能住在工地上。麦田里到处都是用黑乎乎的油毛毡搭起来的帐篷，每到黄昏，工地帐篷里就升起凌乱的炊烟，那是工人们在生火做饭。远远望去帐篷像是一座座难民营，如果走近了，就会看见帐篷四周红旗招展，标语醒目，工人们灰头土脸地穿插在黄昏的炊烟里，吃完饭，他们还得继续冲上施工前线，这时候你会感到这里其实是一个硝烟弥漫的战场。

进入5月,天越来越热,夜晚的工地上蚊虫乱舞,帐篷里的日子更加难熬了,不仅如此,麦田里的工地上没水、没电、没路。没水就挖坑,渗出的水用来煮饭、洗漱;没电就用柴油发电机自己发电,用汽油灯。没路就惨了,1993年的雨季好像提前到来了,连天阴雨让施工变得越来越难,钢筋、水泥、砂石等材料运不进来,工人们只好先在路上铺上圆木,再在上面铺上石头和碎石,运材料的汽车开动时,前面用拖拉机拉,后面用推土机推,一车材料运过去,铺圆木和碎石的建设者这累得一屁股瘫坐在地上,人都站不起来了。

在工地上,老牛拉车也用上了,征地拆迁协调小组在枣庙村书记张应年家搭伙吃午饭,刚端起碗,天下起了雨,大家放下筷子,赶紧开着唯一的一辆北京213吉普车往村外跑,吉普车下午还要去市里拉电器开关。可车没开多远,由于土路打滑,开不走了,张应年叫一农户在前面用老牛拉,后面用人推,一直推拉了2公里多路才上了砂石铺着的辅路。周宗华清晰地记得,那天他们饿着肚子推车,老牛的鼻子拉出了血,一滴一滴地落到砂石路面上。

施工难题此起彼伏、层出不穷,劳务纠纷每天都在工地上发生,被征了地的农民以为市里来开发,有的是钱,见财大家有份,工程队赚大头,村民赚小头,因此要卸货、挖土方。这些任务大多是施工工程队一把包了的,可村民不干,不让施工,工地只好停下来。一开始,工程处刘自忠处长和协调劳务的陈和平曾尝试过花钱买平安,干道开工典礼前建主席台,一群村民扛着锹要干劳务,可工地上没他们能干的活,实在没办法了,刘自忠和陈和平就花3000块钱让村民将一堆无关紧要的土挪到另一个无关紧要的位置,干完了,村民第二天来还要干,他们就又花2000块钱让老百姓再把第一天挪出去的土再挪回来。那是为了保证开工典礼的无奈之举,可干道全线开工后,这么干,谁也付不起,口袋里没钱。

5月13日,邵林生和杜平太在干道建设指挥部召开紧急会议,决定抽调精兵强将成立三个工作组进驻二十埠、蔡岗和黄冈,同施工单位吃住在一起,重点解决施工中遇到的难题,要求"确保施工进度不受人为因素影响"。黄岗村的一位老太太坐在推土机前,她的身边堆了一些破家具、旧坛子、坏罐子之类乱七八糟的东西,要钱,不然就不给推。老太太背后有策划者,围观村民有七八十个,这个钱当然不能给,于是现场发生了冲突,身材结实的工程处副处长祖朝兴为了保护身材瘦小、负责征地拆迁的同事汪洋,被围上来的村民一顿乱拳,打得鼻青脸肿,嘴角出血。当指挥部的人赶来救援解围后,邵林生副市长要把祖朝兴送医院,祖朝兴说不用了,转身又去下一个工地了。二十多年后,祖朝兴在接受我采访时说:"那时候年轻,身体好,在工程中经常挨打。不到打得爬不起来,是不会去医院的,挨打的又不是我一个。"

解决村民阻挠施工的最有效的办法还是请村干部出面,本乡本土的,村干部有权威,他们一出面,万事大吉。工程处经常请村干部在合安路边上苍蝇横飞的小饭馆"青年酒家"和"舒乐大酒店"喝酒,村干部豪迈地拍着胸脯:"放心,这事包在我身上了!"

干道建设指挥部相当于工地上的另一座帐篷,三间民房里挤满了三四十人,围坐在老乡家沾满油污的四方桌边,有绘图的,有打字的,有起草报告的,有结算工程财务的,桌子不够用,从市规划局抽调来的徐险峰就趴在地上打字。指挥部是多支队伍拼凑起来的,说好了干100天,干完了就回去。人是借来的,车辆是借来的,指挥部办公场所也是租借来的,没有电话,先是装了一部无线台式电话,还竖了一根天线,后来指挥部花2.6万元的高价从姚公庙拉专用电线架设了两部电话,买了3部砖头一样大的"大哥大",给了肥西和常青镇负责拆迁安置的指挥部各一部,给了供电局一部。工地上随时遇到电荒,指挥部租用了无线电频率,买了二十部对讲机,现场指挥调度的人员靠对讲机和BP机联系。

指挥部几十号人马每人必发的装备是一双胶靴,而且是那种齐膝盖的深筒胶靴,雨季施工,工地一片泥泞,没有胶靴寸步难行;一顶草帽,空旷的麦田里无遮无掩,宽边草帽挡住了毒辣的直射阳光;每人自己配的装备是一条毛巾,擦汗用,还有一个军用水壶或塑料水壶,里面装满了水。

吃饭时间到了,民房里一群满身泥污、穿胶靴、戴草帽、背水壶、肩上搭一条毛巾的干道指挥部人员陆续回来了,大家捧着碗,或坐或站在民房的内外吃饭,活脱脱一群民工。他们胶靴也不脱,吃完饭水壶装满水又要上工地,实在累极了,他们会倚着墙角打个盹。在指挥部打字的徐险峰告诉我,夏天的一天午饭后,杜平太、王林建、鲍传才三个人分别睡在老百姓家里拼在一起的两张条凳上,他们光着膀子,穿个背心,在潮湿闷热的空气里居然睡得很香,屋外太阳火辣辣的,小平房屋梁上一台吊扇扇着无济于事的热风,他们的脸上全是汗。徐险峰对那段岁月的概括很有精神高度:"虽然来自四面八方,因为建干道,就变得像是一家人,吃饭围在一起,干活一起上。"

李铁亮是杜平太的司机,他说桑塔纳车后备厢里放着四五双深筒胶靴,以备有领导和客商来工地时使用,当然还有雨伞、地图、资料、手电筒、草帽、毛巾等。车一停,李铁亮跟着杜平太下车时,每次身上都要背着五六个对讲机,用于杜平太跟每个施工标段和相关部门联系;腰里别着两个BP机,一个是杜平太的,一个是自己的;手里抓一个大哥大,则是用来回复BP机的。李铁亮说,经常这个对讲机还没挂断,另外一个对讲机又响了,有时三四个对讲机一起响,杜平太还没接完,BP机又响了。李铁亮说自己全身上下经常被沙哑的对讲机声音和BP机蜂鸣声,还有大哥大的铃声包围着,那时候,他感觉被卷进了声音的旋涡里。

自从三个工作组同施工单位吃住在一起后,杜平太这个干道建设现场的实际总指挥就经常睡在指挥部了;祖朝兴、陈和平、张义权等人睡在水安公司、市政公司工棚里、老百姓家里,跟施工队一起掌握工程进度,解决工程难题;周宗华睡在枣庙村书记张应年家里,60天没回过家。那时候他们感受最深的是,苍蝇比蚊子好,乡下的蚊子太凶,早上起来身上被蚊子叮得到处都是包块,苍蝇不咬人。最幸福的是有机会睡在作为工程处办公室里小平房,放下钢丝床,上面铺一张草席,还有电风扇吹,至于席子、被子、枕头是谁的,谁用过的,没人在意,几十号人全都混在一起。

祖朝兴4岁的女儿住院了,他白天没空,便晚上零点以后去医院替换疲惫不堪的妻子,两天以后妻子叫他不要来了,原来护士不是很有把握地问祖朝兴丈母娘:"你女婿是不是劳改犯呀,天天夜里一点多才过来,还穿了个大胶靴。"丈母娘很生气地反驳:"他是国家干部!"

干道最初计划是100天内自西向东打通繁华大道3.2公里,8车道60米宽,路基按300米宽推。干道建设大会战是以排山倒海、摧枯拉朽的气势向前推进的,不到一个月,繁华大道就像一条崭新的飞机跑道露出了最初的雏形,这似乎早在人们预料之中。干道建设开工10来天后的某一天,杜平太在工地上找到了穿着胶靴一身泥灰的祖朝兴。

祖朝兴虽然只有30岁,但已在合肥旧城改造的摸爬滚打中练出了一身好手艺,23岁就当上寿春路改造项目负责人,招投标、编制预决算、工程质量监管一肩挑,抽到干道建设指挥部当工程建设处副处长是经过决策者们深思熟虑后的选择。

杜平太问祖朝兴:"我们100天干成10公里框型大道,照不照?"

"照"在合肥方言中是"行"的意思。"照不照"就是"行不行"。

祖朝兴几乎不假思索地回答:"肯定不照!"

杜平太说:"你用旗杆给我按10公里框型插一圈,可照?"

祖朝兴说:"这个照!"

杜平太说:"那你用推土机把框型大道推一圈,可照?"

祖朝兴说:"这也照!"

杜平太说:"你给我两个活一起干,插一圈,推一圈!"

于是,祖朝兴带了常青建安公司的十几台820推土机昼夜不停地迅速推出了10.8公里框型大道路基,指挥部决定:干10公里框型大道,100天,边设计图纸,边施工。

按正常施工进度肯定完不成,刘自忠、祖朝兴、方世文领衔的建设工程处进行建设方案优化改进,一般下水道都在主干道路中央,必须先建好下水道,才能建主干道。他们拿出的绝招是,变更下水道位置,将下水道从快车道中间变更到边上的自行车道上或绿化带上去,这样主干道建设工期将大大缩短。

"把不可能变成可能",这是一句有些拗口的表述,从干道建设开始,开发区就是这么一路走过来的。

从4月3日开工到7月1日,共88天,合肥经济技术开发区10.8公里框型大道全线完工。干道是高标准规划、高起点建设的典范,7种管线一次性预埋,8车道的道路质量直到十五年后加铺沥青时依然没有破损,100天时间内完成5平方公里496户的征地拆迁安置任务。

6月22日,安徽省委书记卢荣景、副书记孟富林,在市委书记郑锐、市长钟咏三等陪同下,乘6辆敞篷军用吉普车检阅了先期建成通车的3.2公里的繁华大道。两边全是干道建设的参战人员和围观的群众,场面跟开工典礼一样热闹,当地村民私下里议论纷纷:乖乖,这路修得真气派!没想到这帮城里人比我们乡下种田的还能吃苦。

在红旗飘扬,锣鼓声、鞭炮声响彻云霄的激动中,指挥部所有人心里萦绕着一个梦想,从繁华大道出发,合肥经济技术开发区从此走向繁荣富强。

6. "干道"之后的"尴尬"

合肥经济技术开发区是在疼痛中诞生的,那种疼痛类似于剖腹产。

僵化保守观念的反对、自费开发的窘迫、县区协调的掣肘、国家大环境下的开发风声吃紧,这些拦路虎成群结队地堵在经开区起步的路上。

然而,经开区还是以干道建设为标志,提前开张了。

1993年4月16日,省政府《关于同意设立合肥经济技术开发区的批复》终于下来了,距离4月3日的干道建设开工典礼仅仅过去14天时间。

1993年7月6日,省编办正式批复省委省政府的决定,同意成立合肥经济技术开发区,"合肥市直属副厅级事业单位,核定领导职数一正四副"。合肥市编办又批复合肥经济技术开发区下设"一室三处三公司",办公室、计划项目财务处、工程建设处、规划土地处、工业发展公司、建设工程公司、公用服务公司,后来又增设了经济开发总公司,简称"一室三处四公司",经开区核定事业编制70人。

1993年8月19日,合肥市委在市规划局五楼召开会议,宣布合肥经济技术开发区管委会、党委新班子正式成立,杜平太任合肥经济技术开发区管委会主任、党委书记,不再担任市政府副秘书长和市规划局局长,保留市开发办主任的职务,市土地局副局长梁建银出任管委会副主任、党委委员,刘自忠任管委会主任助理,不久,肥西县副县长李平、合肥锻压机床厂副厂长李兵陆续就任开发区管委会主任助理,一正四副搭配齐全。8月19日上午11点开会宣布,下午2点新班子走马上任。

这是一个临危受命的班子,更是一个前途未卜的班子,不少参加那次会议的人员坐在台下掐着指头在计算他们什么时候卷着铺盖从二十埠农村逃回来。

倒不是那些人跟管委会的新班子有什么深仇大恨,因为以他们的见识、眼光和对当时形势的判断,他们有足够的理由这么想象。

合肥高新区启动时,国家科委及省、市各方帮助解决8000万资金,芜湖经济技术开发区省市支持资金5000万,而省政府在兴办合肥经济技术开发区的批文上明确表示:"要坚持自费开发,多渠道筹措建设资金,以项目带开发,开发一片,建设一片,受益一片。"

项目在哪儿呢?

1992年下半年房地产项目来了好多家,十八岗往南意向性出让土地7000多亩。一时间,谈意向有话好说、论价格你来我往、签合同觥筹交错、交定金毫不含糊,尤其是深圳建设集团和万科交来巨额定金5000万和1000万后,"以地生财"的招商政策似乎顺风顺水,运转得心应手。

然而,1993年春节的空气中就有些异样,先是过年的菜价涨得厉害,年后大宗的土地不好卖了。又过了一段日子,早先签下出让土地的合同变得诡异,一些企业不按期交纳购地款,有的企业连定金也不交了,接下来一些意向性合同就不了了之了。经开区的创始者们隐隐感觉到,好像出事了。合肥已是对外开放城市,因为有政策许可,开始他们以为办国家级开发区递一个报告上去,走一下程序,就万事大吉了,可1993年春天远没有1992年春天那般令人激动,国家级开发区的批复杳无音信,无奈之下,市政府在开工典礼前只好请求省政府先批一个省级的开发区。

在邓小平南方谈话精神的激励下,1993年上半年全国的工业总产值比上年同期增长25%。一场由十多亿人共同驾驶的经济快车一时根本刹不住车了,经济过热和金融市场秩序的混乱来势凶猛。从1992年下半年开始,通货膨胀如猛虎下山,一路狂奔。1993年,经济运行继续升温,房地产热、开发区热在全国愈演愈烈。

广西北海,一个20万人口的城市。1993年人口一下子增加到近百万,从事房地产的公司从6家猛增到1200多家,一幢幢还只是立在图纸上的花园别墅的价格在短时间内便被炒高几十倍。还有海南特区的海口流行一个说法,台风吹倒的广告牌砸死四个人,其中三个是倒地炒房的。经济持续高烧导致生产资料价格猛涨,1993年,钢材、水泥、木材的价格比上一年上涨了50%以上;这一年,全国消费品价格平均上涨了13%;全国固定资产投资比上年增长了50%以上。全国通货膨胀率最高达到24.1%,老百姓买不起菜,建筑工地买不起水泥了。海口和北海的烂尾楼以漏洞百出的形象矗立在海边潮湿的空气中。

1993年初,全国大大小小的开发区由100多个增加到了2700多个,是一年前的20多倍,宏观调控开始后,开发区不仅不会批,而且要压缩整顿。虽然当时有"三乱""两热"的说法,但经济过热的罪过具体落实在了"房地产热、开发区热、股票热"的头上。

而6月国家开始宏观调控,合肥经济技术开发区的干道建设还没完工,10.8公里框型大道竣工的鞭炮声还在空中回响的时候,国家已经着手对开发区实行全面控制。

这个时候上任的合肥经济技术开发区管委会新班子走在框型大道上,看着四周茂盛的庄稼,一时陷入了巨大的迷茫和困顿之中。未来的路怎么走?这不是一个工作性的命题,而是有关生死存亡的残酷提问。

10.8公里干道很是风光体面,由于原材料价格飞涨,路还没修完,钱不够了,宏观调控的紧箍咒一勒,"以地生财"的灵丹妙药迅速失灵,土地款到不了账,到了账的55%先给肥西用于征地拆迁安置,剩下的钱先上交一大批税费然后放在市土地局的账上,经开区要先打申请,经市政府批准才能用上钱。要命的是,土地局的账上也没钱了,因为早在开春后土地就卖不动了。

10.8公里框型大道工程建设应付款8100万,可完工的时候,只付了6900万,欠工程款1200万。陈和平全权负责莲花路一段和繁华大道至始信路一段工程,后来资金跟不上了,只好靠感情联络,一要钱,就跟施工队喝酒,有时拎两瓶酒跟施工队的队长在麦田里的工地食堂喝酒,有时被逼急了就拉着施工队队长到合安路边的"舒乐大酒店"喝酒。说是"大酒店",实际上就是路边小饭店,里面苍蝇蚊子横飞,筷子上油腻腻的,陈和平说:"喝一次酒,轻松一个星期。"干道建设只能提前,不能拖后,这是硬杠子。

合安路边管委会的 10 间小平房建好了,后来又建了 8 间,院子里铺上了彩色的水泥地砖,花坛盛开着鲜艳的月季,环境朴素而整洁,然而谁都没心思关注这些。因为,管委会一成立,开发区一开门,1200 万的债务就压在了新班子头上。二三十年前,这是一笔能把人压趴的巨额债务。管委会从小平房开门第一天起,迎接最多的就是上门讨债的人,而不是投资兴业的人。刘自忠回忆说,1994 年年关将近的时候,管委会小平房院子里最多的一天有 100 多人来要债,有的堵门,有的堵人;有的骂人,有的想动手打人;有的是紧跟,你到哪儿就跟到哪儿,不给钱就不走人。

合肥经济技术开发区成立后管委会的第一个正式文件,就是要钱的,我在档案室查到了管委会"合发字(1993)01 号"文件,《关于请求解决经济技术开发区启动资金的请示》,请求市政府帮助解决贷款 3800 万作为启动资金。招商引资正在进行中,10 万平方米标准厂房及一批新型建材项目年内亟待开工,相关的水电气及电信配套和其他服务设施的建设也刻不容缓,文件中充满了焦虑和期待,文件中也许意识到前景不妙,所以留了个退路,说眼下急需 1000 万购置设备及建筑材料订货。国家宏观调控正在对银行下手整顿,合肥市政府也贷不到款,开发区更是不被银行信任,所以开发区的第一份正式文件等于是白费功夫,文件的意义是二十多年后让我们看到了开发区创业初期的真实而残酷的历史。

合肥经济技术开发区(1993)02号文件还是要钱的,《关于请求解决经济技术开发区管委会开办费的请示》,文件中诉说了开发区面临的尴尬,工程项目资金到不了位,但办公桌椅、笔墨纸砚、锅碗瓢盆的钱得帮助解决一下,干道指挥部解散了,原来抽调征用的车辆、人员、设备都回去了,开发区一张白纸,开发区揭不开锅了,文件中这样一段文字能够准确描述当时所面临的尴尬:"管委会成立后,工作人员已经逐步到位,但10月份工资还无着落,办公用具及交通工具也亟待解决,为尽快建立正常办公秩序,管委会党委研究,唯一办法是向政府求援,请求解决人员工资20万元(全年)和必需的办公用具及交通工具购置费181万元(具体开支项目见附表)。"后来我查看了1993年所有下发的文件,几乎都是请求政府帮助解决资金缺口的,实在解决不了,就向市政府临时借一点钱渡过难关。市政府也没钱,在一个没有实现工业化的城市,维持吃饭的财政根本拿不出多余的钱给开发区买锅碗瓢盆,更不用谈工程项目资金了。

自费开发,就得自己筹措,政府帮不上忙,你只有自生自灭。

合肥经开区最早想借助高歌猛进的房地产快速地完成原始积累,用房地产开发的钱来建设开发区一流的基础设施,为工业项目招商提供最优质的投资环境。若此,经开区房地产项目和工业项目两轮驱动,比翼齐飞,经过五到十年的滚动发展,经开区的工业化和城市化就实现了,新合肥也就建成了。

然而,人算不如天算,席卷全国的房地产热首先在深圳、海口和广西北海留下了令人触目惊心的烂尾楼,内陆城市合肥还没起步就落下马来,不要说在这看不到未来的乡下麦田菜地里,就是在老市区繁华地段,一些谈好的地产项目要么暂停开发,要么放弃开发,银根一紧,银行的钱弄不出来了。经开区的地不仅卖不出去,卖出去的还有反悔的,万科交过1000万定金,看前景不妙,要退钱,钟咏三让市里如数退还,万科老总王石送了一套《胡雪岩》给钟咏三。那时候,即使是徽商胡雪岩再世,也不敢在肥西的麦田里投资房地产,王石不一定有这种暗示,但这种推理是符合逻辑的。

环城公园内当初反对建新合肥的人终于发现姜还是老的辣,他们一边陶醉于自己的"英明判断",一边在酒桌上给开发区判死刑:"谁去投资?酒喝昏了头也不会去。除非党中央、国务院去投资,可国务院连开发区都没批。"

嘲笑、讽刺、挖苦的声音由酒桌上延伸到会议上,说建那么好的路让鸡鸭在上面闲逛,太浪费了。还有的说,也不是一点作用没有,给农民做打粮食、晒谷子的打谷场还是挺好的。在市里召开的一个会议间隙,有一个人居然公开地对杜平太说:"老杜,听说你那地方修的路练车挺不错的,就是远了点。"杜平太气得脸色铁青,但他一句话都没说。

确实,框型大道修好后,很气派,很漂亮,但上面没车,也没人,两边没项目,有时农田里会突然钻出一只野兔从上面疾速滑过。这种情形持续了两年多时间,据参加干道建设的一些当事人说,当年看到那种情形,相当迷惘,甚至有些灰心。一些坚持不下去的人走了,他们转身离去的背影至今想起来都有些凄凉。可全国大环境如此,合肥经开区的尴尬不是大家不努力、不拼命,而是气候变了,风向转了。

新班子上任时除了10.8公里框型大道,两手空空。

1994春节就要到了,在这个难熬的冬天,不想办法,年关是过不去的。到小平房要债的人越来越多,情绪越来越失控,开发区向市政府求援,借200万救急,200万来了后,只能用150万还工程款,开发区工资两个月都没发了。可欠债太多,不知从哪儿随时都会冒出几个讨债的人来,当时计划项目财务处副处长(主持工作)周玉说:"刚准备发工资,几个村委会的头堵住刘自忠、方世文、祖朝兴、朱文峰要结清劳务费,老百姓要过年。"周玉就把劳务费结了,后来发工资的钱不够了,1994年春节管委会一室三处的工资就没发,过年连《白毛女》里喜儿的三尺红头绳都发不出来。负责框型大道建设的刘自忠急得团团转,钱来了后,生怕被人抢光似的,连夜把还债的名单开好交给周玉,打电话叫他立即开好支票,给人家回家过年。大年三十上午,又有上百号人来堵住刘自忠,逼着他多给一点,刘自忠也没办法,只有多说好话,请求谅解,总共就这么多钱,要给七八十家,只能撒胡椒面,按欠债数量,每家给个三五千,最多一两万,施工单位一个个哭丧着脸,没有一个开心的。刘自忠说到动情处,用了三个字:"太苦了!"

在开发区采访期间,至少有10位以上的人在说不下去的时候,都说过:"真苦!"钟咏三对我是这样说的:"你说他们受了多少罪呀,真难呀!"钟咏三这样说是有切身经历的,1994年春节大年三十中午,六安建安公司找到市长钟咏三要钱,钟咏三双手一摊,无奈地说:"我就130斤,还没杜平太重,没钱!"

有过切肤之痛的人都知道:能说出来的苦,都不叫苦,真正的苦是说不出来的。被采访者说"真苦",那就是难以说出的一个抽象的表述。

钟咏三对开发区新班子说："成功和失败只有一步之遥,关键在于在困难的时候咬着牙挺住,挺过去了就是成功。"

有关于事业和人生成败的论述还有许多,诸如,"成功的人永不放弃,放弃的人永不成功",很有哲理,被推到风口浪尖上的杜平太则说得更加直白:"我们本来就是干别人没干过的事,干别人干不了的事。"

杜平太是这个团队的核心,他知道,在这块冒着热气的土地上,唯一不能泄气的人就是他。哪怕虚张声势,他和开发区也必须站成强者的姿态。

1993年8月经开区新班子成立后,摆在开发区面前的有两大任务:首先是生存,其次是开发。

开发区的核心任务是开发,而合肥经开区从挂牌第一天起,居然是活命。

7. 四面出击，活下去

开发区管委会办公会议最初的会议记录很随意，有时用笔记本，有时用信纸、活页纸、打印纸等多种大小不一的纸张临时记录，然后用订书机订好，在我查阅的会议记录中有的用钢笔记录，有的用圆珠笔记录，还有没墨水了用红笔记录的段落。

我在那些记录里看到了创业初期开发区的困顿和焦虑，更看到了开发区创业者的信念、勇气和"知其不可而为之"的决心。

那时候讨论最多的是钱从哪儿来，建设往哪儿建，项目怎么去谈，拆迁安置如何协调，人才需要哪些，每一项工作一刻都不能停。还有几乎每次会议都要提到的，迅速把国家级开发区的牌子扛回来。

所有的议题核心指向是：钱！

开发区基础设施建设刚刚开始，5平方公里起步区规划配套工程还远远没有结束，原先规划的建设项目必须上马。新班子成立第二天，刚刚上任的管委会副主任梁建银就直接站在了丹霞路建设现场，全权负责打通莲花路到始信路中段的连接通道，将框型大道的"口"字变成"日"字。锦绣复建点、朝霞复建点等四处安置工程一分钟都不能耽误。梁建银提起自己负责的这两块工作时说,最难的一是区县协调,二是工程缺钱。协调他可以全身心扑进去摆平,而缺钱则毫无办法。

土地卖不掉,贷款贷不到,借款借不到,拨款拨不了,如果不想办法自救,无异于坐以待毙。

别人不来开发,我们自己先开发。

从哪儿下手?管委会当时唯一能做的就是依托政府的资源、利用自身的力量办公司、做实体、创效益、求生存。管委会无计可施的时候,能拿出来的办法就是办公司,"一个机构、一顶帽子、一个人,去创收",新城社会化服务公司先行,此后合资成立了香馨建材公司、可明丽高科技广告材料有限公司、晨龙石化贸易公司、恒达贸易公司、江淮新发汽车有限公司等一系列公司,与此同时,又独资成立了新都贸易公司、繁华大酒楼、海恒工贸公司、海恒酒楼等。开发区四大公司最多时曾繁衍出了54个公司,这54个公司就像54个子孙,为开发区的生存与发展耗尽了心血,拼光了元气,如今这些公司和实体都已经消失了,但它们注定了是以"忠烈"的形象凝固在合肥经开区的历史册页中。

合肥城市建设综合开发办公室,简称"开发办",直属市政府,直接指挥和参与合肥的旧城改造。政府想改造,也没钱,于是,就采用市场化的运作方式进行综合开发。旧城改造一拆一建,重新规划设计后的土地和空间就会增值,这个增值的部分就是综合开发的利润,利润拿出来再用于城市的基础设施建设,相当于政府不花钱改造了旧城区,还赚了钱。这种政府主导下的市场化运作的尝试很大胆,也很有效,合肥市开发办主任就是杜平太。杜平太出任合肥经济技术开发区管委会主任后,市里的其他职务都免了,唯独没免开发办主任。开发办原先为旧城改造服务,现在还得为"新合肥"建设出力,于是市里把开发办下属的市场化运作的公司剥离到开发区的旗下,成立"新城社会化服务公司",公司在老城区开发,挣来的钱给新城建设使用。

开发区档案室里,我找到了一份"合政函(1993)19号合肥市人民政府文件",《关于同意成立新城社会化服务公司的批复》的历史档案,文件下发时间是1993年4月23日,是省政府批准成立合肥经济技术开发区后的第7天。省政府批文下来了,市政府拿不出钱来支持,唯一能够动用的政府资源就是杜平太手里的开发办,利用城市综合改造挣点钱支持开发区启动。也许用"接济"比"支持"更准确,因为在老城区挣的钱根本不能满足开发区的建设,顶多算是救急。尽管如此,至少在1997年以前的四五年时间里,开发区发不出工资和需要应急的时候,最先站出来掏钱的就是新城社会化服务公司。

合肥新城社会化服务公司的运作模式是:边拆、边建,以地生财,就地挣钱。三里庵要新建电信大楼,新城开发办嗅出了钞票气息,立即冲了上去,先征用土地,土地卖给电信,再用卖地的钱在市政府划拨的三里庵和卫岗建拆迁恢复楼8万平方米,5万平方米用于安置,没赚到现钱,但赚了3万平方米房子,得把房子推向市场,可1993年还是福利分房的年代,商品房根本卖不动,新城公司只好以房子抵水泥、钢材和工程款,用以物易物的原始商业运作方式来维持运转,能卖出一点房子,挣点现钱,全都用于开发区救急。

青年路小学出土地,新城公司出资建设,建好后新城公司分得了一栋宿舍楼和一半的综合楼,全都卖了。卖的钱除了付工程材料款,剩下的利润全部交到了开发区。王勇当时在新城社会化公司销售科,他说起卖房子的经历时,感慨万千:"房子不好卖,我们低价抵给材料商、施工单位后,他们又来以更低的价格委托我给他们卖房子。"政府没钱,企业没钱,老百姓手里也没钱,那时候的合肥真穷。

框型大道建好后,开发区一时变得冷清了下来,周宗华就回到市里参与中菜市改造。本来这个项目是市政府委托市信托干的,信托有钱,但拆迁、安置、规划、设计、跟商户签合同,太烦琐,干不下去了,揭不开锅的杜平太得知这一信息,当即愿意接手,"规划、设计、建设、拆迁、安置的人,我们都有,我们干,保证你满意"。干了整整一年,挣了300万,这笔钱可以给开发区用来发工资,支付一些逼得太紧的工程款,但欠钱太多,杯水车薪,只能撒一点胡椒面。说起这段经历,杜平太眼圈都红了,他说,那时开发区就像一个沿门乞讨的要饭的,哪儿有钱赚,就往哪儿扑。在新城社会化公司苦战过的李应天、杜勤、杜玉梅、王勇、周宗华、张红环等一帮冲锋陷阵的年轻人后来都成了开发区的中层干部和中坚力量。

1993年10月的一天,正在工地的祖朝兴接到周玉电话,要他立即赶到安徽饭店开会,祖朝兴穿着沾满烂泥的大胶鞋,骑着自行车到了安徽饭店,会议室里铺着厚厚的地毯,祖朝兴找了一块布擦掉了胶鞋上的泥后才进去。

里面召开的中外合资的"合肥香馨建设有限公司"股东会已经结束,由合肥经济技术开发区新城社会化服务公司、合肥市土地开发总公司、合肥市政总公司第四工程公司、香港富达电脑软件有限公司四方合资,总投资51万美元,注册资本36万美元,开发区新城社会化服务公司占51%股份,市土地开发总公司占20%股份,市政第四工程公司占4%股份,香港陈妙龄的富达公司占25%股份。

祖朝兴进了会议室后,杜平太对他说:"你干总经理,照不照?"

穿着大胶鞋的祖朝兴毫不犹豫地回答:"照!"

这是开发区第一个合资公司,也是第一个有港资背景的公司,香馨公司虽不大,却是开发区对外开放和招商引资落地的第一个企业。开发区基础设施建设工程战线很长,在建设之外,配套的涵管需求量极大,开发区自己成立公司参与进来造涵管,既可以缓解工程款和材料款的压力,也可以挣一些钱养活自己。股份制公司启动时,开发区没钱,只能以土地作价入股,在投入少量资金后,第一个合资公司就办起来了。香馨公司有两大业务:做基建工程,造水泥涵管。公司开张,先买了一台挖掘机、两台推土机,接着又买了一台康巴斯重型自卸车,施工、运材料、推土方,干得热火朝天。而公司生产的水泥涵管种类齐全,质量过硬,最大直径3米,经过二十多年砥砺,香馨水泥预制品如今已成了合肥建筑市场上的名优品牌。

香馨公司开张一年,完成700多万营业额,利润200多万,只是工程建设基本上是为开发区自己做的,没钱付,利润挂在账上。自力更生,自我造血救自己的命。

廖津民从办公室主任位置上到公服公司任总经理。一开始,公服公司做水电路气的服务,项目来之前,三通一平、行道树、绿化、卫生都由公服公司负责,干多少活,拿多少钱,既为开发区省钱,又为开发区挣钱。后来越做越大,挣的钱也就越来越多了,到明珠广场建设时,公服公司借6万块钱买树苗,成立明珠广场物业管理办公室,在承担明珠广场绿化工程的同时,又承接了乡村花园绿化工程。除了开发区的道路绿化、养护、管理、环卫之外,还有一些配套建设工程,包括为企业接水、接电、通信安装、广告牌制作安装,什么都干。廖津民在公服公司干了20个月,从账上分文没有,到还清欠下的200多万工程款,公司盈利301万,与香馨公司一样,这些利润是从开发区工程中挣来的,又被空挂在开发区管委会的账上,拿不到现金。如果这些工程由社会上的公司来做,不仅成本大增,更令人恐慌的是,开发区付不起钱,也付不出钱。

肖光华原是合肥汽车制造厂的厂长,管过4000多人,下海到厦门外资企业筹建金龙汽车。钟咏三在厦门招商时劝他:"要干就干我们自己的汽车,跟别人干有什么意思。"肖光华就回来了,回来没干汽车,干起了开发区工业发展公司的掌门人。虽说后来工业公司跟印尼、江汽合资成立了江淮新发汽车公司,但只是以土地入股,占了10%的股份,肖光华的主要任务还是以工业发展公司为平台,通过合作、合资的方式全方位地办实体挣钱。实体越多越好,这叫"多生儿子好打架",不到一年多时间,工业发展公司就成立了7家下属公司,老肖任7个公司的总经理。

现在人们很难理解,当时开发区为什么那么急不可待地四处拉人合伙办公司?开发区没钱、没地位,公信力严重短缺,没有人愿意来投资,没有人敢到麦田、油菜地来办企业,开发区没有项目,工业公司只有通过合资合作的方式来坚定投资者的信心,相当于把自己抵押出去,跟对方绑在一条船上,是一种同舟共济、同生共死的合作方式。这是招商中没有办法的办法。

可以这么说,合肥经济技术开发区在艰难起步的时候,是工业公司点燃了开发区招商的第一簇火焰,它是开发区最困难时期的项目开发的火种。正是有了工业公司顽强燃烧着的火种,才有了后来开发区工业化铺天盖地的熊熊烈焰。

最初工业公司实际上承担的是招商引商的任务,招不到大商,招小商,认准一个目标,奋不顾身地参与进去。"不求所有,但求所在",无论大小,先把项目拉过来,把开发区"开发"的门面撑起来。当然,在债主围追堵截、工地经常停工、工资发不出来的穷困潦倒境遇中,开发区压给工业公司的另一个重任就是,挣些钱来"养家糊口"和"贴补家用"。

挣钱谈何容易,合作做生意,连本钱都没有。工业公司的第一个合作项目是和安庆石化联合成立的"合肥晨龙石化贸易公司"。管委会主任助理李平带着肖光华和曹文林去安庆石化谈了好几次,反复描绘开发区的光辉前景和加油站的光明前途,安庆石化终于被说动,同意合作。办晨龙贸易公司实际上就是办一个加油站。加油站占地15亩,位于合安路边(如今正大广场地块),总投资204万,开发区占60%股份,安庆石化占40%股份。开发区钱不够,外面借不到,就向内部借,六十多位开发区职工每人集资3000元,凑了将近20万,管委会机关又定向集资10万元。有了这30万集资款,加油站总算开张了。

靠职工集资款来启动招商项目,这也就在合肥经开区能发生。职工一方面工资不能按时发,一方面还得从牙缝里挤出钱来给开发区办公司,开发区职工面对家庭和朋友们的集资质疑,壮着胆子吹嘘说:"开发区是干大事的,这点小钱连毛毛雨都算不上,还能少得了你一分?"总经理肖光华和工业公司专职副书记卢崇福知道这笔钱来之不易,知道这笔钱的分量,所以他们一点也不敢掉以轻心,加油站开张初期,他们每天安排两个人站在路边,24小时数合安路上来往的汽车,根据流量测算加油概率,再计算出每年总需求量,以此来确定综合成本和利润目标,老肖说:"谁都不敢大意,不能亏损,亏不起。"

肖光华从厦门回来后,没干成汽车,却卖起了汽油。

卢崇福在工业公司实际负责在加油站卖汽、柴油,晚上轮流值班,他就睡在公司旁边小屋里的单人床上,夏天电风扇一夜吹到天亮,天亮醒来后,身上还是一身汗;冬天早上起来,脚还是冷的,吴寿保说不冷不热的天气,夜里也睡不踏实,怕火险,怕被抢劫。老卢说,值夜班领导带头,那时候谁也不会搞特殊化,总经理老肖也不例外。

大家觉得既然来开发区了,就该夜里睡在工地,睡在值班室里。老卢每天早上起来后要量油罐里的油位,加油机是电子加油,电子没人能管得住,要是哪天电子失灵了,多加了油出去,那就亏惨了,到时候谁也承担不起。吴寿保做加油站经理时,每天还有一件必不可少的工作就是一早起来给芜湖、南京、铜陵、淮南等地加油站打电话,询问油价,那时候是没有统一定价的动态油价,油价高了,人家就不来加油。那年月车子太少,油并不好卖,老卢、吴寿保他们还要四处低三下四地去推销油票,亲戚朋友实在看不下去,就动了恻隐之心,买上一两百块钱的汽油票。吴寿保清楚地记得,为了省钱,当年加油站竖灯箱指示牌,他和老卢两个人自己挖坑,一人多深的坑,两人整整挖了一天,当广告灯箱竖起来后,两人瘫坐在地上,怀里抱着铁锹,满身泥污,连说话的力气都没有了,他们看到头顶上的天空是弯的,直晃。老卢是部队正团级转业的军官,在部队,少校们见到他都要立正敬礼,吴寿保是恢复高考后的第一届大学生,从全国重点大学合肥工业大学走出来的,当年被称作"时代骄子",此时此刻,他们就是农民工。

晨龙加油站是安庆石化全省合资的十几个加油站中效益最好的,每年盈利都在40万左右,第一年40万利润按合资比例,开发区分得了24万,12万还本,12万付息,两年后,集资款连本带息全部还清了。开发区干部职工拿到本息后,非常自豪地说:"我们终于享受到了开发的成果了。"

在开发区最艰苦的岁月里,自费开发和自找活路其实是一个意思。

当年的工业公司贩红砖、倒钢材、卖水泥,什么挣钱就干什么,加油站边上还兼卖冷饮,一台"香雪海"冰柜,一台冷饮机,垛在收款桌子边上,天热,司机加完油,结完账,剩下些零钱,忍不住买一根冰棍或冰镇酸梅汤解渴,成交一笔,加油站就能赚上五分一毛的。

开发区最早在小平房食堂接待,工作餐不讲究,省长、市长、局长,包括北京来的国务院特区办的领导们都在食堂吃过饭,草创时期,没人计较。可商务接待,来的都是老板,是跑遍天下也吃遍天下的人,食堂接待肯定不行,怠慢了,项目可能就要泡汤。可要是都拉到安徽饭店、稻香楼、金满楼去宴请,实在吃不起。于是,开发区决定自己开酒楼,劳动服务公司法人李铁亮干开发区繁华大酒店经理,海恒工贸公司法人周宗华在市区干海恒酒楼经理,客商来开发区的接待就近在繁华大酒店,到市区接待就安排在市里的海恒酒楼。开酒楼一是为开发区省钱,二是根据不同客商做特别订制,管委会挖空心思给两个酒楼做了基本定位,酒楼装修要体面,灯光要亮,包厢里要配备音响系统,把那个年代流行的卡拉OK搬到包厢里,搬到酒桌边,酒喝到兴头上,客商吼上几嗓子,晕晕乎乎地唱《我的未来不是梦》《最爱你的人是我》《月亮代表我的心》之类煽情的流行歌,喝足了酒,拉近了关系,消除了界限,项目落地筹码自然就增加了。酒楼菜肴立足创新,主打本地正宗土菜,巢湖的鱼虾蟹鳖、肥西乡下的鸡鸭,花钱不多,风味独特,加上态度热情,吃过的客商都说:"特别的菜品,特别的接待,合肥开发区很特别!"如今,这两个酒楼都不在了,但他们为创业时期的开发区做出了巨大贡献,许多招商项目和融资项目都是在这两个酒楼里谈成的,更重要的是,酒楼为囊中羞涩的开发区省下了大量的招待费。

开发区的公司做建筑工程、造涵管、做铝合金门窗、搞绿化养护、倒买倒卖建材、开酒楼、卖汽柴油、卖土地、卖房子、卖冷饮,而这些倒买倒卖的人,原先是一些机关干部、大学生、部队首长、国企领导,在这里,所有的身份都失去了意义,要是有的话,每个人只有一个身份:大家都是为开发区生存而玩命的人。

"玩命"是一个文学化的表述,开发区再难还没难到要丢掉性命的地步,但丢掉虚荣和面子是每个人都必须面对的挑战。韩立伟从航天工业部皖安机械厂投奔到开发区,在王刚手下的项目开发处招商,他想来干一番大事,可开发区让他干的大事是开超市,他带领从上海外国语大学、合肥工业大学、安徽财经大学毕业的大学生,找几个营业员,靠着4.5万块钱资金,开起了700多平方米的超市,宣平任经理,韩立伟任副经理。为了省钱,韩立伟带着大学生打扫卫生、平整地面、进货送货,看着简易货架上堆满了方便面、烟酒、毛巾、胶鞋等日杂百货,韩立伟心里既充实,又别扭,当年拼死拼活考上大学,不是为了站柜台卖香烟、啤酒、方便面的,回到父母身边从来都捡好听的话说:"开发区可厉害了,我们三天两头要跟外商打交道,那些外商,大夏天都穿着西装,打着领带。"后来几个大学生实在受不了,差不多都走了,有的是考研走的,有的是调走的,有的是撂挑子走的,难兄难弟们分别的时候,几乎都是哭着鼻子离开的。开发区后来有了一支特别能吃苦、特别能战斗的队伍,那都是从大风大浪里闯过来的,是大浪淘沙后的精华,留下来的都是抱定必胜信念和愿与开发区同生共死的人,这些人应该叫作"同道"或"同仁",而不是通常意义上的"同事"。

卢崇福在谈起工业发展公司经历时说,"大家都豁出去了,所以,我们'保饭碗,求发展'的目标实现了"。

那年头非常流行一个新观念,"找市长,不如找市场"。合肥经开区54个实体公司就是在市场上搏杀的一群英雄好汉。然而,真正的战略性目标的实现还得要找市长。找市长,一是给政策,一是给钱。给政策就是给钱。

1994年,开发区发誓要开工建设30万平方米的配套设施,确保建成20万平方米,1000门程控电话、8000米自来水管网、3.15万千伏变压器及输配电线路,还有明珠广场工程及其他基础设施建设。管委会简单预算了一下,没有2个亿根本干不起来。开发区管委会在春天寒冷的空气中开了一个热血沸腾的会,1994年香港兆峰陶瓷项目、华东建材城项目要落地,印尼轮胎项目还有合肥矿机厂等项目要穷追不舍,宏观调控下形势不妙,但开发区的开发建设势头不能减。等和靠就像守株待兔一样,会把你等垮,会让你守死。

从1993年4月到1994年5月,开发区各项基础设施投入1.5亿,实际可用建设资金却只有7600万,资金缺口由框型干道建成时的1200万迅速飙升到7400万,开发区已经扛不动、背不起了,四大公司"保饭碗"尚可,"求发展"也行,但是扛不动开发区全面建设的重负。

所以,找市长比找市场更有效率。

市政府答复很简单:没钱!

市政府没钱,但市政府可以协调来资金。合肥经济技术开发区管委会(1994)50号文件《关于请求由房改资金中解决开发区建设周转资金的报告》是直接打给市政府的,市政府本着"胆子要大一点,步子要快一点"的邓小平南方谈话精神,将合肥市老百姓的房改资金借给开发区,斗胆借了一笔,5000万,期限两年。可没有这5000万,开发区的1994年是挺不过去的,10万平方米标准厂房也是没法开工的。

与此同时,经省政府宋明副省长协调,由市信托投资公司担保,开发区委托市交行向马钢股票H股资金贷款350万美元(当时相当于3000万人民币),贷款期限两年。

民间有一个说法,叫作"一分钱难倒三尺男子汉",还有一句民谚叫作"只要精神不滑坡,办法总比困难多"。用这两句民谚来描述合肥经开区的起步阶段,应该是比较准确的。

8. 来了，你就是先驱

1994年的春天比往年来得要更早一些，经开区框型大道内外麦苗已经返青，土地里呼呼地向外冒着热气，好像有着压抑不住的冲动和热情要从地底下爆发出来。

这情形，很像经开区当时的心态。

虽然起步很艰难，招商也很难，但经开区命中注定了干的就是知难而上的事，所以这时候艰难反生出的是"知其不可而为之"的斗志和决心，那是一种置之死地而后生的绝地反击。

用杜平太的话说，就是："好日子不是留给我们过的！"

合肥未来工业化发展路径在1988年就明确了，合肥的工业基础薄弱，工业企业弱小，但工业化起步在合肥这个内陆省会城市早就开始策划和采取行动，皖西大别山里的三线厂整体搬迁至合肥，一些工业项目的引进谈判在经开区开张前就悄悄进行了。1993年4月3日干道建设开工典礼主席台上坐着的台商邱永汉和港商李兆峰，在经开区挂牌前已经经过了一轮又一轮的洽谈，那位子不是让他们白做的，坐上去之前，项目落地已是铁板钉钉。

应该说，由政府搭桥、经开区铺路引来的几大项目落地和意向入驻，并不是临时发挥的即兴创作，而是蓄谋已久的上下推动的结果。

"项目是生命线"，只要有项目，我们就能活下去！

可开发区项目落地太难了。怎么办？

那是一个全民办公司的年头，民间办公司，企事业单位办公司，机关学校也办公司，政府办公司，军队也办公司，不办公司的单位和部门领导在社会上是很没面子的，只是皮包公司比实体公司多，无法经营的公司比有能力经营的公司多。在形形色色的公司中，政府以"三产"名义办的公司由于手中掌握着公权力，控制着公共资源，所以实力强大，效益有保证。

合肥市政府经济发展研究中心办了一个"合肥市经济技术发展公司"，主要是搞房地产交易，利用政府资源，买商业门面房和国企的门面房，赚差价，也涉足土地买卖和交易。1992年他们几乎与深圳建设集团、万科、振业同时，在经开区的麦田里为台商卓森代理购买了950亩土地，并支付了400多万定金。1993年下半年开发区管委会正式成立后，没项目，政府先登台亮相，给经开区投资项目。于是，合肥市政府下属的合肥市经济技术发展公司牵头，联合7家公司建设"华东国际建材城"，率先落户经开区，他们认定经开区大建设必将全面铺开，钢筋、水泥、砖瓦、砂石紧缺，建材市场的前景无限广阔。建材城1993年10月立项，1994年春动工建设，占地面积99.97亩。俞光远是合肥经济技术发展公司的，全权负责"华东国际建材城"项目的劳务协调和工程建设，是现场办公室主任。华东国际建材城采取封闭式管理，规划面积8万平方米，总投资1亿元，分A、B、C、D四个单体建筑，楼上楼下，店铺居住一体化，这一项目是政府干的，来头大、名头响、势头好，许多商户也看准了经开区建材生意的光辉前景，于是你追我赶地扑了过来，建材城还没盖完，铺面就卖完了。那年头太缺钱了，建材城项目付不出建材款，就拿出一些门面房，采用原始的交易方式，以物易物，用门面房抵钢材、水泥、工程款，在那个疯狂开发的年头，以物易物是一种很常见的交易方式。俞光远深切体验了那种敢闯敢干、买卖红火的成就感，他说华东建材城一期就赚了1000万，合肥经济技术发展公司用这1000万建了一个三星级宾馆"华建庄园"，集餐饮住宿为一体，这麦田里的宾馆是当时经开区最豪华的宾馆，项目配套令人惊艳，餐厅里装了索尼音响和卡拉OK影碟机。

虽说华东国际建材城后来并没有影响华东，更没走向国际，它却是经开区最早、最有影响力的一个入驻项目，它在那片麦田里打下第一根桩的时候，极大地鼓舞了经开区开发的士气，提升了经开区的人气。

开发区缺的就是项目，尤其缺外资项目，台湾"可明丽"公司是国务院特区办的一位司长介绍过来的，这个项目在1994年的合肥可谓是独领风骚、独树一帜，"可明丽"从美国引进高科技设备和技术，通过微机扫描，在塑料画布上喷绘彩色画面，不仅色彩艳丽、画面逼真，而且在风雨中不会掉色，最大喷绘面积可达100平方米。当时中国的广告宣传画全都是人工绘制，三十年前这是国内第一家机器喷会公司，一听介绍,所有人目瞪口呆。经开区几乎毫不犹豫地就跟可明丽签订了合资协议,合肥市外经委1994(0195)号文件正式下发了《关于同意成立合肥可明丽高科技广告材料有限公司》的批复。经开区工业发展总公司出资66万美元,占股份44%,台湾可明丽公司出资69万美元,占股份46%,美国TRLL LIONS INS以专有技术作价15万美元,占股10%,三方合资成立合肥可明丽高科技广告材料有限公司,主要经营广告和宣传喷画业务。

为了这个外资背景的项目,经开区为可明丽的服务做到无微不至,免费提供厂房,免费提供办公、住宿场所,就连台湾老板住的房子、家具、装修都是经开区备好的,经开区四处贷款66万美元参与合资,一是以此患难与共的行动,坚定台商的投资信心,二是想利用这个项目挣钱。可控股的台湾林姓女老板任总经理后,财务、材料、业务都是一手遮天,经开区派驻的人员被架空,企业实际营收是一笔糊涂账。一个火爆的项目居然每年都亏损,经开区管委会组织召开董事会,果断决定,鉴于台湾总经理经营不善,必须对企业经营管理进行调整,经开区委派肖光华出任总经理,全方位接管公司业务经营。控制了主动权后,肖光华经营一年,盈利130万。肖光华说起这段经历时,感慨地说:"我接手后,业务根本忙不过来,连天加夜地干,除了合肥和本省的,还有上海、江苏、福建客户上门,甚至还有辽宁的。"后来,经开区在可明丽盈利的第二年,评估1100万元,转让了经开区的股权,还掉了美元贷款。

尽管合资半途中止了,但可明丽公司的意义是不容置疑的,外资进区,打开局面,提振人心,装饰门面,这不是用钱能衡量得了的。

1994年秋天，刚营业不久的可明丽为经开区"9·8厦门招商会"喷绘的宣传灯箱，在招商会上引起轰动，因为谁都没见过这样清晰亮丽的喷画，十足的高科技亮相。

经开区真正能亮出手的王牌项目是兆峰陶瓷，香港陶瓷大王李兆峰在合肥经济技术开发区建设的"兆峰陶瓷（安徽）集团股份有限公司"合同总投资3.5亿美元，约合人民币30亿元，这是一个不仅让合肥，也让安徽为之震撼的项目！

1993年，李兆峰只有35岁，年轻而帅气，这位香港的青年精英从华南理工大学冷冻专业本科毕业，因怀抱着振兴中国陶瓷的辉煌理想，硕士研究生选择的就是陶瓷研发方向。来安徽合肥的时候，他的公司已在香港上市，收购的国内外陶瓷企业和设备厂家有100多家，在国内建了六大陶瓷基地，预计年产值250多亿。

关于李兆峰入驻合肥经济技术开发区的版本有好几个，传说也比较多，比较认同的一个说法是，李兆峰对经开区框型大道四周的麦田和油菜地里投资很犹豫，说路有了，水、电、气能不能到位？能不能保障？这在欢迎宴会上、在酒杯里是落实不了的。

当时的常务副省长说，开发区既然88天能建10公里的干道，你提的那些要求就没有什么办不到的。

李兆峰很惊讶，88天，不可能吧。

常务副省长说，如果我们100天建成你所要的6万平方米厂房，你愿不愿在这投资？

李兆峰说，行！只要100天能把厂房建好，我就把设备运过来，立即上马。

我在这里写打赌对话时之所以不用双引号,是因为我觉得这些传说有些演义的成分在里面,信息在反复传播中总会有些自然损耗。

后来我了解到的真实情形是,李兆峰在合肥投资的洽谈早就进行了,干道开工典礼上,李兆峰和邱永汉已经坐在主席台上,投资的意向已经明确。1993年12月9日,经开区管委会跟兆峰陶瓷合资的丽都陶瓷公司中方人员名单已经确定。负责人杜平太,项目负责人李平,成员有肖光华、王刚、曹文林等,1994年3月经开区管委会又下发了《关于合资兴办兆峰陶瓷合肥原料公司的批复》,所以到1994年4月10万平方米厂房开工前,李兆峰根本不会跟谁探讨投资的可行性问题,而是探讨投资的细节问题,当李兆峰跟常务副省长谈到面积庞大的6万平方米厂房什么时候能建好的时候,常务副省长说我们可以打个赌,李兆峰就做出了正面回应,这应该是有关于建设速度的一个很随意的玩笑,而不是一个严肃的命题。

应该说,10万平方米厂房77天就建成,主要是为了兆峰陶瓷项目,包括恒达能源公司、华东国际建材城等项目都是为兆峰陶瓷做配套的,经开区为兆峰陶瓷把能做到的都做到了,不能做的也做到了,包括借马钢H股的资金350万美金跟兆峰陶瓷合作,相当于把自身命运跟兆峰绑在一起。1994年5月1日,兆峰陶瓷原料厂举行开工典礼,随着厂房提前交付,紧接着兆峰安泰、兆峰凯撒、兆峰唐彩、兆峰梦彩、兆峰银璧等五家公司先后落户投产,香港兆峰陶瓷成为第一个在开发区落户的大型工业项目,合肥成了兆峰陶瓷在国内重要生产基地之一。

李兆峰靠技术起家，靠做陶瓷设备贸易发家，然而由于企业扩张太快，摊子太大，管理团队动荡、资本运作失衡、资金链条断裂，兆峰集团最终于1996年在香港破产。

兆峰陶瓷是经开区起步阶段招商引资的最重要的成果，是当时经开区的一张最有冲击力的名片，是理所当然的经开区工业化进程中的先行者和先驱者，它虽然倒下了，但它对经开区的历史意义是巨大的，将会让经开区的人们久久地怀念。

"项目是生命线"，本想借助房地产项目迅速起步，可风云变幻中必须一步直奔主题，也就是直奔工业项目。工业项目的洽谈、论证、签约、建设、投产是一个很长的过程，等是没有出路的，生存的压力，逼得经开区捋起袖子赤膊上阵，一手抓建设，一手抓项目，一手都不能含糊。兆峰陶瓷以最快的速度落户后，1994年11月23日泰国正大有限公司入驻，正大饲料正式投产，它生产出的一袋袋猪饲料，至少在1997年以前，对经开区来说，广告价值大于项目价值和经营价值。这是开发区第一个世界500强企业落户，它向世人宣布，经开区的招商面向世界并已经走向世界了。

战略性项目投资看的不是当下，而是未来，未来的发展空间有多大、投资环境是否具有可持续性、政策与机制能否与现代企业制度实现对接等等都是投资者认真分析论证的重要议题。在1994年的合肥，会看的人提前看到了，经开区不是成熟的投资土壤，但肯定是未来最具价值的投资区域。

这一点,新加坡的半钢子午胎项目(即后来的"佳通轮胎")、日立挖掘机项目的投资方看出来了。

然而,项目落地并非一蹴而就。

新加坡佳通轮胎公司与安徽轮胎厂合资成立了佳安轮胎公司,安徽轮胎厂在合肥东门三里街,老城区空间狭小,车间破旧,生产线落后,于是佳通高层就选址在肥东龙岗开发区建厂,水、电、路、气等基础设施建设,征地、拆迁、补偿一再扯皮,项目无法进行。情况反映到市里,市长钟咏三说,经开区为兆峰陶瓷项目落地专门建了10万平方米厂房,专门成立了恒达能源公司保证供气,你们可以先去了解一下,那里麻烦要小得多,佳通高层来到开发区,站在框型大道里边的麦田和油菜地里,似乎看到了二十年后的前景,他们动心了:换地方!可真要入驻,钟咏三却有些犯难,他对佳通高层说:"你们打个报告给开发区,虽说是我推荐的,但市里不能跟下面县里争项目。"佳通高层说:"做企业只讲效率!"

开发区管委会陪着佳通高层看了很多地块,最后选中一个叫"富湾"的村子,村子东边还有一个大水塘,佳通商层认为"水能聚财",这里整个是一块风水宝地。1994年8月,中外合资的安徽佳安轮胎公司正式入驻,为了尽快投产,发工资都很难的开发区垫资帮助代建厂房和配套设施。我在开发区档案资料中,查到了一次现场办公会记录中有这样的内容,"新都贸易公司在9月21日前,必须保证50吨水泥送到现场"。那时候的新都贸易公司正被债主逼得焦头烂额,欠供货商水泥钢材的钱早已不堪重负,可就是这样,外资项目的水泥也必须保证。

自佳通成为独立的外资企业后,先后 5 次增资扩股,投资额由 3000 万美元扩大到 1.8 亿美元,年销售收入由 3.4 亿增加到 70 亿,如今的安徽佳通已成为中国区 5 个基地中最好的企业,而作为最早入驻开发区的外资企业,它给招商带来的辐射效应却是极其深远的。

邱永汉介绍日立建机跟合肥矿山机器厂合资,他对日立建机株式会社社长冈田说,"中国大陆到处都是工地,合肥不错,投资前景不可限量"。当时日立建机在全球有 9 个工厂,全都半死不活的,日立建机经多轮考察论证终于拍板,跟合肥矿机厂联姻,邱永汉为坚定日立的投资决心,自己投资了 10% 的股份。日立合资了一段日子后,他们以 1.2 亿元买断了矿机厂 25% 的股份,独资后的日立建机发现合肥真正不错的地方是开发区,只是土地价格由当初备忘录上的每亩 4 万涨到 6 万。日立建机海外部部长狄本找到钟咏三要单独谈谈。

狄本说,"备忘录上的承诺要不要遵守,你说的 4 万,怎么一下子就涨到了 6 万?"

钟咏三的招商理念叫作"诚实的低门槛",也就是无论能不能谈成,但我们把话说透,说诚恳,寻求理解,他说,"备忘录是该遵守,但我们合肥是小城市,搞开发区,市里没钱给,他们要修路、架电、铺设管道、安置农民,现在一切都在涨价,通胀率高达 24%,你算算看,合不合理?"

狄本掏出计算器捣鼓了一阵,说了一句"OK",起身就走了。

狄本走了,项目来了。

钟咏三在日立建机日本总部的时候,冈田问钟咏三将来在合肥一年能生产多少台挖掘机,钟咏三说,5000台。冈田说,不可能吧,2000台就很了不起了。在一份投资座谈会纪要文件中,我看到日立建机在开发区三期560亩规划投资的建设目标为,一期生产500台,二期1000台,三期2000台。

那时候,日立建机在全球的产量,最高年份只有12000台,而合肥矿机厂年产只有170台,而到2011年,日立建机在合肥年生产量为19000多台,直逼2万,年产值118亿元,成为日立全球最大的挖掘机生产基地。

为了让日立到合肥投资,合肥市成立了以市长钟咏三为组长、副市长孔令渊、邵林生为副组长的"日立挖掘机项目建设领导小组",合肥经开区还没拿到国家级的牌子,日立建机却提前享受了国家级开发区项目的各项税收政策,市里各部门收的规费,如规划管理费、工程招标费、市政基础配套费、合同印花税、教育基础设施费、商业网点费、白蚁防治费、施工质监费等等,一律免收。水、电增容费是市里控制不了的收费,市政府通过协调,待项目投产,有了税收后再补交。日本是一个讲究精细化服务的国家,合肥市保姆式的服务就是铁石心肠也会被打动的。所以日立建机后来的规模不断扩大,就是因为有了一个非常精彩的开头。

日立挖掘机的落地带来的是连锁反应,它对开发区后来的招商模式的形成提供最初最生动的启示,这就是以商招商和产业链式的招商,日立建机带来了系列日资企业,有的是给日立配套的,有的是受日立启发的,有的是日立介绍来的,如东海橡塑、二宫、大玖保齿车、淀川制钢、花王等日资企业。到2010年,开发区已经有28家日资企业,占安徽日资企业的80%,占合肥日资企业的90%。

这其中有不少就是日立建机副总先锋推荐过来的,这个在日本企业工作了二十多年的中国人拿着日本人的薪水,却从没忘记过为中国出力,他已把自己的户口迁到了合肥,2008年还当上了安徽省人大代表,他坐在我的对面,发型和西装一丝不苟。他对我说:"在省人大会上,我是直言不讳,对一些可能造成国家损失的项目引进公开质疑。"

现在的日立建机厂区里一块巨大的石刻,那是原日立中国区总经理木川留下的墨宝,上书四个大字:"诚心诚意。"这四个字用于描述开发区最初的招商似乎更准确,因为那时候的开发区,虽有了框型大道,但配套设施还是非常有限,除了低门槛政策,就是以诚待人,以诚待商。

到1995年底的时候,虽然大多数项目还处于在建中,但出手惊艳的四张名片已经印好了:兆峰陶瓷、正大饲料、佳安轮胎、日立建机。

这四家外资企业的合同投资额为兆峰陶瓷3.5亿美元,佳安轮胎3亿美元,日立建机3488万美元,正大饲料6500万人民币。投资规模在合肥鹤立鸡群,独占鳌头。

四个企业就是四大金刚,它不仅展示了开发区招商出手的高水准,而且诠释了开发区"大招商、招大商"的理念与决心。

大手笔,这似乎是从一开始就确定的目标或野心。

关于四大名片,我在相关资料还找到了一个提法,叫"五大王牌"

项目,那就是在此之外,还有一个总投资1800万美元,并于1995年底落地的美国可口可乐项目。

1996年初开发区框型大道上还在奔跑着野兔的时候,繁华大道北侧的"正大饲料"门前的路上野兔不敢来了,因为路上的汽车已经排起了长龙,前来拉饲料的汽车将繁华大道堵了个严严实实,几百辆车排队要排一两天才能拉上货,经开区公服公司每天都在清理着货车扔下的方便面盒、香烟盒、水果皮、塑料袋以及货车带来的乱七八糟的垃圾,当时的办公室主任廖津民改任公服公司经理后,看到满路的垃圾,不仅不厌烦,心里还希望垃圾越来越多,垃圾越多生意越红火。廖津民说:"开发区太需要人气了。"

9.77天：10万平方米标准化厂房

路修好了,还不能说"筑巢引凤"的巢就已经筑好。

标准化厂房流行于西方工业化国家,是中小型企业和产业集聚发展的生产场所和运行平台,标准化厂房在规定区域内统一规划,统一建设,以通用性、规范性、配套性、集约性见长。

合肥经济技术开发区有一个"五彩梦",所以,最初他们一直是活在梦想中的,梦想中的世界是信马由缰的,是没有边界的。

"要干就干别人没干过的,要干就干别人干不了的",这样的宣言,有时是梦中的呓语,有时就是梦醒后的行动。经开区是活在梦想中的,或是为梦想活着的,所以一出手就建标准化厂房,一建就是10万平方米。合肥没人干过,安徽也没地方干过,没干过倒也罢了,许多人连听都没听说过。

标准化厂房在1993年经开区成立之初就立项了,但直到1994年4月3日,也就是10.8公里干道建设一周年后才开工,这看上去似乎有纪念意义,但实际上是因为没钱才拖到了第二年,香港的兆峰陶瓷项目已经与合肥经济技术开发区正式签署了合作投资协议,设备采购、人员配置、组织准备一切都在进行中,100天建成厂房,虽有玩笑的成分,但也是一个并不轻松的承诺。

不能再拖了,那年月流行一个说法,叫作"有条件要上,没有条件创造条件也要上"。

10万平方米标准厂房就是没条件而创造条件上马的一个工程。

这时候,资金压力和危机比一年前干道建设时更大了,靠着从市里挪用来的房改资金根本不够,而干道建设欠下的工程款债主们每天都在围追堵截着要钱,有时不得不挤占少得可怜的厂房建设资金去应付一下债主。

先把队伍拉起来。1994年4月2日,"合肥经济技术开发区工程建设指挥部"成立,相当于一年前的干道建设指挥部,总指挥杜平太,副总指挥梁建银,指挥刘自忠,指挥部办公室全权负责现场工程建设,办公室主任祖朝兴为现场总调度,副主任张义权负责厂房现场建设,副主任陈和平负责水电安装和保障。三个毛头小伙子三十刚出头,却已在建筑江湖上闯荡多年,是有着三拳两脚真功夫的年轻人。

学道路桥梁专业的祖朝兴是一个建筑情结很重的人,毕业的时候分在合肥市公用事业总公司坐办公室,可他主动跑到市政公司要求到工地一线干活,他似乎在工地上的水泥、钢筋、砂石、泥灰中找到了工作的乐趣和意义。有过寿春路项目负责人的经历,祖朝兴在10万平方米厂房现场指挥调度的时候显示出与他30岁年龄极不相称的成熟和老练。

标准厂房位置低洼不平、池塘和沟坎交错,土方工程量很大,而工期只能提前,不能拖后。当时征地拆迁安置是由肥西县负责的,一些粪窖、草堆因没有补偿标准而产生扯皮,影响了现场清理。敢作敢当的祖朝兴带着推土机连夜将粪窖、草堆推平了,第二天村民来闹事,指挥部按每个粪窖20块钱,每个草堆10块钱给了,不用肥西付钱,快刀斩乱麻,立马搞定了。

工期太短,工程分成三大块,杯形基础施工、预应力构件现场浇注、梁柱安装几乎同时进行。土方工程、挖地基、砌墙这些劳动密集型的工程由七里塘建安公司、湖滨建安公司、广厦建安公司、大圩建安公司、烟墩建安公司五家乡镇建筑企业去做。预应力构件,单跨24米,单体厂房三跨72米,技术要求很高,工程交由省水安公司完成。梁架吊装、安装则由省机械化施工公司负责。这些施工单位很多人都跟祖朝兴在市里打过交道,因为以前祖朝兴给施工单位付钱很爽快,协调起来很顺利,可这一次不灵了。

一开始,工程进展很快,15天时间就把10万平方米厂房的杯形基础做好了,基础最浅的两米多,深的有七八米深,300多根柱子凭空矗立在绿油油的麦田里,远远望去,像是麦地里生长出的一片茂密的森林,在四周飘扬的彩旗和工地高音喇叭声响的烘托下,气势恢宏,蔚为壮观。在10万平方米厂房对面的华东国际建材城负责工地建设的俞光远被这一切深深感染着,他想有朝一日自己要是能融入这一激动人心的场面中,那将是人生最壮丽的一页。一次杜平太站在他身边,指着夕阳下10万平方米厂房工地对他说:"你看,这些高柱子就是现代化,高柱子撑起的就是现代化的新城!"俞光远说,杜平太说得激情而富于诗意,他记住了这句话,并在三年后投奔开发区。

10万平方米厂房建设的场面完全可以用惊天动地来描述，像一年前建框型大道一样，工程建设24小时连轴转，工地上人山人海、红旗招展，高音喇叭一个接一个地捆绑在每一个施工单位的电线杆顶端，喇叭里每天不间断地滚动着振聋发聩的口号标语、现场新闻，工地上成立了宣传组，由新来的大学生彭桂贞、刘自强、赵志刚、徐晓枫等组成。赵志刚、徐晓枫在各个工段采访，彭桂贞和刘自强则是既当通讯员，又当播音员，他们自采、自编、自播，对每天的工程进度和工地上的好人好事进行报道，对存在的问题进行批评曝光。工地上人多车多，生拉硬扯的广播电线经常被碰断和撞断，这个时候，在部队当过通信兵的卢崇福带着登高板、脚扣，亲自爬到电线杆上去接通电线。毕竟已经45岁，他每次从电线杆上下来，累得满头大汗，卢崇福说："开发区百业待兴，每个人的十八般武艺全都能用得上。"中午吃饭的时候，彭桂贞和刘自强会放一些流行音乐的磁带，建设者们捧着饭碗，高音喇叭里回响着《我们的家乡在希望的田野上》《爱拼才会赢》《跟着感觉走》之类很切合当时情境的歌声，歌声穿过一个个工棚上空的炊烟，最终融入了深远的蓝天白云之中。

　　从工地到管委会小平房有3公里地，从村里抄近道走约有2公里，当时参加厂房建设大会战的年轻人称之为"胡志明小道"，香馨公司隔壁的临时小平房里共住了八九个人，晚上在管委会食堂打一瓶开水，从"胡志明小道"拎着回来。这里是荒郊野外，没吃的，没喝的，没商店、没娱乐，实在寂寞难耐了，他们会说："划两拳，再睡觉！"于是，同宿舍的两小年轻就划起了拳，没划几个来回，发觉依然不好玩，就睡了。靠划拳来丰富业余文化生活是滑稽而无奈的。

还有不能睡觉的。每天送到工地的材料要登记造册,然后经几方确认才能付款。这天天色已晚,钢材还没送到,黄小平和夏可政不能离开,黄小平就骑车到3公里外的小饭店买了点卤菜、花生米和几瓶啤酒,他们坐在集装箱上一边喝啤酒,一边等送材料的货车。夜已经很深了,啤酒喝光了,花生米吃光了,卤菜的骨头都啃净了,天上的星星也累了,夏可政和黄小平就坐在集装箱顶上数星星,后来终于看见了由远而近的货车灯光。货送来了,夏可政和黄小平跳下集装箱忙着清点登记,等到最后一辆车登记完毕的时候,天已经亮了。两人又接着去上班了,我问夏可政:"不累吗?"夏可政说:"那时候,通宵不睡觉是常事!"

其实,10万平方米厂房的建设过程远没有高音喇叭里歌声渲染的那般浪漫,钱不够,水电不通,劳务纠纷不断,施工单位间相互摩擦,100天的工期像一把利剑悬在每个人的头顶。工程调度会每周二、四、六下午2:30在管委会小平房大会议室召开,每天下午5:30在10万平方米标准厂房的工地现场召开工程建设碰头会,现场办公,现场解决难题。

难题太多了,像影子一样,你走到哪儿,就跟到哪儿,寸步不离。

陈和平的记忆是清晰而牢固的,没水,从2公里外的繁华大道用水管接到工地,水再分配到各个施工点,根本不够,24小时放水、存水依然解决不了水荒,实在急得没办法了,就用拉水车过来保养砖墙和水泥构件,混凝土搅拌机昼夜不息,为争水,工地上甚至大打出手;没电,从桃花、十八岗变电所临时架线过来,临时架线,线路不规范,电压不稳,灯一会儿亮,一会儿暗,工地经常跳闸,负责水电的陈和平就不停地在水和电之间来回奔跑。

劳务纠纷几乎每天都在发生,从干道建设开始,开发区出台政策,农民可以通过劳务来维持和改善生活,劳务主要是建筑材料卸货,我在一份开发区文件中看到劳务细化到卸水泥每吨2元,黄沙每吨1.4元,钢材每吨1.6元,红砖每千块4元,还有PVC水管、木模板、钢模板、石灰、井盖等建材全都明码标价。可在实际操作中,意想不到的扯皮的事层出不穷,村里的劳务分了好几个小组,每个小组几人十几人不等,最常见的扯皮是货到了工地后,人没来齐,先到的人就不干,而送货的车要急等着回去;第二种是开发区出台的政策中有些建材没标出价格,比如玻璃、塑料棚布、钢架、油漆等等,还有一些新材料,卸货时村民讨价还价,有时漫天要价,不答应就不卸货;第三种是由于村民装卸不及时,工地又急等材料,货主卸了,付了装卸费后,村民又来要钱,说这是开发区规定的,劳务由我们做;第四种是有的虽有标价,但货卸下来后,就地堆在车下,如果要送到十米二十米外,那就要加钱,不加钱就不卸货,因为文件上没说将货送多远。

指挥部人员都是年轻人,遇到扯皮,就自己上。一次天色已晚,安庆送水泥的四辆大货车急等着回去,而村民卸货小组只来了三五个人,人没来齐,他们不愿干,工程建设公司的莫之福、张仁斌、张晓明、李军等十几个年轻人说:"我们一起扛,钱还都给你们!"于是几个年轻人一起蜂拥而上,将水泥全都扛到了工地工棚里,他们用这种方式来感化村民。二十出头的张仁斌在工地上已经很多天没洗澡没刮胡子了,人晒得黢黑,一身水泥灰,一脸胡子拉碴,显得很苍老,有一个心地善良的村民在扛完水泥后问张仁斌:"你有几个孩子?"张仁斌说:"两个孩子。"村民很同情地说:"那你负担不轻。"说这话时候的张仁斌还没找到对象。

通常情况下的扯皮,多少都能说出一些充分或不充分的理由,还有一些人强行送砂石、材料给施工单位,价格高,还要付现钱,不要就用车将前后路堵死,让统一送材料的车进不来,出不去。这样的建设环境和投资环境影响很坏,指挥部一方面通过村干部协调,协调不了就让开发区治安办依法处理,治安办是市公安局的派驻机构,有15天拘留权,治安办主任张学法二十多年后在接受我采访时说:"我一般给他们三次机会,跟我们好好谈,如果还谈不好,我只有掏出手铐,拘留。"

那时候,水泥比粮食还贵重,在10万平方米兆峰陶瓷原料厂工地,因为绕道时加长大货车的一个后轮陷到了养鱼塘里,车子失去了平衡,已经有三四包水泥滑到了水里,眼看着几十吨水泥就要翻到水里全部报废,可养鱼的村民不给车走,说水泥把鱼呛死了,要赔钱。莫之福找村干部和规划土地处处长夏可政协调,补偿款最终由几万降到了几百元。夏天的天说变就变,闷热的空气中隐隐传来阵阵雷声,水泥不能淋雨了,莫之福和张仁斌来不及到村里找人了,两个人愣是将几十吨水泥卸到了塘埂上,等到他们雇佣村里的拖拉机将水泥全部拉走后,天上电闪雷鸣,暴雨如注,他们冒着倾盆大雨推着自行车走了六七里路赶到开发区二十埠小平房,人累得瘫在地上,爬不起来了。莫之福说:"腿抽筋了。"

夏天的工地上日子难熬,天热、晚上工棚里蚊子、虫子横行肆虐,在这样的环境里久了,人就容易上火,失去控制,两家施工单位为争水洗澡发生冲突,双方五六十人打群架,指挥部控制不了现场局面,紧急调动开发区治安办和肥西警方出动警力制止了械斗,一方被打伤了七八个人,占了上风的另一方被抓走了四个。工地停工了,负责工程的张义权冒着烈日骑自行车到黄山路工地求有工人受伤的公司复工,公司经理见张义权大汗淋漓、言辞恳切,动了恻隐之心,复工了;有工人被抓走的公司要求公安放人才能复工,在开发区和市建筑管理处的多方协调下,两天后放人复工。那时候,他们最大的愿望是,自己累就算了,工地上千万不要出事。

然而,最大的困难还是缺钱。

"带资建设"是建筑行业中风险很大的一种建设模式,弄不好的话,利润没赚到,垫进去的资金还收不回来,结果是"赔了夫人又折兵",一般都不愿这么干。可合肥经济技术开发区的10万平方米标准厂房建设要求施工单位"带资建设",似乎并没有引起太多的质疑,管委会是合肥市政府派驻机构,是一级政府,而且到开发区干工程又是合肥市建筑业管理处(现建管局)亲自组织的,在建筑业管理处召集的那次会上管理处就提出了"工程很大,必须是有实力的企业方可带资建设10万平方米厂房"。于是七里塘建安公司、湖滨建安公司、广厦建安公司、大圩建安公司、烟墩建安公司毫不犹豫地就来了,这是合肥市最有实力的几家乡镇建筑企业。

广厦建安公司建的厂房工程量最大,可广厦干到一半时,决定停工,因为开发区的钱迟迟不到位,起初带资建设答应要付一半工程款,现在连一半的一半都没付,张义权将停工的事向总指挥杜平太做了汇报,杜平太对张义权说:"现在账上只有5万块钱,开发区全部吃饭的钱就靠着5万块了。"杜平太要张义权跟施工单位再说说好话,让他们再挺一挺。张义权找到广厦经理,好话说尽,软话说透,广厦依然不松口,后来开发区找了市建筑业管理处出面,才没有停工。说起那时候没钱的困顿,张义权说,"工地上度日如年,只想着混一天算一天地赶紧熬过去。"

10万平方米厂房以"超深圳速度"的77天干完了,厂房建成了,可由于没钱付工程款,来的时候很牛的几家乡镇建筑企业公司有的倒闭了,有的趴下就爬不起来了。广厦公司老总因为付不出工程款,被工头在屁股上捅了一刀,杜平太被堵在门边,不让出去。杜平太说:"我现在没钱,不等于将来也没钱。相信我,我会连本带息还你!"

开发区建设工程款大约在2000年左右全部还清,而那时候,有些建筑公司已经找不到了。它们虽然消失了,但它们就像一些雪中送炭、拔刀相助的义士一样出现在开发区最困难最需要帮助的关键时刻。

10万平方米标准厂房建成的那天晚上,指挥部全体参战人员在二十埠小平房食堂聚餐庆祝,大家都喝了不少酒。

聚餐后,杜平太带着三四十个年轻人坐上中巴车,绕着10公里干道绕行一圈,最后在始信路佳安公司附近停了下来。

下车后,杜平太对着黑灯瞎火的二十埠方向问大家:"你们看到了什么?"

年轻人说,没看到什么,有人说看到了远处香馨公司方向有一盏日光灯亮着。

杜平太借着酒兴,豪情万丈:"不,那是一座现代化的大城市,你们看,高楼林立,车水马龙,灯火辉煌!"

杜平太手舞足蹈地比画着,他的激情和梦想在酒精的催化下彻底爆发了。

年轻人一个个听得热血沸腾,他们也被杜平太的激情点燃了,想起吃过的苦头,受过的委屈,不少人流下了激动的泪水。

2020年9月,我在北京参加中国作协主席团扩大会议,央视拍一部《扶贫路上的文学力量》的专题片,知道我要写一部新合肥的创业史,摄制组到我房间采访,我对记者们说到了这一情节,现场年轻的导演魏瑞娟眼泪似断线的珠子流了下来,把我吓了一跳。回来后她微信截图发了一段她跟台领导的对话给我。其中有这样的字句:"我周四采访听许春樵说的。""我真的好感动。""就是他说他们指着黑黢黢的黑夜说,那里就是新合肥。""我默默地一直在哭。"

这段微信截图我至今还保留在手机里。

10. 新都贸易公司与明珠广场

在这部分写作之前,我想了很久,把新都贸易公司和明珠广场放在一起的逻辑性是否成立?

最终我还是为自己找到了理由。

明珠广场包括管委会办公楼、明珠大酒店、三幢公寓楼的一砖一瓦是新都贸易公司送过来的,而这一砖一瓦差不多都是赊账赊来的。明珠广场1993年规划,1994年立项,1995年全面动工,1996年完成土建,直到1998年才装修完工,前后用去了五年时间,要是在如今,也许只要5个月就建成了。

新都贸易公司跟明珠广场在一起绑了五年,它们是一种同进退、共存亡的关系,这样表述似乎有些夸张,但有一点是肯定的,新都贸易公司送不来水泥、钢筋,明珠广场的工地就不得不停工。它们用五年的时间共同见证了开发区最困难、最艰苦的建设岁月,它们是两个最有说服力的历史证人。

新都贸易公司最初是工业发展公司下属的公司,经开区1995

（64）号文件将新都贸易公司独立单列,经理由合肥经济技术开发区经济开发总公司聘任,实际就是由管委会直接领导。自主经营、自负盈亏,是开发区最早完全市场化运作的公司。

自1994年后,开发区基础设施建设的建材由新都贸易公司统一采购、配置,1995年(78)号文件下发了《关于建筑材料实行统一采购办法的通知》,明确规定开发区管委会投资建设的建筑、装修等相关材料一律由新都贸易公司采购。

1994年8月18日,开发区管委会主任办公会议讨论了《明珠广场施工组织计划》,工程处牵头、建设工程公司具体实施、工业发展公司所属的新都贸易公司供应材料,规划土地处负责征地拆迁,计划项目财务处筹钱,会议纪要中对明珠广场的定位是:"明珠广场开建是开发区建设进入第三阶段的标志,也是开发区第三产业启动的开始。"

围绕着开发区工业化这一总目标,第一阶段10公里框型大道为招商引资提供了道路,第二阶段10万平方米标准厂房为入驻企业提供了生产平台,那么第三阶段的明珠广场建设则是为外资企业和外商生活提供配套服务。

明珠广场最初规划面积182亩,总建筑面积29万平方米,方案几经调整,一期工程47000平方米率先启动。明珠广场白东南大学深圳设计分院的孟建民设计,设计思路偏向于欧式风格,至2001年广场北侧欧风街开街,整体的明珠广场体现了非常鲜明的西方格调。

管委会办公楼下面规划设计有咖啡厅、游泳池、健身房、酒吧等,后来建成后只保留了咖啡厅。明珠大酒店原来规划是两栋办公公寓楼,后来改建成五星级酒店。还有三幢住宅公寓楼是专门为进区外企和内企管理人员配备的,原先明珠广场的整体规划中还有写字楼、商场、银行、酒楼、音乐喷泉广场、网球场、高尔夫球练习场、保龄球馆等,是一个功能齐全的集金融、商务、政务、酒店于一体的现代服务中心,也是开发区城市化建设的启动区。只是由于资金困难和项目变故,原先规划中的兆信大厦、繁华大厦、管委会综合大楼只建成了一个,最初"国际社区"的规划设计方案不得不一改再改。尽管如此,五年后建成的明珠广场还是震动了合肥,成为合肥最具现代感的"十景"之一。

10公里框型大道和10万平方米厂房建设太快,快得让人难以置信;而明珠广场又建设得太慢,慢得让许多人失去了耐心。

建设工程单位走马灯一样换来换去,新都公司的建筑材料时断时续,干干停停,停停干干,工程进度就像老牛拉着一辆破车艰难地向前迈进。工程一拖再拖,说到底就两个字:没钱。好在明珠广场建设不像10万平方米厂房那样100天内必须交付,不交付,项目就落不了地。

开发区有一句名言:要是有多少钱,就办多少事,那要你干什么?就是没有钱也要把事情干成。

在新都贸易公司,这句名言被细化为:给你一块钱,你必须干成三块钱的事。不然,要你干什么?

这句名言一直到2000年以后,才提得少了起来。

卢崇福跟我说起过这样一个细节,明珠广场开建前,看着管委会小平房里每天都有要钱讨债的人,他很不放心,悄悄地问计划项目财务处副处长(主持工作)周玉:"老弟,明珠广场工程不小,我们到底有多少钱?"

周玉嘴里咬着香烟,不说话。沉默了好半天,他在烟雾中先伸出两个手指:"老哥,不瞒你,这么多!"然后又竖起六个手指。

卢崇福说:"260万?"

周玉吐掉嘴里的烟头,皱着眉头:"减去一个零。26万!"

合肥市和开发区的地标性建筑明珠广场就是靠这26万撬动的。

新都贸易公司在开发区发展史上的特殊意义不在于统一采购材料省了多少钱,赚了多少钱,而在于没有钱却执行了统一采购材料的艰巨任务。他们把不可能做成的事做成了,他们也因此承受了别人根本承受不了的巨大压力。好多当年的新都人对我说:"新都贸易公司的经历,与其说是一种磨炼,还不如说是一种磨难!"

没钱,但有来头。合肥经济技术开发区管委会,副厅级单位,合肥市政府派驻机构,省政府批准的开发区,不是个体户,不是打一枪换一个地方的小商小贩,你去看看10公里干道,再看看到处建设的工地,我们还能赖你的账吗,我们实际上是代表合肥市政府来跟你们谈合作的。

新都贸易公司出去谈材料购销合同,口气很大,语气很从容。他们要坚定供货企业的信心,虽然合同是跟公司签的,实际上是跟政府合作。

红砖以郊区常青砖瓦厂为主,还有肥西、肥东、长丰的砖厂供货,买这些地方的红砖路途近、运输成本低、价格便宜。水泥用量最大,供货厂家也最多,东关水泥厂、巢湖水泥厂、淮南水泥厂、铁道水泥厂、庐江水泥厂、海螺水泥厂、凤阳水泥厂等十几家。钢材用量也很大,资金占用量很多,主要以马钢、合钢为主,还有首钢、武钢、济钢、宝钢等。

当时新都贸易公司主要是为开发区建设提供红砖、钢筋、水泥这"三材","三材"就像战场上的炮弹,没有这炮弹的保证,仗就打不下去了,或者说,仗就打失败了。

公司在明珠广场工地附近建了一个材料库,临时围了一个大院子,搭了几间工棚,卢崇福、黄小平和公司员工轮流值班看材料,这些钢筋、水泥是工程建设的命根子,那工棚的日子真不好受,夏天蚊子咬,冬天寒风吹,四周一片荒凉,"管好、分好、发好"是新都贸易公司的基本职责。

新都贸易公司经理黄小平至今仍心存感激的是,省金属公司(属省物资厅)和市政府帮了大忙,省金属公司担保,市政府开介绍信,黄小平带着30万块钱,从马钢调回了价值300多万元的1500吨钢材,相当于用1块钱干成了10块钱的事。

十几个车皮的钢材运到合肥火车站,再用几十辆汽车转运到开发区,货还没到明珠广场材料库,劳务纠纷提前到了,老百姓要卸货,说这是开发区政策规定的。红砖好卸,可螺纹钢要是人工卸载的话,只能一根一根地往下抬,三天三夜也卸不完,运输钢材的车队排到了十八岗,必须得借助铲车、吊车卸载。可你不让老百姓卸货,就得给钱,只得由黄小平打白条,夏可政审核签字,老百姓到财务上领钱,而租用铲车、吊车卸货的费用还一分不能少。

水泥本来就紧张,欠钱太多,水泥调不到,工地又不能停工待料。一天黄昏,杜平太找到黄小平,用不容置疑的口气说:"停工是肯定不行的,我不管你采用什么办法,你今晚无论如何要把水泥运到工地,夜里 12 点之前给我电话,不然我一夜都不会睡着。"

黄小平领命后,立即借用刘自忠副主任的桑塔纳轿车,由奚连珍开车直奔巢湖东关水泥厂。到了东关,天色已暗,厂长、供销科长就拉着黄小平去饭店吃饭,黄小平说:"我不是来吃饭的,我是来调水泥的。"厂长说:"你要是表现好,今晚上就给你水泥。"

厂长在酒桌上说:"你们拖欠的货款太多,按说不能再给你水泥了,想要可以,十杯酒,一车水泥。"

一车水泥只有 10 吨,黄小平说:"这么喝,我喝死了,也不够呀!一杯一车!"

厂长和供销科长同意了,酒杯不小,一杯半两,看黄小平招架不住,奚连珍要帮黄小平代酒,厂长说代酒不行。

黄小平一口气喝了十二三杯,当喝到第十八杯时,他已经站不住了,厂长见黄小平脸色发白,头上直冒冷汗,被打动了:"你不用再喝了,今晚生产的水泥全给你!"

刘自忠还在工地等着,黄小平连夜赶回来时,工地上的水泥已经送来了,这时已是夜里 12 点多了,黄小平给杜平太打电话说:"水泥已经送到了。"杜平太说:"好,我放心了!"

黄小平放下电话,只觉得天旋地转,昏昏沉沉中,不知道东南西北,也不知道自己家在什么方向。

张仁斌在河海大学的第二学位学的是经济贸易,所以让他到新都贸易公司当业务员属于专业对口,只是他没学过如何空手套白狼,但到新都,你得十八般武艺,样样精通。由于欠下的货款太多,到 1996

年的时候,一般的水泥厂已经赊不到货了。铁道水泥厂在华东国际建材城有一个办事处,还没打过交道,这是一个新的目标。单身汉张仁斌晚上在仓库值班,饭后就散步到建材城,看到水泥厂办事处后,就进去了。张仁斌自报家门后,就跟他们大谈起了开发区光辉灿烂的明天,对方跟张仁斌说:"先绘蓝图,后谈水泥。"第二天,铁道水泥厂的副厂长就赶来洽谈了,准备签协议的时候,对方咬死货款100吨结算一次,新都坚持开发区用量很大,必须1000吨一结,最后敲定500吨一结。张仁斌说,水泥送到480吨,就不敢要了,因为到500吨就要付钱。没钱付。

没办法,只好再换一家水泥厂,张仁斌说,铁道水泥厂副厂长因回款不力,后被调整到分管后勤去了。开发区发展不只是开发区人做出了奉献,许多与开发区合作的企业和个人也做出了巨大的贡献,甚至是牺牲。

开发区第一代创业者们都知道,黄小平做新都贸易公司总经理那两年,逢年过节的主要任务就是躲债,过年就像是过"鬼门关",管委会领导很能理解黄小平的苦楚,年关将近时就叫他带上老婆孩子到海南过春节,既是对他的奖赏,也是保护他出去避一避风头。黄小平婉言谢绝了,他说躲得了和尚躲不了庙,躲得了初一,躲不了十五。过年时,他被讨债的人堵在了家门口,他的家已经被债主们锁定,他就递香烟,说好话,求债主放他一马。巢湖地区水泥厂因为新都拖欠100多万货款,而把黄小平送上了被告席。

黄小平是共产党员,但他也不是什么特殊材料做成的,他就是一个活生生的人,被债主逼急了,逼得走投无路了,他就跑去找杜平太诉苦:"你要材料,又不给我钱,你让我怎么干?"

杜平太也有一肚子委屈,他说:"有钱谁都会干。市委给了我一张纸,一分钱也没给呀!"

明珠广场到1996年8月份的时候,土建已经基本完成,可管委会办公楼、公寓楼、明珠大酒店只是一个空壳。没钱装修,买不起装饰材料,开发区管委会只能有一点钱就投一点进去。本着"有条件要上,没条件创造条件也要上"的建设思路,明珠广场建设办公室盯上了兆峰陶瓷,兆峰陶瓷欠开发区土地款和厂房代建工程款,于是就让兆峰陶瓷以瓷砖、抽水马桶、洗脸池等产品折价抵押欠款,园林绿化就由开发区公服公司去做,涵管等建材由建设工程公司的香馨公司提供,凡是开发区几大公司和所属公司能做的项目一律自己做。一是省钱,二是自己欠自己的钱总不至于封门当被告,肉烂在自家的锅里。

劳务纠纷是任何开发过程中的一项常规内容,几乎是建设项目的一个重要组成部分。全国都是如此,开发区当然不会例外。开发区建设一边是材料紧缺,一边是材料来了后劳务纠纷立即跟上。规划土地处负责劳务协调,处长夏可政就是灭火队员,他每天从一个工地赶到另一个工地,骑着自行车一路狂奔。1995年夏天一天下午,明珠广场工地上送来了10车水泥,十八岗做劳务的老百姓说天热,管委会定的卸货每吨4块钱太低了,要加价,论包计算,张荣耀苦口婆心地说开发区实在没钱,不行,处长夏可政来了也不行,老百姓指着头顶上毒辣的阳光,说:"你们下,要是你们下,我们就不要钱了!"

憋了一肚子气的张荣耀和谢涛、王朝阳等几个年轻人说:"下就下!"于是,夏可政在车上搬水泥,张荣耀、谢涛、王朝阳在车下扛,扛了一个多小时,老百姓见两个小年轻毫不示弱,就又接着起哄:"你们要是一人扛两包,连续扛十次,我们真的一分钱不要了!"因为劳务纠纷已经形成惯例,老百姓即使不做劳务,只要在自己的地盘上,也得给他们一半的劳务费。

身高马大的张荣耀对稍显单薄的王朝阳说,"朝阳,你不要扛了,我一个人扛20趟!"

从下午5点下到晚上7点,80多吨水泥卸掉了30吨,其余的让施工单位卸了。张荣耀晚上到劳服公司开的繁华大酒店洗澡,天太热,头上的汗水将水泥和头发凝结在了一起,洗澡后还是掰不开,女友彭桂贞就一根一根地慢慢掰开。有的年轻人实在掰不开被水泥凝固的头发,就用剪刀剪掉头发。

十八岗的老百姓离合肥近,是"见过大世面"的,但他们还是被开发区的年轻人震住了,他们私下里议论着:"这么厉害,像是从少林寺招来的。"因为诸如此类卸水泥的事不止一次,有时夜里送货到工地,深更半夜根本叫不来老百姓,叫不齐又不愿干,所以夜里新都贸易公司和规土处自己扛水泥下货的事很平常,夏可政、黄小平、张荣耀、张仁斌、谢涛、王朝阳等人卸水泥的功夫一点都不亚于老百姓,那时候,大家都觉得,来开发区工作就应该扛水泥。

老百姓所有的劳务纠纷都与开发的利益相关,还有就是肥西这一带的农民太穷,他们失地后一点自我造血的功能都没有,干劳务实际上只是想保证温饱,靠扛水泥、卸红砖肯定是发不了财的,他们有时候的刁难更多的是基于贫穷和生存的压力。所以管委会发生劳务纠纷时,只要不是太过分,管委会大多数时候是妥协。当然,老百姓本质善良,有时也会让他们动起恻隐之心,一次凤阳水泥送到了明珠大酒店工地,老百姓要现钱,不给就不卸货,驾驶员急着要回去拉后面的货,就逼着张仁斌赶紧处理,走投无路的张仁斌动情地对老百姓说:"我也是农村来的,你们就是我的叔叔婶婶或是兄弟姐妹,假如你们的孩子、你们的兄弟在外面工作遇到这种事,怎么办?你们能不帮忙吗?我保证,明天就向领导报告,把欠你们的钱要回来,求你们现在帮我一个忙!"老百姓见张仁斌说得言辞恳切、情绪激动,就纷纷站起身,将水泥卸了。但此后一个月还是没结清劳务费,开发区实在太困难了,规划土地处处长夏可政负责在白条上审核签字。

那时候,开发区的白条满天飞。

明珠广场项目建设开始是由建设工程公司负责的,由于规划复杂,工程量大,建设战线长,管委会专门成立了明珠广场建设办公室,杜平太任办公室主任,姚峰、张义权任副主任,姚峰负责规划设计,张义权负责工程建设。

张义权在说起明珠广场建设时,脸上的表情已经很平静了,但在说到工程建设被卡住脖子时,仍抑制不住地涨红了脸,好像又回到了那举步维艰的施工现场。

明珠广场建设办公室先从市区的新城社会化公司抽来了何建埠等四人,从建设公司抽来了董积平,1996年又抽调来宁波、刘晓婕、张红环。他们是一帮干工程和做设计的好手,可到明珠广场工地,立即陷入了巨大的困顿和无能为力之中,有力使不上,或者说发出去的力像是拳头打向了空气。

建设中没钱要去协调,协调就是求人,就是说好话,可好话不当钱花,协调异常艰难而痛苦。管委会办公楼由省水安公司承建,明珠大酒店由省三建施工,三栋公寓楼则由肥西水安、郊区建设公司、皖江建设公司等几家分包。省三建工程量大,欠的工程款也多,1996年正月初六,张义权和董积平拎着烟酒给省三建老总拜年,老总窝了一肚子火,把张义权和董积平骂了个狗血喷头:"你们开发区不按合同办事,害得我连年都过不下去,你们简直就是骗子!"两个二十郎当岁小青年拎着烟酒灰溜溜地逃了出来。

省三建老总跟管委会党工委副书记薛典伦是朋友,后来由薛书记出面请老总吃饭,好话说尽,总算在正月二十五复工了。

我与管委会很多创业者们聊起在酒桌上协调建设的事,他们都说,那是一种不想喝也得喝的酒,喝下去的酒,就像喝药一样,痛苦不堪。这当然是一种夸张的表述,但心情大体上是不好受的。没有钱,有酒。很多矛盾和危机是在酒桌上解决的,所以,中国人喝酒不是因为对酒精的迷恋,而是酒精里面所象征的人情、面子、尊重、友好、义气等等传统文化内涵,所以称之为"酒文化"。

工程协调比劳务协调要难得多,关系和情面也不是永久的护身符。明珠国际大酒店门前做铺装,欠的钱太多,省三建坚决不干了,张义权找到了肥西县水安公司来干,小公司干这么大的工程是相当兴奋的,带资建设,积极性空前高涨,前后工程款100多万。到1996年春节时,肥西建安公司老板找张义权要钱,张义权找管委会,管委会的门都被上门要债的堵死了,到哪儿要到钱去?张义权对要钱过年的小老板说,实在没办法,肥西水安那位30多岁的工头,蹲在地上伤心地哭了起来,他抹着眼泪鼻涕诉说着:"那么多兄弟,干了大半年,你一分钱不给,过不了年呀!"张义权看到他的头发在冬天的寒风中就像一蓬稻草,心里很难受,他回到家,把家里仅有的5000块钱拿了出来,给他回去发给农民工过年。

年关来管委会要钱,大体有以下几种类型,有吵的,有缠的,有哭的,有闹的;有要不到钱就不走的,有堵办公室门的,还有堵家门的,有打官司的,还有打人的,最过分的莫过于河南某地方法院开着警车、带着枪来封管委会的门和车。

时隔二十多年,说起那次惊心动魄的管委会尊严保卫战,许多人依然表现出异常激动的情绪。事情很简单,管委会将兆峰陶瓷的建设任务总承包给合肥湖滨建筑公司,湖滨建筑公司又将工程分包一部分给了河南某地的施工队,实际上是河南施工队与湖滨公司的工程款纠纷,与管委会没有直接的关系,因为管委会给湖滨的钱没有完全结清,所以河南施工队起诉至法院,管委会就有了连带关系。

当时管委会有四五个人被送进了医院,徐险峰也受伤了,她身上很疼,疼得站不起来。

管委会领导赶到后,党工委副书记薛典伦跟河南某地方法院便衣在小平房会议室谈判,党工委书记张维端跟周玉一起到市中院汇报,请求市中院出面。

事情在市中院的干预下化解了。但这件事给管委会创业者们造成的刺激和影响是深远的。它至少有以下两点启示:一是管委会是一个大家庭,遇到了事,全家齐心协力一起上;二是没有强大的实力,不仅捍卫不了自己的尊严,也保护不了自己的安全。

新都贸易公司采取"全面撒网、多点捞鱼"的战术采购建筑材料,如果遇到有供货商突然断货,则会在"全面撒网"的铺垫下,收到"打一枪换一个地方"和"东方不亮西方亮"的奇效,以确保建设工地不轻易停工,谁都知道,停工的损失是惨重的。而在工程款结算上,1994(107)号文件下发了《关于印发合肥经济技术开发区经济开发总公司内部银行章程的通知》。开发区自己办了一个内部银行,要求所有的项目单位必须在开发区"内部银行"开户,工程款先由"内部银行"开具信用凭证,拿到信用凭证就相当于开发区已经跟项目单位把钱结清了,如果项目单位真的需要钱,再由内部银行开具可以实际提款的银行兑换支票,然后到银行取钱。所以"内部银行"开具的信用凭证实际上只是一张空头支票,当年参与"内部银行"业务的骆强说:"'内部银行'打的是'时间差',项目单位拿了信用凭证要变现,就得多一道手续,换成真实的银行支票,拿了支票再到市里去变现,路程远、时间紧,如果再遇到双休日、节假日,这就为开发区资金周转赢得了时间;'内部银行'的信用凭证不像工地上劳务开具的白条经常兑不了现,内部银行的信用凭证只要变现,随时兑付。由于信用度高,一些施工单位不等着急用的钱就存在了内部银行。"

管委会"内部银行"最多时开户数多达 80 多家,为缓解管委会资金压力做出了积极的贡献,这是被逼出来的创新,也可以说是绝路上的绝招。

在管委会揭不开锅的日子里,管委会全体职工把家里的钱掏出来,集资渡难关,从领导到职工无一例外。1994年晨龙加油站集资30万;1995年开发区劳动服务公司向管委会干部职工每人集资2500元,共102人,筹建资金255000元,这笔钱用于市土地开发总公司转让的香馨公司股份3.6万美元。有些职工家属见这么大的开发区还要向职工借钱,再加上外界对管委会的质疑一直不断,一些家庭不宽裕的职工家属就不愿拿钱集资,一些职工只好动用自己的私房钱集资,没有私房钱的,就向同学、朋友、父母借钱来交集资款。

其实,也不完全是靠26万块钱撬动明珠广场亿万工程的,1994年由太平洋保险公司担保,交行给管委会贷了1500万,这钱相当于从太平洋保险公司拆借的。1996年,经省人民银行批准,管委会以工业发展公司名义发行了3000万一年期企业债券,由市信托投资公司面向合肥市民销售,债券发得很快,可一年后,钱花完了,连本带息一分钱还不起,明珠广场还没建好,装修工程断断续续,经常停工。当初市信托就不愿承销,计财处副处长周玉在市信托老总家软磨硬泡,周玉说:"好话说尽,老总还是不答应,天下雪了,我赖在他家不走。"后来总算答应了。承销的风险很大,到期不能还本付息,老百姓会把信托砸烂的,一年后市信托业务人员到管委会来要求兑现债券,见要钱无望,就说周玉是个骗子。

1996年底,明珠广场的土建已完工,四面楚歌的新都贸易公司撤销,业务及债务并入了建设公司,由建设发展公司总经理祖朝兴负责善后,黄小平又回到了工业发展公司。黄小平说当新都贸易公司总经理两年相当于过了二十年,管委会只给了他1500万,新都贸易公司搞回来了4500万的材料。新都贸易公司终于做到了"花一块钱办三块钱事"的奇迹。

明珠广场装修阶段,对核心区的音乐喷泉广场,管委会提出了"十个起来","音乐响起来,喷泉喷起来,旗子飘起来,鸽子飞起来,钟声响起来,广场绿起来,旗杆竖起来……"

明珠广场建成后,接待了多位党和国家政要和许多外宾、企业界精英。不仅是合肥市的接待经常安排到这里,省里的重要接待也安排在这里。我的第一本小说集《谜语》是华夏出版社出版的,后来我在封二扉页里,看到了作者简介前附的照片就是以明珠广场为背景的一张照片,时间是1998年,那时候,我与管委会还没有任何关系。

明珠广场是当时的"合肥十景"之一。"合肥十景"是一种广告式的认同,这里真正的意义是体现了合肥的现代意识、展示了合肥的开放意志。古朴庄重的欧式建筑与浪漫优雅的西方情调在这里和谐统一,坐在咖啡厅里,品尝着香气四溢的原味咖啡,看落地窗外的广场上鲜花锦簇、绿草如茵,数十米高的喷泉随着音乐的节奏在跳跃,数百只鸽子在蓝天下飞翔,如同置身于欧洲大陆的某一个地方。当年这是一种在合肥找不到的感觉,也是在安徽体验不到的感觉。

咖啡厅是开发区一个重要的历史记忆,许多项目是在咖啡厅里洽谈落实的,许多领导人是通过咖啡厅认识开发区的,许多参观者是在咖啡厅记住开发区的。

在2000年前后,省、市实际上是把明珠广场当作"新合肥"的形象窗口对外介绍的。

然而,对于管委会来说,更多的是实用性的意义和价值,管委会有了一条龙服务外商的行政中心,接待外商有了合肥第一家五星级的酒店,安置中外资企业的高管和员工有了设施配套齐全的公寓楼,服务外商有了餐饮、咖啡厅、保龄球馆、银行、超市……

开发区的服务业从这里迈出了最炫酷的第一步!

11. 梦想中眺望未来

20世纪80年代,李谷一有一首歌火遍了全国,叫作《我们的家乡在希望的田野上》,到了90年代,如果合肥经济技术开发区要谱写一首歌的话,那就叫作《我们的梦想在希望的麦田里》。

穷人并不是指身无分文的人,而是指没有梦想的人。

有梦想,才有未来。所以,李谷一的那首歌好像是提前为合肥经济技术开发区演唱的。

开发区有一个"五彩的梦",由"蓝、绿、红、橙、褐"五色组成,寓示着:碧水蓝天、绿树成林、火红激情、金色果实、肥沃土地。这五彩的梦后来设计成了一个动态旋转着五种颜色的LOGO。"五彩的梦"的LOGO比较抽象,但大体上流露的是对"新合肥"的想象,表达的是开发区将为梦想而奋斗的精神。

赶往麦田的开发区人是来工作的,也是来寻梦的。鲁迅说,做梦的人是幸福的。

在长达八个月漫长的采访后,一些人物和事件经过时间的沉淀和漂洗，过滤出了全新的品质。我发现，当年开发区的创业者们睡工棚、住工地、穿胶鞋、戴草帽、扛水泥、吃方便面、喝自来水、大碗吃饭、大口喝酒，他们四处求人、到处烧香、受过气、挨过骂、遭过打、领不了工资、找不到对象、顾不了家庭，但没有一个人抱怨过，只要有紧急任务，昼夜不息、义无反顾，没有一个人讨价还价，没有一个人借口躲开，即使家里遇到困难，甚至是灾难，也不会离开建设第一线。

这不是我们通常意义上所说的政治觉悟，也不是一般意义上敬业精神，而是开发区的创业者们是一群有梦想的人，是一群愿意为实现梦想而赴汤蹈火在所不惜的人。

让后来者为之震撼和不可思议的是，在开发区，这不是一个人，或几个人，而是一群人，甚至可以说是所有人。

2004年，我在合肥经济技术开发区管委会挂职主任助理，我给组织部门的挂职总结中，曾以无比羡慕的口气写道："开发区有一支水平高、素质好、专业强、每个人都能独立作战和独当一面的干部队伍，如此整齐，如此年轻，这是我在全省任何地方都没有见到过的。"这份总结至今仍然保存在我的电脑中。

时间已经过去多年，至今想来，我觉得报告中应该加上一句：这是一群为梦想而来的"麦田里的守望者"。《麦田里的守望者》是美国作家塞林格的一部小说的名字。

梦想是把虚构当现实，把想象当目标，所以活在梦想中的人本质上是浪漫的，他们不愿意墨守成规地生活在既定的框架内，他们不愿意过一种温暖而平庸的日子。

张荣耀是安徽农业大学系、校学生会主席，双优生，连续三年一等奖学金获得者。他是抱着一摞"获奖证书"来见杜平太的，第一天没见着，第二天他又从市里骑一个小时自行车赶来了，还是没见着，第三天终于见着了。为什么要来开发区，他对杜平太是这样解释的："我不喜欢过轻松快活的日子。"杜平太看了一大摞证书后，当即叫来办公室主任廖津民，说："这个大学生不错，留下来！"一个月后，张荣耀到开发区规划土地处报到，在夏可政手下协调劳务和土地征拆工作，他每天骑着自行车四处狂奔，风里来、雨里去、扛水泥、睡工地，像一头下山的猛虎，所向披靡。当时拆迁由肥西县负责，规划土地处督促和协调，张荣耀整天盯住肥西的乡镇长，督促征拆，肥西乡镇长哪会听毛头小子张荣耀摆布，张荣耀除了说好话，唯一能做的就是豁出去跟他们喝酒，乡村小酒馆，全是劣质酒，一直喝到舌头发硬，两眼昏花，甚至当场趴下。酒喝好了，征拆就快了。农村孩子张荣耀特别能吃苦，以苦为乐的动力源自于内心里永不熄灭的梦想。半年后的1994年6月，干活玩命的张荣耀升任规土处处长助理，22岁。

还有安徽大学毕业的赵志刚，本来是来管委会实习的，在10万平方米标准厂房工地当广播站的通讯员。在一线采访中，他被这火热的激情和壮观的建设场面震撼了，他在学校是班长、党员，分配前景、政治前途被一致看好，赵志刚像着了魔一样，把自己的未来和梦想落实在了开发区麦田里，实习结束时，他说："我不走了！"他把省高检和南京军区某部令许多人眼红的工作岗位通通放弃了。安大来了六个实习生，愿意留下的三人，除赵志刚，还有刘自强、徐晓枫，他们对麦田里的奋斗极度兴奋、无限痴迷。

肖光华在干合肥汽车制造厂厂长的时候,手下有过4000工人,下海到厦门外资企业开发"金龙旅游汽车"项目,担任生产计划处长,年薪39万,这在当年合肥和安徽是天文数字的薪金。钟咏三到厦门考察时对他说,我们合肥也要干汽车,你回去干。于是老肖就回来了,月薪由3万变成了加各种补贴后总共530块钱,年薪由39万降到了6500块钱,下降了98%,这是一个让人不可思议的数字。老肖以前是有专车的,回来后得自己每月买25块钱月票,从家里挤公交车到市府广场,再从市府广场乘开发区交通车到二十埠上班。老肖在管委会任工业发展公司总经理,晨龙、可明丽、恒达、兆峰陶瓷等开发区最早的企业名片就是老肖带着一帮人一手打造的。市长钟咏三有建设新合肥的工业化梦想,肖光华感念于市长的拳拳之心,他愿意陪市长一起做梦。活在梦想中的人很难清醒地意识到自己的年薪已经下降了98%和失去了专车,意识到了也不会多么介意。

曹文林是从市供电局过来的,供电局日子太好过。曹文林说他来开发区"是想过一种有挑战性的日子"。谢涛是合肥啤酒厂搞环保的技术员,工作轻松。27岁的谢涛听说市里要在肥西搞开发区,没人愿意去,他说:"我还年轻,我想去闯一闯!"

夏可政和卢崇福是从部队转业过来的正团级干部,他们在这里找到的是战场的氛围,是部队的感觉,是军人生涯的继续,是人生梦想的延伸。夏可政1993年9月20日到开发区,卢崇福是10月底来的,刚来两人都任管委会办公室副主任,一个管后勤,一个管文秘,在那个非常的岁月,将军人放在管委会中枢岗位上是最恰当不过的。

夏可政说,到这里才算找到了用武之地。卢崇福说,开发区是一艘巨轮,一旦起锚,直挂云帆济沧海。老卢转业前骑三轮摩托来看过开发区,他是被竖在路边巨幅标牌上的那幅规划图激励起了斗志,这地方值得一干!夏可政转业前不止一次地听人说起开发区是一片热土,他过来看了后,在最短的时间内感受到了开发区的激情澎湃和活力四射,他认定十八岗"肥西人民欢迎你!"的牌子一定会变成"国家级合肥经济技术开发区欢迎您!",所以,转业时他几乎是毫不犹豫地就过来了。当夏可政、卢崇福下属的很多营级、连级、排级军官转业到了合肥市区的时候,两个正团级军官却卷着铺盖来到了肥西乡下的麦田里。很多老战友老部下都想不明白,但他们很明白,这里没有安逸的生活,但这里有梦想!

在10万平方米厂房工地,卢崇福能带着脚钩、夹板爬电线杆,每天早上天不亮起床,从炮兵学院步行到合安路边等交通车到二十埠就不会有什么特别感觉,至于后来卖汽柴油、卖冷饮、看仓库、挖土坑、分发建材已经驾轻就熟了。杜平太曾经跟决定来开发区的卢崇福说:"条件很艰苦,你要是有更好的去处,我表示理解。"卢崇福说:"我认定了开发区,我是军人,我不怕苦。"1996年开发区很困难,工资不能按时发放,管委会决定将开发区除建筑工程公司之外的所有的公司断奶,推向市场。卢崇福跟肖光华等工业发展公司班子成员虽然压力很大,但斗志昂扬、积极乐观,在议完工业发展公司实施推向市场方案后,卢崇福在家里拎了一箱酒,跟大家喝得热血沸腾,看上去很严谨的老卢内心的浪漫激情被酒精点燃了,他乘着酒兴。即兴赋诗:

今日同饮下海酒,共闯市场同战斗;

发证喝了下海酒,综合开发盖高楼;

小平喝了下海酒,贸易达标有劲头;

燕翔喝了下海酒,受命艰难当助手;

寿保喝了下海酒,任劳任怨孺子牛;

光华喝了下海酒,公司发展大丰收;

崇福喝了下海酒,团结大家往前走;

来日再喝庆功酒,艰苦创业壮志酬。

这首诗给工业发展公司班子成员每人赋诗一句,诗中不仅充满了旺盛的斗志,更充满了理想主义的光辉,虽然过去了十几年,卢崇福在跟我说起这首诗时,几乎是毫无停顿、一气呵成地随口就背了下来。

夏可政在办公室负责后勤和接待,开发区接待主要安排在小平房食堂餐厅,餐厅里接待过科长、处长、局长、厅长、市长、司长、省长、国务院特区办主任等等,小平房餐厅里装修得简洁、大方、温馨、舒适,食堂里烧的是乡下买的土菜,土鸡、土鸭、河鱼、河虾、菜园里新鲜蔬菜,相当于现如今的"农家乐"。夏可政把这种接待设定了三大目标,一是菜肴特色,二是主人热情,三是家庭氛围。

管委会接待都是公务,许多事情是在酒桌上洽谈和拍板的,放在食堂里的小餐厅,菜是家常菜,掌勺的是管委会食堂师傅,女服务员清一色的管委会办公室的公务员,这种接待的感觉就像在家里请客,极容易产生"不外"的亲近感和零距离效果。服务员8个女孩中彭桂贞毕业于四川大学,张露毕业于安徽大学,是大学英语老师过来的,大多是学校毕业的专业人才。夏可政是一个豁达、乐观、幽默的人,他对女孩们说:"搞接待,只好把小姐当丫鬟用了,你们给我上!"女孩们下了班就进了食堂,择菜、洗台布、放餐具、端菜,什么都干,她们用餐巾布折叠的花形比市里的大饭店的还要漂亮。夏可政看到如此专业就会表扬她们说,服务做好了,将来开大酒楼做大老板不在话下。客人们走了,8个美女要收拾残局,等一切收好后,大家才开始吃饭,吃的是剩饭剩菜。夏可政说:"忙到大半夜了,剩饭剩菜管饱。"一次,送走了客人,夏可政拎着半瓶剩酒犒劳食堂师傅,食堂师傅拉着夏可政在操作台边上喝了起来,夏可政身后的椅子翻倒至一米多高的台子下边去了,夏可政往下坐时,知道椅子倒下去了,于是蹲了一个马步,稳稳地端住杯子,高声宣誓着:"这就叫,人倒势子不倒,酒倒瓶不倒。"说完,又稳稳地将一杯酒倒进喉咙里。大家乐翻了天,笑得前仰后合。

　　管委会主任杜平太也得亲自端菜,食堂灶头不够,菜就上得慢,一次,一份蒸鱼终于出锅了,杜平太从厨房里急匆匆地端了上来,放下盘子,发现手上烫得都是泡。

　　"那时候,在小平房里的感觉不像在单位,而像是在家里。"二十多年后,许多人都这么感慨着。

　　女孩们下班都很晚了,深更半夜不安全,廖津民和夏可政要司机不仅要把女孩们送到家,还要送进门,女孩们都是我们家里的人,不允许出现丝毫的意外。司机袁家美对我说,即使不送进家门,也要等女孩们进了家门,在楼上喊话确认后,才能离开。

　　1993年4月3日干道建设开工典礼上,廖津民是来照相的,他爬到主席台西南角的高架车上,从空中向下俯拍开工典礼盛况,他被200

台挖掘机和推土机排成的1里多路长的阵势给镇住了,被盛况空前的场面感染了,但也没想得太多,照完相就回市规划局了。1993年8月17日杜平太找到廖津民:"我准备带你去开发区,你考虑一下!"廖津民当即表态,"不用考虑,我去!"

廖津民在市里也是杜平太的部下,来了干主持工作的开发区办公室副主任。

杜勤和杜玉梅从新城社会化服务公司来到开发区后,一头扑进了社区建设中,杜勤在社区建设办公室拆迁安置处任副处长,杜玉梅则在海恒社区筹备组任副组长,筹备组租住在当地农民家里,两个从没下过乡的女孩子做起了农村征地、拆迁安置工作,经验没有,农村不熟,她们一起在黄岗村开群众大会,宣传28号文件精神,农民在下面起哄:"不跟你们女的讲,我们要跟夏书记讲!"杜勤和杜玉梅头皮都炸了,但不能退缩,还得继续开会。当讲到失地农民到供养年龄发每月发50块钱供养费时,下面有人起哄说:"我们不要钱,50块钱给你们买花圈去吧!"

杜勤说:"开发区真是锻炼人,现在让我去做任何工作,我都不会胆怯,也不会紧张。大风大浪经历过了,没有什么工作是不能做的。"

开发区重新塑造了她们,她们在开发区找到了实现人生价值梦想的平台和阵地。

"上阵父子兵,打仗亲兄弟",当年杜平太在开发区的基本队伍大多是他在规划局和开发办的老部下,如廖津民、王刚、祖朝兴、李应天、方世文、李志奎、杜勤、张义权、宁波、王勇、姚峰、杜玉梅、张红环等等，这些老部下跟杜平太一起来开发区创业，除了对杜平太个人追随之外，很重要的一点，就是因为开发区能给每个人提供太多的想象空间和事业梦想。

那时候，离开市区，到肥西上班，虽有组织决定，但并不强迫，只要不愿意来，没有谁会以组织的名义逼着你来。

来的都是年轻人，年龄最大的30岁，大部分是20来岁的年轻人，年轻人本来就喜欢做梦。后来每年100个大学生引进计划连续实施，开发区变成了年轻人实现梦想的一个平台、一个阵地、一个战场。

二十多年后我采访人到中年的这些创业者们，他们对我说得最多的话是："罪受够了，苦吃透了，但谁也没觉得苦，谁也没抱怨过一句苦。那个人心真叫齐呀！"如果说今天夜里要下水泥、搬材料、修路、养绿化，没人说家里有事，没人说自己身体不舒服，没人要一分钱加班费，全上，一干就是一夜。

征地拆迁后，十八岗安置点建好了，老百姓住进去后，对外的路还没修好，下雨天一片泥泞，老百姓来管委会闹，说开发区征了地不管老百姓死活，管委会当即决定马上就修。当天就修，来不及调施工队，自己上，刘自忠、方世文、祖朝兴、陈和平带着工程处全体职工，用工地上的废土渣连夜铺路，一直干到凌晨4点，天快亮了，司机李世来赶忙到"舒乐饭店"订早饭，这时，大家已经累得走不动路了。

吃完早饭，回到小平房，工程处22个人在小平房会议室地上铺上席子，倒头呼呼大睡，腿枕着头，头枕着腿，东倒西歪，横七竖八，有的打着鼾声，有的嘴角流着口水，还有人在梦中兀目微笑，刘自忠用相机拍了好几张照片,洗出来后大家看着自己的狼狈相,都不好意思地笑了。

1995年元月1日,天空飘着细雪,规划土地处的张荣耀、谢涛、王朝阳三个年轻人却没有休息。日立建机项目即将开工,500亩用地要先由规土处放线,再由肥西县来征用。日立建机规划在一片麦田和油菜地里,田地里有零星几户老百姓家的烟囱里冒起了炊烟。天很冷,三人一人扛一根毛竹竿,拎着一卷塑料绳和一口袋石灰粉,对着图纸,找麦田里的测绘小木桩,找到后,用绳子吊线,拉直,再撒石灰粉。石灰粉不够,而且是从很远的工地上弄来的,所以用得很节省,张荣耀在画线时,跌进了路边的水沟里,人一屁股坐在水洼里,双手捧着的石灰粉没舍得扔,喷了一脸。天色已暗,线放好了,三人浑身是汗,满身泥污,没车,他们得走回小平房,三人一人扛一根毛竹,唱着《妹妹你大胆地往前走》,声嘶力竭,豪情万丈,歌声穿越寒冷的北风,飘向细雪纷飞的天空。

规土处三个年轻人放线也不是每次都唱着歌谣回来,一次,谢涛、张荣耀、王朝阳在佳通工地放线,工地推平了河渠,张荣耀从浮土上走过去的时候,人陷进了浮土掩盖起来的沼泽中,越陷越深,谢涛和王朝阳叫张荣耀趴着不动,一动就会被活埋,他们用毛竹救上了张荣耀。命得救了,皮鞋和袜子都没有了,至今还埋在地底下。

穿着胶靴、戴着草帽、肩搭毛巾、腰别水壶和BP机,开发区人穿梭在施工现场和工棚,跟建筑工人毫无二致,他们在各工地之间来往的主要交通工具是一辆自行车,有时候是步行。如果终于有一次机会按时下班回城,夕阳西下,他们满身泥污、穿着胶鞋、戴着草帽,一路欢笑,一路高歌,唱的歌大体上是《一无所有》《我的未来不是梦》之类的跟当时心境有关的歌。创业之初,管委会只有两部交通车,下班时跟第一辆班车先走,还有一辆留在工地待命,夜里十一二点会送最后一批人回城里,当班执行任务的就睡在工地或管委会小平房了。天热了,工棚里不能睡人,就睡到外面露天的地上,年轻人笑称:"天当房,地当床,就是身边没新娘。"相当长一段时间,开发区年轻人没时间谈对象,也谈不到对象。

苦中作乐也是一种浪漫。每当一个大工程干完的时候,小平房食堂里就会安排聚餐喝酒,喝完酒在小平房会议室,唱歌、跳舞,麦田里的卡拉OK充满了浪漫主义的情调。刘自忠会拉手风琴,大家跟着手风琴的伴奏又唱又跳,疲劳和辛苦在放肆的歌声和杂乱无章的舞步中烟消云散。

年轻人的青春需要燃烧,开发区就是一个能点燃梦想的地方。

现在,我们坐在阳光充足的屋子里,安静地品尝着春天的新茶,创业者们说起往昔峥嵘岁月,虽内心激动,但语气上已少了很多烟火气息,有一种曾经沧海的淡定和从容。但他们还是很愿意让自己的情感停留在过去的时光里,因为那里保存着他们最灿烂、最浪漫、最宝贵的青春。

开发区青年人找对象比较困难,1993年应届毕业的大学生就来了两个人,四川大学的彭桂贞和安徽农业大学的张荣耀,他俩一个在办公室,一个在规划土地处。他们觉得那么多人,为什么偏偏就他们两个人来,事先又不认识,又没约定,这当然是命运的安排,是上苍的指使,是缘分的召唤,于是,张荣耀对彭桂贞说:"认命吧,我们俩一起过!"于是,两人就走到了一起,结婚了。

  开发区地处偏远农村,很多人都不愿来工作,谁还愿意来嫁人呢?开发区工地上除了烧饭的大妈,见不到一个女孩,管委会寥寥无几的几个女孩早已名花有主。安大毕业的赵志刚突然有一天发觉自己已经28岁了,老家乡下的同学小孩都上小学了,他还是光棍一根,来自父母和亲朋好友的压力越来越大。在开发区工作,住在麦田边上的小平房里,跟外界几乎失去了联系,同学聚会,参加不了;老家来人,一打传呼,人在肥西呢。除了公务,平时进一趟城是一件不太容易的事。也有不少人给他介绍过对象,但他没时间,一拖就拖得没影了。赵志刚时常要到市人事局送材料,人事局一位热心的领导看这么勤快的一个小伙子还打着光棍,就在纸上写了几笔,然后递给他:"我给你介绍一个对象,这是她家的电话号码,你自己去找她。"这事赵志刚也没太当真,时间一长几乎都忘了,他觉得城里的女孩是不会愿意嫁到肥西来的,他虽是合肥户口,但合肥市区连一张床都没有。一个周末,在市里办完事的赵志刚见天已黑了,他就打传呼约在开发区的同学刘自强来看电影,买好了电影票,在小摊上吃了碗面条,时间还早,于是无所事事的赵志刚在街上闲逛,想起了先前人家给介绍的对象,他突然心血来潮,给从未谋面的女孩打一个电话过去。他自己跟自己下了一个赌注,如果她今天来了,不管长得怎样,我就认了,如果不愿来,就当没这回事。电话打通,女孩果然来了,赵志刚让已赶到市区的刘自强回去,他手拿一份《合肥晚报》在市政府门口等她。见面后,两人没看电影,在一个茶楼聊到夜里11点,聊得很投机,聊完了赵志刚打的送女孩回合钢的家,再赶回开发区,已是后半夜了。这次冒失的约会连喝茶带打的花去了120多块,是他近乎半个月的工资,他想,要是此后女孩不睬他,这120多块钱就当打水漂好了。然而,女孩后来又跟赵志刚见面了,这桩姻缘就这么敲定了。赵志刚是个实在人,协调劳务时,村里老百姓知道他是安庆怀宁人,让他唱一段黄梅戏,不然就不合作,赵志刚就很投入地将《天仙配》《女驸马》唱得声情并茂,直到老百姓热烈鼓掌才会停下来。

学术界有一个观点:激情比才情重要。有才情没有激情,就会失去向前的动力,就会在懈怠和惰性中一事无成;激情会激发一个人潜伏着的全部能量,从而实现才能的最大化,把不可能的事变成可能。

开发区人的精神世界是由梦想、激情、浪漫三部分构成的,对未来的梦想衍生出创业的激情,由梦想和激情所释放出来的就是人生的一种浪漫情怀。

邢施民跟张荣耀住在标准厂房里,屋里两张床,晚上屋外的田野里一点声音都没有,他们两人就划拳比输赢,虽寂寞,虽劳累,但不消极,不懈怠。在改革开放这面大旗下,开发区的腾飞夯实了物质和精神的两个重要基础,这就是,艰苦创业和激情创业。

开发区是改革的试验田,开发区工作不能也不应该按常规套路出牌,开发区很少开会,不是对开会、学习的抗拒,而是没时间,有什么事情就解决什么事情,管委会领导参与的都是解决问题的工作现场会议,不需要陪同,不需要陪会,点对点职能部门到场即可。我在开发区挂职期间,每天中午管委会班子成员集中在办公楼二楼一间小屋里吃饭,我亲身经历管委会班子是边吃饭、边讨论、边部署工作,如果饭吃完了,还没定下来,就放下饭碗,点上香烟,继续在烟雾缭绕中研究工作,聊得时间长了,抄起筷子,再吃两口盘子里剩菜,改善一下被香烟篡改了的味觉。每年管委会有一次年终大会,杜平太的大会发言,有稿子,但不念稿子,更像是即兴演讲,他的演讲就是梦想、激情、浪漫的三合一,他在大会上描绘未来的蓝图,年轻人听得心潮澎湃、热血沸腾。从我和杜平太的接触来看,他身上有很鲜明的艺术气质,在理性和策略的背后,他实际上是一个激情而浪漫的人,这种气质对于年轻人极具号召力和感染力。在我采访的人当中,当年许多的年轻人就是冲着杜平太来的,他们觉得"杜平太身上每天都能冒出新东西来",有年轻人甚至对我说,一旦遇到了困难和心理问题,就希望开会,希望听杜平太演讲。

  在这个群体中,杜平太是带着大家一起追梦的人,对于开发区历史来说,真正有价值的部分是,那么多人愿意跟他一起跑到麦田里来追梦。

12. 请给我一个身份

合肥经济技术开发区最初的定位是"国家级开发区","国家级开发区"就像"国家级运动员"一样,是身份,也是实力。对于建设工业化和现代化的"新合肥"来说,这是一个金字招牌,是一张闪光名片。有了这张招牌和名片,不仅可以提升招商引资的吸引力,而且可以堵住合肥市上下反对和质疑的嘴,更重要的是,在招牌和名片背后,是一系列的国家优惠政策和特殊待遇。

当年对于缺少区位优势的内陆城市合肥来说,国家级开发区的招牌,举足轻重。

所以,把牌子扛回来,一开始就是开发区跟招商引资同等重要的工作目标。

虽重要,但大家没想到这会比招商引资难。申报国家级开发区,政策允许,申报材料1992年底就由省政府上报到了国务院特区办,这本该是顺理成章的事,或者说只是一个履行手续的工作程序,开发区却像经历了一次万里长征。

经开区在二十埠拉开建设序幕后,我查阅到管委会每次会议记录中,几乎都要提到把国家级开发区的牌子扛回来,会议中用了"拿牌子"这一通俗的说法。拿牌子并没有具体的时间表,而是"争取今年下半年拿牌子""明年上半年把牌子拿回来"之类即时性的表述,这说明当初对拿牌子虽心情迫切,但并没有太多的担忧。

1993年风云突变,6月份开始,宏观调控的一个重要任务就是"抑制开发区热",但大家想到的应该是抑制市、县、区、乡盲目圈地的开发区,哪会抑制国家级开发区呢?全国总共才三十几家,待批的也就那么十来家,国务院特区办点过头要批的,这个身份肯定是要给的。至少在1993年上半年,开发区对"拿牌子"是相当乐观的,认为开一个身份证明过来就行了。

然而,就是这份身份证明,让合肥经济技术开发区苦苦煎熬了八年。为了拿到"户口本",创业初期,根基脆弱的合肥经济技术开发区为之耗尽了心血。今天记录下这段历史,是想还原开发区人"知其不可而为之"的韧性与搏击,以及在夹缝中求生存的斗志与努力。1995年被列入全国开发区体制机制改革试点,合肥经济技术开发区终于迈进了国家级行列。

复杂的事情简单化,这是一种理性的思路;而简单的事情复杂化了,却常常是一种无奈的现实。

宏观调控就像下了一剂猛药,1993年下半年,全国急剧升温的房地产业几乎遭遇灭顶,开发区卖不了地,招不到商,修不成路。

在1993年10月20日的一次工作会议上,开发区管委会副主任梁建银旗帜鲜明地指出:"特事特办,就目前来说,要做到低潮不低,相关部门必须坚定信心,没有这一点,什么事都办不成。"

框型大道已经建好,势子已经拉开,开弓没有回头箭!

年底,开发区管委会一班人在分析了形势后,做出了明确的判断:开发区必须顶着困难向前冲,在基础设施建设不停顿的前提下,一边加大力度招商,一边抓紧拿国家级的牌子。1994年2月14日,管委会主任办公会上,杜平太在部署全年工作时,第一条就是:"九四年要把国家经济技术开发区的牌子扛回来"。

这个时候,国家级的牌子不只是一个身份证,也是一个护身符。

刚刚诞生的合肥经济技术开发区没有足够的力量去抵抗来自四面八方的压力。

1993年11月10日,"合肥市政府第16次常务会议"听取了杜平太的工作汇报,会议形成的文字纪要中确定:"开发区管委会要和市政府办公厅配合,抓紧与国务院特区办联系,争取在1994年得到国家批准,必要时可请省市领导帮助。"

形势严峻,市政府也急了。

当然,最急的是开发区管委会,虽然有市政府支持,可具体工作得由自己去做。怎么做?一个人都不认识,国务院特区办的门朝哪儿开都不知道。

要想批"国家级开发区",得先在国务院特区办挂上号,得想尽办法把自己推销出去。内陆省会城市已经报了十二个,还有陆续要申报的,风声吃紧,必须主动出击,争取理解,获得支持,抢占先机。

跑特区办由开发区一把手杜平太挂帅,副市长邵林生督阵,管委会主任助理李平突前,管委会计划项目财务处处长助理曹文林协助,这四人类似于一个国家为举办奥运会而组建的"申奥"团队,他们为申请国家级开发区而开始了艰难的长途跋涉。

凭什么推销自己,靠什么来引起关注?1993年底的开发区拿得出手的只有10.8公里的框型大道,还有一张9.8平方公里的起步区规划图,除此之外,就只有麦田、菜地和低矮的农舍了。

1993年10月,李平参加了在北京召开的有关开发区发展方向的研讨会,宏观调控的一个重要目标就是抑制过热的开发区,开发区怎么走就成了这次会议的一个令人焦虑的议题。李平对这个议题没有太多的兴趣,她的任务是在会上跟国务院特区办接上头,挂上钩。李平很能干,她热情而又有亲和力,容易与人相处,带着管委会的重托,她不负众望,在会上认识了刘安东司长、刘培祥副司长、连启华处长。

李平第一次跟省外资办程利民主任去国务院特区办的时候,就像推销化妆品或保健品的推销员,挨个地敲每个办公室的门,递上名片,自报家门,强行认识。她摊开9.8平方公里的规划图给特区办的人看,态度诚恳地说:"我们已经启动了,10公里的框型大道都修好了,香港兆峰陶瓷、印尼轮胎、日立建机,几个外资大项目,马上就要来了。"李平语速很快,特区办的人听得一脸迷茫,因为他们都不知道合肥还有一个经济技术开发区。但看着李平迫不及待推销的神情,他们在心里先记住了李平,然后就记住了合肥经济技术开发区。

要把合肥经济技术开发区推销出去,除了走出去,还要请进来。要让有关部门和领导来看看,"看看"的官方表述叫"视察",实地视察,加深印象,最终是寻求支持。大家都这么做的,合肥经济技术开发区也不能例外。

1993年年底时候,在省市有关部门和领导的努力下,国务院特区办的曹司长终于来到了合肥经开区视察。合肥市政府和经开区管委会高度重视,市长、管委会领导陪同视察后在小平房会议室座谈,邵林生、杜平太分别汇报。我查了一下汇报会的记录,尽管当时被讨债者围追堵截的管委会连工资都发不出来了,但两人在汇报中没有流露出丝毫的危机感,他们汇报的是基础设施建设不等不靠,外向型企业马上就开工,他们要给国务院特区办以信心和勇气,顺便想露两手相当脆弱的实力。最终表达的意思是:"成立国家级开发区,我们亟待国务院领导批准。"

曹司长在听取汇报后,头脑似乎比较冷静,他按惯例先对合肥经开区进行了肯定,起步区较大,路修得很气派,建设的热情很高,干劲很大,但他同时尖锐地指出:"你们现在的开发区内没有东西,就是形象还没有树立起来。""我感到这边的开发意识、服务意识还不够。"应该说,曹司长的话虽有些刺耳,却是真实的,因为他没说假话。曹司长说批开发区是国务院特区办经办,国务院批准,1994年有希望,但别等,每个省都要上一个国家级开发区,而宏观调控的大环境致使国务院不可能一下子批这么多开发区,所以,牌子迟早是要给的,你们先干起来。"江苏昆山开发区就是先干后批的,你们先干成气候!"曹司长透露已上报了十二个国家级开发区到国务院了,过了年还要报一批,竞争还是很激烈的。曹司长建议开发区跟特区办的开发地区司加强联系和沟通,因为报批意见由开发地区司拿。

虽说曹司长要求开发区先干起来再说,可合肥不是昆山,不沿江,不靠海,绿皮火车从上海开过来要八九个小时,没有国家级的牌子,没有优惠的税收政策和土地政策、资金政策,谁愿意来投资?拿牌子也像基础设施建设一样不等不靠,必须主动出击。李平在10月份的会议上已经认识了开发地区司司长刘安东,所以管委会决定立即把刘司长请到合肥来,让他走走看看,加深了解,寻求开发地区司的支持。此时已是腊月二十五了,全国人民都在忙着过年了,杜平太没心思过年,他给李平下达了一项任务:"年前必须把刘安东司长请来看开发区,请不来就不要回来过年!"

李平的安庆口音很重,"东"和"灯"是一个口音,刘安东司长家住东四东口灯草胡同,她一路问"灯四灯口灯草胡同"在哪里,谁也听不懂,直摇头。李平在北京大街上呼啸的西北风中急得头上直冒汗。

直到晚上9点多钟,李平才敲开了刘司长家四合院的门,因为已经认识,刘司长在客厅里热情接待了李平,可当李平说到请刘司长来合肥开发区看看,刘司长表示为难,一是马上就过年了,时间来不及;二是年底事也多,走不开;三是年关交通不便。每一条理由都是事实,毫无托词。但李平软磨硬泡,耗在他家客厅不走,她恳求刘司长:"就算同情同情我吧,你不去,我就不能回家过年。"

刘安东司长被李平的真诚和决绝打动,终于答应来合肥经开区视察指导工作。

李平连夜去订票,可那一年冬天特别冷,大雪纷纷扬扬,许多机场和航班不能按时起飞。买到合肥的机票,由于航班取消,退票,改买上海,上海票买好后,说合肥航线又通了,再退,刚买到合肥的票,又说机场封了;改签南京。腊月二十六到南京的是小飞机"运七",别称"空中拖拉机",一路颠簸,落地后,李平一出舱门就吐了。

邵林生副市长和杜平太主任在南京机场迎接。

刘安东司长在合肥经济技术开发区看了一天,腊月二十八回北京。通过实地察看和调研,他对合肥经济技术开发区的印象特别好,不是因为合肥经济技术开发区有多少大项目,而是开发区的创业激情、执着的信念、超前的理念深深感染并打动了刘安东。此后,国务院特区办对合肥经济技术开发区高看一眼,报批"国家级开发区"排名优先。后来,合肥经济技术开发区被特邀参加1994年"9·8厦门招商会",1995年跻身全国开发区体改试点行列,这是管委会与国务院特区办的深度沟通以及管委会上下的努力是截然分不开的。

钟咏三市长、邵林生副市长参加了在管委会小平房进行的汇报座谈,大雪天赶来的刘安东司长在听了汇报后的发言带有很强的感情色彩,他说:"这个开发区场面大、观念新、后劲足,我要是外商,我也愿意来投资。"这是他在看了开发区工业布局的模型后发表的感慨,钟咏三、邵林生、杜平太汇报了兆峰陶瓷、日立建机、新加坡佳安轮胎、华东国际建材城等几个项目,刘安东听了后很兴奋,说:"你们把真正好的项目集中放在一起,外商看了后形象要好一些,上海浦东就是把后劲足的项目放到新区去,26个月发展速度赶上人家好几年的。"刘安东又给开发区出招说:"开发区硬件不足软件补,软环境上你们再下下功夫。"

接待刘安东司长。就餐也是安排在管委会小平房食堂餐厅,开发区以自己的朴素、节俭、热情、真诚感化着每一个来参观视察的中央部委办、省、市领导及中外投资商。小平房餐厅成为开发区一个极富感染力的对外形象窗口，它让所有来宾感受到了在麦田里、在乡村里的合肥工业化和现代化的梦想，只要不是铁石心肠，一般的来宾都会被感动。刘安东和杜平太很投缘，他们都喜欢聊天，喜欢音乐，他们在一起谈中国的现代化走向，谈雅尼的音乐，谈雅尼紫禁城音乐会上演奏的《追梦》，甚至还谈到了家庭。杜平太说："我们现在求人办事，求人投资，无论能不能做成，都要把人家当朋友待，广交朋友，以诚待人，这是不会错的！"

那天，钟咏三在汇报会的最后说了这样一段话："非常感谢刘司长来视察，当国家政策允许的时候，请你给我们拉一拉。刘司长对我们很关心，我认为这里的工作是名列前茅的。"钟咏三说的拉一拉，就是指报批"国家级开发区"。钟咏三邀请刘司长1994年10月份再过来看看。

钟咏三这么说是有数的，他觉得10月份兆峰陶瓷、华东国际建材城、佳安轮胎、日立建机应该部分建成、部分正在动工了。人家相信了他们的"纸上谈兵"的项目与规划，从信用的角度来说，钟咏三说："我们不能骗人。"

"9·8厦门招商会"是"福建省投资贸易洽谈会"的简称，自1987年起每年9月8日至12日在厦门经济特区举行，这是一个对外招商和贸易合作的平台，影响力大，号召力强，辐射面广。1994年的招商会，国务院特区办和中国开发区协会组织45家国家级开发区、保税区组团参加。因为合肥经济技术开发区已在国务院待批，且特区办认为它虽然起步晚，但发展快，于是，国务院特区办特别致函，邀请合肥经济技术开发区参加此次招商会。

这是合肥经济技术开发区第一次以准国家级开发区的身份参加这么隆重盛大的全国性、国际化的招商活动。应该说，接到国务院特区办邀请函的时候，开发区上下首先感到荣幸，其次感到有压力。开发区管委会为此成立了"9·8厦门洽谈会招商引资领导小组"，杜平太任组长，梁建银任副组长，李平任常务副组长。目标很明确，以推销和宣传合肥经济开发区为核心任务，让一万多位来宾和两千多位外商了解开发区，认识开发区；上下左右广交朋友，项目招商尽力而为。

开发区管委会当时还有一个朴素的想法，就像戏剧舞台上的人物出场，第一次亮相，必须惊艳，挤进招商会现场很不容易，不能让特区办失望，招商会只能成功，不能丢丑。

不仅如此，在"9·8厦门招商会"上，开发区得想办法闪亮登场，投资指南、招商项目册、录像介绍、模型与图片展示之类，大家都这么准备的，千篇一律，没有特点和特色。开发区管委会在苦苦思索的时候，灵光乍现，豁然开朗：用"可明丽"灯箱布展。

工业发展总公司和外商合资的"可明丽"喷绘技术，在全国仅此一家，它将风景、图片、规划图通过微机扫描喷绘到塑料布上，图像清晰、色彩逼真、画面艳丽，管委会决定用喷绘3米×3米，共9平方米的巨型灯箱展示合肥经济技术开发区的形象。灯箱上有骆岗机场、繁华大道、桃花50万伏变电所、第五水厂这些投资企业极其关注的基础配套设施。管委会副主任梁建银在甘肃当农技员时学过木匠、油漆工，灯箱的设计就由他亲自来做了。

当时开发区跟"可明丽"刚刚开始合作，喷塑设备在美国还没引进来。"9·8厦门招商会"的喷画是在台湾喷塑的,带回来进海关的时候,海关不让进来,国内没见过,也没听说过。海关人员打开检查时看了又看,经反复解释,才放行。

灯箱做好了后,骨架、材料、配件要运过去,还有许多资料要运,管委会派出一部中巴车送往厦门,开发区招商小组七人连同司机共九人随着灯箱散件一起上路了。带队的是管委会副主任梁建银,同行的有廖津民、曹文林、张荣耀、张露、贾佳、王金继,司机周邦华、赵仕荣。

车过杭州,通往福州的104国道全线大修,一路上坑坑洼洼、沙石横飞,车子开开停停,堵车最多时有三四个小时,车子堵了几公里长,前不巴村后不着店,路上连饭都没得吃,为了赶在9月6日到厦门布展,梁建银决定,一路不住旅馆、不睡觉、不停车,两个司机24小时连轴转。鉴于路途遥远,路上可能出现各种情况,梁建银要求女性坐在车后面,年轻的小伙子张荣耀、王金继坐在前排。下午1点钟,面包车终于到达了一个小镇,一路上没吃的,大家已经吃了几十斤水果,实在受不了了,于是在小镇上路边一家小饭店停车吃饭,吃的什么菜已经忘了,但大家至今都记得饿极了的张荣耀一口气吃了八碗饭,满满一高压锅的饭没一会工夫就被一车人吃光了。老板娘看着这几个人狼吞虎咽,很是震惊,得知他们是赶往厦门参加招商会的,老板娘就又煮了一锅饭。

车子经过三天三夜颠簸才赶到厦门,这时已是9月7日凌晨了,第二天就要开展了。当车子驶入厦门市区,看到满眼灿烂的厦门灯火,每个人都很激动,那一刻,他们真的有一种幸福感和成就感。

根本没时间恢复,天一亮,大家就直奔招商会现场布展,梁建银带着大家用锤子、钳子、扳子自己动手组装宣传灯箱。曹文林跟特区办已经比较熟了,因感念于特邀参会,曹文林跑到会务组主动请求帮忙打杂:"给点事让我们做吧!"特区办人手不够,正忙得喘不过气来,见有主动来帮忙的,很是激动,于是将复印材料的工作交给了曹文林和张露。曹文林和张露两人复印到夜里三四点钟,终于将大会材料复印完了,他们不知道复印了多少份,只知道材料堆起来有一米多高,复印机滚烫。回到房间时,天已快亮了,张露说她倒在床上就爬不起来了,一路上颠簸,腿都肿得不成样子了,一按一个坑,好久都恢复不了。

帮忙复印材料这件事,在国务院特区办那里得到了一个很好的印象分。

1994年9月8日,招商会正式开始,10000多位来宾,2000多位外商,可谓盛况空前。合肥经济技术开发区展区9平方米的巨型灯箱一开电源,顿时光芒四射、辉煌灿烂、惊心动魄,全场为之轰动,因为所有参展人员从来没见过这么漂亮的宣传灯箱。"哪儿弄来的?太气派了!"梁建银他们会给围观的客人解释,这是美国的技术,项目已经在合肥经济技术开发区落户,欢迎去参观指导。人们记住了灯箱,也记住了合肥经济技术开发区。

当别人用传统的照片和宣传画册推销自己的时候,开发区用高科技喷绘灯箱给"9·8厦门招商会"带来一份非同寻常的惊讶。惊讶是一种表情,惊讶也可以是一种态度,一种刻骨铭心的态度。国务院特区办开放地区司刘培祥副司长是这样表述他的惊讶的:"合肥开发区虽然不是国家级,但最亮,最耀眼,比广州、杭州都要亮。"

合肥经济技术开发区对参加这样的会没有经验,也没人指点,大家凭着一股热情,一股冲动,不遗余力地推销开发区,他们所做的一切就是要人们记住合肥经济技术开发区,并向人们宣布:我们来了!

　　有的人在分发宣传材料和区徽纪念章,有的人在介绍灯箱上显现开发区的优势,有的人在展区播放合肥经济技术开发区专题录像片《走向繁华》。招商会反正也没有规定套路,见到人就上前招呼,见到人就递材料,梁建银亲自介绍,张荣耀也在介绍,王金继忙着照相。张露是安大外语系毕业的,她见到外国人就拉住不放,用英语介绍合肥开发区。曹文林在日本进修过一年,遇到日本客商,他就壮着胆子用日语宣传介绍开发区。廖津民背着一个大帆布包,见人就发材料和纪念章,看上去就像一个小贩。5天招商会期间,合肥开发区的展室制作被公认为上乘之作,开发区招商小组发放投资指南3000册、项目汇总表2000多册、宣传品1500份,通过展览会、酒会发布会等多种形式,结识了国外客商300多人。当国务院特区办主任胡平、副主任赵云栋来到合肥开发区展位参观时,邵林生副市长代表市政府邀请两位领导来合肥考察指导开发区工作,两位领导欣然接受,后来胡平真的就来了。

　　合肥经济技术开发区人的主动出击给国务院特区办和参展来宾留下了深刻印象。广东大亚湾开发区管委会的一位副主任见张露非常勇敢而主动,就想挖她过去:"你到我们这来,我们给你高职高薪,那比在合肥要强得多。"张露说自己从没想过离开合肥的开发区。

　　国务院特区办主任胡平在接见合肥、济南、九江、贵阳四市领导时,特别提道:合肥经济技术开发区虽起步晚,但规划好、建设快,你们的"招牌"一定会给的,估计明年上半年批是有希望的,特区办回去抓紧落实,你们特别要把一些大项目建设好。

胡平对这次合肥经济技术开发区的亮相非常满意,尤其被开发区的锐意进取和舍我其谁的意志所打动,他的讲话和特区办司、处级干部对合肥开发区的高度评价,使所有人都非常兴奋,他们觉得国家级的牌子基本上已是唾手可得了,乐观的情绪相互传染,大家觉得开发区大有希望。

然而,形势的发展并没有人们想象和感受的那般乐观,通货膨胀的压力还没有消除,经济过热的发作期也没有完全过去,国家对开发区热的抑制才刚刚开始,虽没有明确说要抑制国家级开发区,但在全面抑制的大环境下,国家级开发区还是一个没批。

1995年春节刚过,大年初四,新年上班的第一天(当时过年只有三天假),邵林生、杜平太、曹文林三人去国务院特区办汇报工作,新年第一天就来,显然既是汇报工作,也是来拜年。他们初四一早赶到特区办时,特区办正在开全体干部职工会,工作人员要邵林生、杜平太、曹文林在一个小房间里等着。等了好长时间,会议还没结束,在小房间里的邵林生问曹文林:"我有多少名片?"曹文林说:"还有一沓呢。"邵林生拉着曹文林说:"走,我们进去!"

邵林生闯进会议室的时候,国务院特区办主任胡平正在讲话,邵林生贸然闯入,让所有人一脸惊讶,他跟胡平主任在厦门会上已经熟悉了,所以进门就先向胡平问好,然后声情并茂地站着对下面的特区办全体干部职工说:我是安徽省合肥市副市长邵林生,今天来没有其他意思,就是给各位拜年来了,我们合肥是内陆省会城市,经济落后、城市很小,我们想搞工业化、现代化,想把合肥和安徽建设得强大起来,但我们没有资金、没有政策、没有区位优势,如果没有国务院特区办的支持,没有在座的各位给我们帮助,我们空有满腔热情,有力也使不上。所以今天我既是来拜年的,也是来求援的,希望各位拉我们合肥一把,你们的帮助,我们会终生铭记在心,你们的支持将会化作我们在困难中勇敢挺进的动力。在这里,我代表合肥市80万人民向你们表示衷心的感谢,并欢迎你们到合肥做客!谢谢各位!

曹文林在邵林生演讲时给所有人分发名片,邵林生的即兴演讲不到五分钟,但会场上反响非常强烈,在邵林生离开的时候,全体人员起立,热烈鼓掌,特区办所有人都被合肥的这种强烈的发展意志和坚韧不拔的斗志感染了。

许多年后,我在了解这段历史的时候,追问他们为什么要冒失地闯入国家部委办的会场?他们的解释是,新年第一天的会基本上是务虚会,以拜年的名义闯入会场不会引起太大的反感。更重要的是,邵林生想要让特区办每一个人都知道,为了合肥的发展,为了一个国家级开发区的名分,合肥市政府和合肥开发区不顾一切,豁出去了,而特区办的人后来对会场出现的这一意外也很是兴奋,他们在记住了合肥经济技术开发区的同时,深有感触地说:"没想到合肥的观念非常开放。"

此后,国务院特区办各个部门都对合肥开发区刮目相看,给合肥开发区以最大的支持和最多的帮助。

1995年,国务院特区办准备先批4至7个国家级开发区,合肥位列其中。《参考消息》上透露了这一消息,全国一下子炸锅了,每个内陆省会城市都要一个国家级开发区,都来争取,此事不好平衡,就停下了。

　　一直到2000年，合肥经济技术开发区才获得国务院的批准，这时候，许多优惠政策已经没有了，合肥经济技术开发区也已经渡过难关，进入了高速发展的黄金时期，2000年的合肥经济技术开发区已经是一块黄金招牌。

　　2000年春天，十八岗合安公路的上空，竖起了一个巨型的横幅标牌，蓝底白字，每个字比装正大饲料的麻袋还要大，上面醒目地提示：国家级合肥经济技术开发区欢迎您！

　　看到这块牌子的人不知道这背后的故事，因此，以上文字记录对于一段无法省略的历史来说就显得至为重要。

13. 探索与创新

合肥经济技术开发区是在夹缝中诞生的,这个夹缝是由观念不统一、资金不保证、土地不做主、管理不到位等几个方面构成的。

其中,围绕着征地、拆迁、安置、治安、民生所产生的社会矛盾,乱麻一样地纠缠在合肥市、郊区常青镇、肥西县、合肥经济技术开发区四级政府机构身上。开发区是合肥市的,项目是开发区的,土地是肥西、常青镇的,土地出让金肥西、常青镇拿55%用来征地拆迁安置,开发区拿45%用于基础设施配套建设;道路、厂房、企业入驻开发区先做土地规划,再报市里批准,最后由肥西县和常青镇负责令人头疼的征地、拆迁、安置,出了问题,都由开发区负责。而开发区既没有土地权,也没有立法权和行政执法权,开发区"说了不能算,说了不能办,说了不能干"。开发区是合肥市政府的派驻机构,管理委员会在夹缝中"管不了人,理不了事",就连农民都是肥西的,这种悬空运作的状态,扯皮多,效率低,但又没有办法。

如此的尴尬和别扭源自于利益格局的不平衡。

虽说政府的文件中明确所有市直部门和县区参与开发区建设都是为"再造新合肥"做贡献,文件中的提法在道理上能站得住,在情理上却说不通,"新合肥"现在就是开发区,所以征地、拆迁、安置客观上就是为开发区做贡献,肥西、常青镇成立的新城建设指挥部等于是在帮开发区的忙,而不是帮合肥市的忙,更不是帮自己的忙。

正因为如此,征地、拆迁、安置、劳务纠纷中出现的推诿、扯皮、被动与消极应付的状况就很正常,也可以理解,但给开发区的发展与建设造成了巨大的麻烦,项目来了,土地不能按时征用到位;土地征到了,拆迁又跟不上;拆迁完成了,安置不及时;安置及时了,分配不到位,每一个环节都会出现问题,包括劳务纠纷。出了问题,老百姓不到肥西和常青镇闹,而是到开发区来闹,因为这都是你开发区搞招商引资把我们地征去的,你得负责。可开发区没有管辖权和执法权,老百姓不归你管也不能管,然而矛盾和纠纷又是发生在开发区的项目工地现场。

在错综复杂的纠葛和扯皮中,开发区管委会既要安抚老百姓,又要拜托县乡村,就像一个忍气吞声的小媳妇,不能发一点脾气。然而,这只是所有矛盾中的一小部分例子。

市政府、开发区管委会早就意识到了治权分散所造成的效率与效益的低下将是致命的后患,所以,拿国家级的牌子才显得那么刻不容缓,那么急不可待。

然而,到了1995年底,从国务院特区办传来的消息说,拿国家级牌子的希望又将在这一年冬天的风中落空。

不能等了,再也等不起了。

此时,只有剑走偏锋,才能寻求突破,可突破口又在哪儿呢?

中国有句古话叫作"天无绝人之路",在西方那里叫作"上帝为你关上一扇门,就会为你打开一扇窗"。合肥经济技术开发区逆水行舟、自费开发、艰苦创业、舍我其谁的勇气和决心打动了不少部门、不少人,从国务院特区办、中编办,到安徽省、合肥市,许多部门的许多人在默默地支持和帮助着开发区,这支持和帮助中还掺杂着一些感动和同情。他们以组织的名义,也从个人的情感立场出发,决定帮一帮开发区。这当中就有国务院特区办和中编办的领导。

机会终于来了,1995年12月28日,中央机构编制委员会办公室和国务院特区办联合下发《关于确定开发区行政管理体制和机构改革试点单位的通知》,即中编办发(1995)8号文件,文件中确定包括合肥经济技术开发区在内的全国22个开发区为试点单位,22个开发区中有20个是国家级开发区,只有安徽合肥和山东日照两个省级开发区。

文件中列入的两个省级开发区名称叫"合肥经济开发区""日照经济开发区",少了"技术"二字,正是"技术"处理。因为国务院还没批准,以此表述,以示有所区别,也表明体制和机制改革试点的面很宽,既有国家级的,也有省级的。

中国的"开发区"建设是在突破传统计划经济框架后以发展市场经济和外向型经济为主体的经济体制改革试验,效果显著、成就斐然。自1980年深圳特区设立到1995年这十五年间,国务院批准的沿海地区的国家级开发区的工业产值、税收已经成为当地经济发展的风向标。邓小平题写的"开发区大有希望"首先在经济数据上落实了,然而,正因为发展太快、太好,问题也迅速暴露了出来。

当初设立经济特区,只出台了土地、招商、税收等方面优惠的经济政策,而没有出台明确的制度设计方案,也就是说没有设立与之相适应的体制与机制配套:职能有哪些,机构怎么设,人怎么管,土地怎么用,财政怎么花?很杂,很乱,五花八门。十五年后,开发区发展已深陷于制度的瓶颈中不能自拔。不少开发区都面临着这样的困境,一方面是经济高速发展,一方面是行政缺位,管理乏力,没有立法权,没有行政权;作为派驻机构,定位不准、职责不明,机构混乱,工作非常难干,一些开发区的管委会在机构和部门设置上多达五六十个,跟上一级政府实现了机构无缝对接,整天忙着开会、检查、评比、学习、参观、讨论,有一个日子很好过的国家级开发区管委会居然有1000多人,管委会官僚化和衙门化的趋势正在逐步成为普遍的事实。

开发区是中国改革开放的窗口和试验田,而今天这个窗口里晃动着的是旧时的身影,试验田里长着的是从前的庄稼。一切又回到了原点。

国务院特区办和各个开发区都意识到了:不改不行,不改没法干了。合肥的机会正是在这个时候出现了。

1995年春天,由"广、大、上、青、天"(广州、大连、上海、青岛、天津五大开发区的简称)等十几个国家级开发区发起,由国务院特区办组织,在庐山召开开发区工作务虚会,探讨开发区下一步向何处去,出路在哪里,思路怎么定。所有与会人员形成的共识是:体制不顺,机制僵硬。

特区办认同这一共识,迅速与中央机构编制委员会办公室磋商,在确定"各个开发区就是各个地方特区"的原则立场下,1995年6月6日,中央机构编制委员会办公室下发了"中编办发(1995)5号文件"——关于印发《开发区行政管理体制和机构改革试点工作的意见》,同意对开发区的体制机制进行全面改革。由国务院特区办综合司王秦丰司长负责起草的改革试点方案也已经拿出来了,在确定22个试点单位名单时,国务院特区办开放地区司刘安东司长认为,合肥经济技术开发区起步晚、发展快、观念新、潜力大,作为待批的国家级开发区,参与试点,将在理顺体制后,激发活力,突飞猛进。国务院特区办上下一致认为合肥作为省级开发区的典型代表参与试点,具有以点带面的示范意义。

"精诚所至,金石为开",合肥经济技术开发区的创业者们站在1995年的冬天,看到的是春天的脚步越来越近了。

体改试点对于合肥市和合肥经开区的意义类似于绝处逢生,市委市政府专门成立了"合肥经济开发区体改领导小组",此时已接任市委书记的钟咏三和市长马元飞、市委秘书长汪庭干亲自挂帅。与此同时,经开区成立体改办公室,管委会主任杜平太任主任,管委会副主任梁建银负责体改办公室全面工作,办公室成员由廖津民、曹文林、方正明、卫爱麟、杜勤、刘自强、贾佳等组成,管委会拨20万元、两间办公室、七八个人,体改工作于1995年底正式启动。

体改的总体目标就是"建立与社会主义市场经济相适应的体制和机制",这个总目标下的行动指南就是"与市场经济不相适应的体制和机制就应该坚决放弃、报废、更换"。大体目标和方向是明确的,但具体怎么改,没有一个现成的模式和样本。

改革本来就是探索与创新。负责开发区体改的梁建银对此有着深刻的体会,他认为体改不仅要出成果,而且要出经验,出思路。所以这项工作极具挑战性,对组织者的创新能力和理性能力都是一次巨大的考验。

在体改方案出台前,开发区体改办安排两路人马,一路北上天津、大连等先发地区,一路南下湛江、广州、成都、海南洋浦等地,同时电话联系昆山、长春、上海等地,全面了解全国开发区现有的体制和机制,在实地考察和理性分析比较中形成自己的判断,出台具有合肥开发区特色的体改思路。

梁建银带队南下,一路上看到的、听到的都是各开发区在管理和行政上的无奈与尴尬,他们跟梁建银说得最多的一个字就是:累!

贵阳开发区是区镇合一,镇书记兼开发区管委会主任,"开发区"吃掉了"镇",但"镇"又钳制着开发区;成都开发区是"县区共管",县委书记兼开发区管委会主任,说是共管,实际上是县吃掉了区,区依赖着县;合肥开发区是市政府派驻机构,实际上既没有市政府的权力,也做不了区、县的主,更不能发号施令。无论是"镇区合一""县区共管"还是"市政府派驻",存在的一个共同问题就是财权、土地权、立法权、执法权都不在开发区手里,说到底就是在经济和政治相互分裂的双轨制上运行,所以,难干、累、头疼就是必然的。

一路的困惑到了海南洋浦开发区后豁然开朗。洋浦开发区跟合肥开发区比较相似,50平方公里,3万多农民,是在邓小平南方谈话的第三天批下来的。他们封闭管理,海关设了一个口岸,进出要办证。洋浦给梁建银的启发不是用铁丝网围成一个特区,而是它的"小政府,大社会"的政治架构。所以后来由梁建银主持起草的《合肥经济技术开发区行政管理体制和机构改革试点方案》,总的原则是"超前探索"和"服务型政府"理念,是受洋浦启发,参照了新加坡和香港管理模式而设计的,确立"小政府、大社会;小机构、大服务"的管理模式,建立"政企分开、政事分开"的精干、高效的现代行政管理运行体制,设立"两办八局"机构。

从方案起草到最后定稿,梁建银八次去北京,到中编办综合司寻求帮助和指导,王秦丰司长看了合肥的方案后的评价是:"你们的方案实在、切实可行,比大连、天津都要好,我很快上报。"只要中编办常务副主任顾家麒一认可,报李鹏总理批准即可实施。梁建银把这一消息带回来后,钟咏三、杜平太等都很振奋,很受鼓舞。因为合肥体改是挤进去的,就像挤进厦门招商会一样,只能做好,不能做差。这种如履薄冰的心理一直左右并暗示着合肥开发区必须把任何一个细节都要做好。

在体改方案修改完善过程中,梁建银邀请王秦丰司长、王龙江处长来合肥视察指导,王秦丰告诉钟咏三和杜平太说,顾家麒副主任对合肥开发区方案很认同,顾家麒亲口对王秦丰说过:"合肥的方案比较成熟,比较完善。"

梁建银在方案形成过程中,多次与中编办王秦丰司长和国务院特区办刘培强司长交流沟通,他们的支持和指导使思路很新的合肥的方案更接近于体改的核心和本质,因而在22个试点单位中抢得了先机,也占据了有利的位置。

所有方案,先沟通好,再报批。合肥开发区方案中最早上报的面积是 110 平方公里，王秦丰说不要超过 40 平方公里，在抑制开发区过热的宏观调控还在继续的时候，开发面积不必过大，以免过于扎眼，后来调整为 39 平方公里。

开发区体改方案第七部分的第二条明确指出"市直部门原则上不在开发区设立派出机构"，而开发区是市政府派驻机构，所以方案中的设局遇到了有关方面及有关部门的反对与质疑，要求开发区机构设置中只能设立分局，省编办和省计委根据中央编办的指导意见，否定了相关的异议，认定开发区设局正是体改的一个重要突破。

地权、财权是一个地方和一级政府主权的核心。

开发区体改方案中明确开发区"负责区内土地使用、划拨、土地使用权出让、转让、核发《国有土地使用证》并实施地证地籍管理"，而土地使用权是最敏感的职权。我在对许多人的采访中了解到，当时省里的土地部门认为方案中的设置违反国家政策，土地使用应该由土地部门掌握和控制，省编办提出异议，认为改革就是突破常规，不然就不需要改革了。时任常务副省长汪洋的批示为方方面面的争议画上了一个句号："省政府在合肥建设大城市座谈会期间同意这次改革试点，试点即等于合肥经济技术开发区进入了国家级的盘子。省内仅此一家，其他暂不得比照扩大试点范围。"汪洋后来还表态将国税返还给省里的 12.5% 给开发区，用于开发区建设，享受此政策全省也仅一家。

合肥开发区的试点方案之所以受到中央编办和国务院特区办的高度肯定，它的革命性的意义首先在于从将派驻机构改变成一级独立的政府，这种独立性将会彻底解决体制不顺而带来的各种低效、扯皮、被动的局面，从而实现与外商和外界的直接对话。

然后是管辖范围和管辖权的确立。划定开发区管辖范围,就是将肥西的土地划归开发区。

但真正在讨论和确定方案的时候,还是采取了低调和保密的措施,以免节外生枝,方案还没批准,不能阵脚自乱。所以开发区的方案报到市里后,市委书记钟咏三、市长马元飞组织了由开发区杜平太、梁建银等小范围召开的市体改领导小组会议,会议要求对方案的内容严格保密,如有泄露,将以党纪、政纪追究责任。

许多年后,人们已经遗忘了当年的一个革命性的事实:开发区就是所在地的特区。开发区体改以前是经济特区,1995年体改后就成了"制度特区"。

方案中合肥经济开发区行使14项政府职能,行政编制100人,工委、管委会领导职数为7人,下属职能部一正二副。开发区机构下设"两办八局",这一设置是完全按照"小政府,大社会,小机构、大服务"的改革思路设计的。"上下不重叠,左右不交叉",人大、政协挂靠附近的区,不设单独的代表团,司法采取委托制,法院、检察院挂靠在合肥高新区。这样一来,合肥开发区的机构就显得非常精练,别人需要"减肥",开发区一出场就是"标准体型"。

党工委只下设一个工委办公室。

管委会下设:办公室、经贸发展局、建设发展局、农村发展局、社会发展局、财政局、人事劳动局、工商局、公安局。

"两办八局"对应市里的57个职能部门。机构中的工委办涵盖了党委办、宣传部、组织部、统战部、纪检委、政法委、工会、共青团、妇联及群众团体等十多个部门。2004年我在合肥经济技术开发区挂职,协管宣传、文化这一块,与工委办工作联系比较多。工委办和经济发展研究中心兼办《周刊》,采编人员全是兼职,每星期由我组织召开一次《周刊》编前会,常常找不到人,问人哪儿去了,说到市里开会去了。也就是说,工委办的工作人员连开会都开不过来,尤其是到年底,一个人一天去市里要开几个部门的会。

经开区经贸局对应的是招商、项目审批办理、计划、内外贸、经济协作、技术监督、企业管理等整个经济口,建发局对应土地、规划、市政、公用事业、市容环卫、园林绿化、环保、房地产、工程建设与管理等大建口,每个局都与市里的十几个部门对应,有详细统计数字表明,开发区社会发展局对应市里的14个部门。

开发区的行政立法权主要体现在建章立制方面,方案中提出"建立与符合国际惯例和开发区实际需要的法规体系,尽快制定出台《开发区履行市级经济管理权限的实施办法》《开发区项目审批和企业登记管理办法》《开发区工程建设管理办法》《开发区土地使用管理办法》等等,以此规范行政行为,使各项工作制度化、程序化、公开化"。

开发区体改方案中行政管理运行机制不仅从根本上解决了"跑印章批文、看衙门脸色"的程序性痛苦,而且要在制度设计中充分体现多功能、少环节、高效率的特点,政府与企业、政府与市场、政府与社会中介组织、政府与社会保障组织、政府与市政建设与管理五个方面的关系,得到了清晰的定位。从根本上转变政府职能,政企分开,政事分开,设置一些政府事务性服务中介机构和法定机构,真正实现小政府大社会的服务体系和运作机制。

合肥经济开发区的体改方案不仅是自己的创新成果,同时也为全国开发区体制机制改革提供了新的思路,中编办综合司王秦丰司长对梁建银说:"开发区出成果容易,出经验难,出思路更难。思路从哪儿来,能不能实现,关键要有新东西。你们的方案看了后,我比较放心,有新东西,能实现。出了成果,又出了思路。"

这个新东西在合肥经济开发区的方案中,一是体制上的主权独立和小政府大社会的政治架构,二是机制上建立了完备的政府服务体系和与市场相适应的运行模式。

梁建银坦言开发区体改方案从中央到省市都给予了很大的支持和帮助,中编办、国务院特区办是把合肥开发区作为试点中的试点来对待的,梁建银八上北京,多次征求方案修改意见,合肥经济开发区的方案基本上已是大功告成。

1996年夏在天津召开的开发区体改工作汇报会上,22个试点单位分别汇报体改进度,这时候,合肥经济技术开发区的体改方案已经修改成熟并定稿了。梁建银带了制作精良、装帧考究的体改方案册交到了会上,有开发区的图片、项目介绍,最后附的是体改方案。中编办主任顾家麒看了后非常高兴,他在会上说:"合肥的方案做得好,本子也很漂亮。他们还是省级开发区。"

合肥脱颖而出,会上会下震动很大,许多开发区纷纷找梁建银要方案参考和学习,这个一直名不正言不顺的"小弟弟"一下子受到那么多家的追捧,梁建银的感觉很好,但他是有纪律约束的,不能泄露内容,所以就说这是一次体改进度汇报会,不是内容汇报会,所以就带了一本,已经上交会议了。与此同时,梁建银找到省编办的吕处长,让他帮着一起做工作,希望中编办和特区办不要对外公开内容。因为还没批下来,不能出现一点意外。

省内的几家开发区也要看方案,说是参考学习,梁建银的回答很简单:市里不让对外泄露。

1996年9月10日,中央编制委员会办公室和国务院特区办联合发文,中编办发〔1996〕12号"关于原则同意《合肥经济开发区行政管理体制和机构改革试点方案》的通知"正式下发,这是全国22个开发区体改试点中第一个被批准的方案。

杜平太在许多年后说起这件事的时候仍然不能平静,他对我说,他看到批文的那一刻,眼泪都快掉下来了,心里五味杂陈、酸甜苦辣。夹缝中求生的日子,即使意志再顽强的人也有顶不住的时候,他也没有那么强大。

1996年11月2日,省委省政府办公厅联合下发了"关于组织实施《合肥经济技术开发区行政管理体制和机构改革试点方案》的通知",常务副省长在文件批示中指出:"试点工作估计有很大阻力,请合肥市政府认真协调各方,以保证试点工作顺利进行,重大问题及时报告。"

果然不出所料,实施方案一公开,全市哗然。

全市上下没想到的是,这个半死不活的开发区居然"独立"了,还是国务院批准的;而肥西县的直接反应是,土地被划走了,土地的主人还蒙在鼓里。

为实施开发区体改方案,市委常委召开扩大会议,肥西、郊区、开发区三家的相关负责人参加,肥西县主要负责人在会上公开质疑市委书记钟咏三:"市里这么大的决定,我们都不知道,我怎么向全县人民交代?"

这种质疑不是没有道理的。

钟咏三解释说:"是市委领导县委,还是县委领导市委?这是不需要讨论的。你听市委的,我听省委的,省委听中央的,肯定没错。这个方案是省里和中央批下来的!"

其实,肥西县的反应更多的是措手不及中的情绪性反应,后来的区划调整、职权移交,也还算是顺风顺水了。木已成舟,生米都做成熟饭了,谁都知道一切都不可逆转,配合就是最好的选择。

合肥经济技术开发区体改1995年启动,1997年正式实施,市委下文要求开发区体改试点工作,必须实现"三个一次到位":一、行政管辖区域一次界定到位;二、行政管理职能一次配置到位;三、职能机构一次设置到位。

1997年6月21日,合肥市在市委礼堂召开了合肥经济技术开发区体改试点方案实施动员大会,市直、区县级相关部门几百人参加会议,省市领导在大会上做了热情洋溢的动员报告,一场声势浩大的改革开始了。

市体改领导小组每个星期要开一次协调会,解决难题、协调立场、解释政策,工作人员加班加点、夜以继日地开展工作,市直所有部门都到开发区管委会签订职权移交手续。肥西县、郊区16个行政村的土地、村级资产、学校及三万一千多位农民整体移交,乡镇干部全部由肥西县和郊区自行消化。1997年11月28日,管委会小平房会议室里温暖如春,杜平太代表开发区与肥西县、郊区正式签订合肥市经济技术开发区行政管辖区域交接书,签订的场面隆重、热烈、友好,几方握手言欢。仪式结束后,在管委会小食堂招待和庆祝,大家都说为了合肥的明天,当然是不分彼此,感情十分融洽。

对于肥西县和郊区来说,其实也是一种解脱,职责不明、权限不清的扯皮日子对于各方来说都是一种痛苦。

至此,开发区体改试点工作圆满成功,这段难忘的经历在开发区历史上被称作"97体改"。

我之所以要用如此多的笔墨来记录这一段历史,是因为"97体改"在开发区历史上具有划时代的意义,它标志着在夹缝中生存的时代被终结,标志着"领土完整、主权独立"后一级政府的正式诞生。后来出任工委办主任的刘勇对开发区体改有过一个形象的阐释:"体改对于别的开发区是用来养颜的,对我们却是用来搏命的。"

体制理顺后的合肥经济技术开发区像是插上了双翅,一飞冲天,直插云霄!

"天高任鸟飞,海阔凭鱼跃",天高海阔是争取来的,是干出来的,而不是等来的。

14. 双管齐下：建设与安置

开发区是干工业化的,招商引资当然是重中之重。为招商引资打造一个稳定而和谐的投资环境当是工业化的前提和基础保证。

1997年底,这个稳定而和谐的投资环境,在开发区的政策和观念这一层面上,已经没有任何问题;而最大的问题是移交过来的3万多农民问题,引进项目,干工业化,要征人家土地。开发区建区之初就提出："人人都是投资环境"。农民问题解决不好,开发区的招商引资的环境就得不到保证,其他先发地区已经提供了足够多惨痛的教训。

解决农民问题,首先是给房子住,给饭吃。

所以,开发区当前最大的一项工程不是全员招商,而是开发区上下全员发动,投入到一场声势浩大、规模空前的社区开发建设和农民就业安置浪潮中。

1998年初,《合肥经济技术开发区征地拆迁安置暂行办法》正式出台,以"合经区管(1998)28号"文件的形式下发,简称"28号文件"。这是开发区全方位、系统化解决农民问题的纲领性文件,也是后来国家商务部向全国推广开发区实践经验的政策范本。

以工业化为奋斗目标的开发区迈开的执政第一步居然是解决"三农"问题,这在当时是很多人都无法理解的一个决策。

改革和创新是什么?

在开发区这里,就是别人没想到的,我们想到了;别人理解不了的,我们理解了;别人不愿干的,我们干了;别人不敢干的,我们也干了。

体改成功后的开发区执政思路非常清晰,加快工业化、城市化、现代化进程,以"三个主旋律"为指导思想,把"两个安置,三个转变"作为重点,探索一条"人无我有,人有我优"的超前与创新的发展思路。

这个后来被国家商务部向全国推广的"合肥模式"主要体现在两个方面,一个是创造性地推行"社区开发"战略,建设与开发并举,以建设带动开发,以开发推动建设;一个是跳出"农"字谋"农利",将农民的"教育、就业、养老、医疗"全都包了下来,以土地换保障,创新征地拆迁模式,将农民作为社会资源进行开发利用。

"三个转变"是大势所趋,农村向城市转变,农业向工商业服务业转变,农民向城市居民转变。而这"三个转变"的主要抓手则是"两个安置",即3万多农民征地拆迁后的"住房安置和就业安置"。

"两个安置"要解决的是农民的"窝"和"饭碗",地征了,房子扒了,你得让农民有个住的地方,得让农民吃饱肚子。负责征地拆迁安置的管委会副主任梁建银说得很动情:"土地既是农民的生产手段,也是他们的生产对象,人要讲良心,拆一个窝还一个窝,还要还一个好窝,比建窝更重要的劳动力就业,这是核心的核心。这两个问题解决不好,就等于建大楼从空中往地面建。"

"窝"怎么建？1993年至1997年,失地农民的复建点除了一部分统建和代建四幢六层楼之外,大多属于自拆自建,没有严格规划,肥光新村、习友新村、朝霞新村、莲花新村等建设由肥西县新城建设指挥部和郊区常青镇新城建设指挥部负责实施,想怎么建,就怎么建,管委会只能起协调、服务、催促进度的作用,安置费在肥西县和常青镇手里,管委会说了不算。

复建点规划起点低,建设标准低,农民用原先老屋的砖瓦在指定的地点集中修建,规划两层,有的加盖成三层、四层,用来对外出租,开发区没权管,肥西郊区有权却管不了,复建点房屋高低错乱、电线乱拉、鸡鸭乱养、菜地乱种,人员乱住,一个"乱"字概括了全貌,卫生创建、火灾隐患都是大问题。体改后,给开发区留下的是六大块城中村,3000多户,1997年底的时候,开发区先前的几个复建点,放在老城区就是面临拆除改造的"城中村"。

"城中村"的意思是"城中的乡村",它与"城市化"的方向背道而驰。

开发区用五年时间建起来的居然是"城中村"！所以,1998年春天,开发区管委会创新性地提出了"社区开发建设"的战略性思路。

将复建点按城市的"社区"的标准去设计和建设,打破村级界限,集中连片建设社区,社区拥有幼儿园、小学、商店、农贸市场、物业管理等一系列配套设施。很显然,"社区"建设是"三个转变"中"农村向城市转变"迈出的最坚实的第一步。

"自拆自建"的后遗症已经显现,改"自拆自建"为"自拆统建"和"统拆统建"势在必行。负责社区建设和农村工作的管委会副主任梁建银认为,拆迁安置模式的改变已经具备了条件:"开发区人少地多的特殊性,有利于统拆统建,53平方公里,只有三万一千人,岗冲起伏、十年九旱,两个面积二三百亩的小水库,一到旱年,底朝天。经济的极度贫困和百分之一二十的危房也有利于社区建设快速推进。"

1998年4月18日下发的9号文件,决定成立"合肥经济技术开发区社区开发建设领导小组",并设立了社区开发建设办公室,财政局长周玉任主任,农村发展局局长、党委书记夏可政任常务副主任,张鹏、郭敬、汪邦玉、宁波任副主任,下设综合计划处处长俞光远、副处长邢施民,工程处处长宁波、副处长王波、何建埠,拆迁安置处处长汪邦玉,副处长谢涛、杜勤,行秘处处长郭敬。

开发区将在53平方公里土地上建设7个社区,第一批集中连片开工建设五个社区,按100万平方米规划,在开发区管委会直接指挥下,由开发区五大公司托建,一个公司负责一个社区的筹备建设,采取公司加村两委合作共建的模式。一是将黄冈、枣庙、习友三个村集中到繁华大道与飞龙路、习友路交叉口,建设海恒社区,由新城社会化服务公司托建,海恒社区筹备组组长是年仅29岁的李志奎;二是在莲花新村的基础上扩大到莲花路,建设莲花社区,由公用服务公司托建,筹备组组长是陈和平;三是将十八岗村、瓦屋村合并到现朝霞新村,建设朝霞社区,由规划设计研究院托建,筹备组组长是宁波;四是将蔡岗村复建点规划一个社区,并在规划中为沈河、吴郢两村预留空间,在此建设锦绣社区,由建设公司负责托建,筹备组组长是方世文;五是在张团村范围规划农业产业化综合开发园,建设康利社区,由农业产业化公司托建,筹备组组长由公司总经理汪晴担任。

社区建设的组织架构强大而强势,从社区开发建设办公室到各社区筹备组,几乎就是一个将开发区精英一网打尽的班底。

蓝图规划好了,架子也搭好了,建设社区的钱在哪儿呢?

1997年开发区虽有佳通、日立、正大、兆峰、可口可乐号称5大支柱企业投产,但都是刚起步,税收还处在减免阶段,社区开发建设启动时,开发区财政可用财力几乎为零,社区建设面临着建10万平方米厂房和明珠广场一样的命运,没钱!

3万多农民,按人均20平方米安置,五个社区规划100多万平方米,基建成本价是每平方米400元,加上征地拆迁补偿及劳动力安置,大约要10多个亿,破茧新生的开发区又一次面临"无米之炊",又一次要把"不可能变成可能"。

或许是大家日子都难过,或许是觉得农民迟早得交给开发区,到开发区接收3万农民的时候,发现肥西和郊区常青镇在过去的五年中共有1.4亿的征地拆迁安置资金被占用了。不仅如此,交割管辖权的时候,肥西还要开发区补偿800万道路和水利建设的钱。开发区连800万也拿不出来,市委协调分期付款,而开发区背着的1.4亿的亏空,一分都不能少,那是留给老百姓活命的钱。

在这种背景下建五大社区,管委会一班人夜里当然是睡不安稳的。

好在已经习惯了走投无路、绝地反击、死里逃生的日子,所以,开发区管委会一班人的神经已经被锤炼得异常坚韧和固执。

办法是在没有办法的时候想出来的。

垫资建设是常用的套路，按老规矩，施工单位垫资25%至50%，一层基础上来之前，不要花钱，钢材、水泥都是施工单位带来的，到房子全部建好后，付总造价50%的钱给施工单位。

垫资建设使得工程款少付了一半。

社区建设规划中有相当一部分是门面房、农贸市场，甚至是商业街区。这些商业门面房以微利的价格提前发售，相当于卖楼花，筹措点钱用于社区建设。这就是开发性建设的一个全新举措。

门面房本来是定向卖给农民的，既是开发，也是为解决农民就业安置，可这一带的农民太穷了，700—800块钱一平方米，一间门面房2万来块钱也拿不出来，所有门面房都不好卖。后来，没办法了，就把部分门面房抵押给施工单位做工程款，施工单位也不想要。门面房出售虽有反复，但大多数还是卖给了农民，三年后价格涨到了每平方米1200元，十年后每平方米涨到了1万以上，翻了十五六倍。开发性建设的效果还是显而易见的。

开发性建设社区的另一个创新举措是，拆迁复建点不是"拆一还一"或"折扣式以房换房"，而是将社区复建点定位于住宅市场，以市场模式进行开发，人均20平方米，按低于成本价的每平方米400元价格向农民出售，超出部分则以市场价每平方米500—600元向有钱的农民销售，但每户只允许多购20平方米。市场价格出售的部分形成的利润用于弥补社区建设资金的不足。管委会经过深入调研，开发区大约只有10%的农民手头相对宽裕,他们也想住大一点的房子,所以市场开发的对象就是这部分本来就想改善住房的农民,他们为翻盖新房手里积攒了1万至3万不等的钱。他们多购市场价的房子,等于为社区建设添砖加瓦。

社区建设资金运作中最绝妙的是采用了"借力发力"这一绝招。

农民的房子拆掉后,社区一时还没建好,房屋补偿款如果发到农民手里,一些农民就会把补偿款吃光、喝光、赌光了,等到房子建好后,口袋里不名一文,低于成本价的回迁房也买不起,这在许多先发地区已经得到了非常糟糕的验证。任何一个开发区都不会看着老百姓没房子住而坐视不管,这一后果最终还得由开发区来承担。所以,合肥经济技术开发区决定对拆迁的房屋补偿款只发存折,不发现金。点子想尽了,也想绝了,抓着存折,取不出钱来。

理由很充分,将房屋补偿款由开发区代为存入银行,作为回迁新居的定金和购房款,每人标准为8000元。

每家每户房屋及附着物丈量、测算后,经三榜公布,确认无差错和舞弊,得出最终的房屋拆迁补偿款,每户从一两千到一两万不等。开发区统一存入银行后,每家拿到了一本存折。

开发区跟农民讲得很清楚,这些钱,我们用来给你们盖房子,你们看图纸、选套型、监督质量,大家共同建设新家园,农民手里攥着存折,在图纸上看到了自己的新家,心里很踏实,也很有未来感,这一招数竟然没有遇到阻力,推行得很顺利。

所有的招数都是缓兵之计,为开发区缓解窘迫的财政赢得了时间差。

农民拿到了存折,心里不慌了。而开发区给农民的拆迁房屋补偿款不用现金支付了。

把农民的房屋补偿款存入银行后,管委会再从银行将这些钱贷出来,用这些钱建设社区,这样既保证了农民拆迁补偿款的安全,也为开发区争取了大量的建设资金。

管委会体改完成后,2.25亿建设贷款批下来了,分管财政的管委会副主任李平向我详细地叙述了她在财政部和国家开发行四处奔走的经历。其中在北京怀柔的一次会上,当各地开发区猛批国开行不作为的时候,刚刚获得资格挤进会议现场的李平却对国开行充满了期待,她在会上讲了四点,其中最让国开行感动的就是:"白手起家的各开发区创业之初,在商业银行那里压根就贷不到钱,如果没有国开行,开发区的创业之路很难往前走。"国开行隶属于财政部,与四大商业银行不同的是,贷款仅限于政策性贷款、政府性贷款,不需要抵押,而且低息。

国开行的 2.25 亿对开发区加速发展至关重要,这笔钱缓解了开发区的经济压力,为社区建设提供了启动资金。

当年的开发区农发局局长兼社区建设办公室常务副主任夏可政在谈起开发区建设资金运作时,仍然很自豪,他说:"开发区社区建设三年,建了 60 多万平方米的楼房,可经俞光远手付出的建设资金只有 2700 万。"俞光远是社区建设办的计财处处长,后出任副主任。

开发区社区开发建设是一个系统工程,"拆、建、分、管、卖"全都兜了下来。

拆房的难点在价格评估,价格谈不拢,房子就拆不掉,开发区28号文件附上了三份评估表,涉及耕地补偿、房屋补偿、房屋附属物补偿三大块。总体标准是按每亩3万元由社区建设开发办包干使用,用于土地补偿、拆迁、劳动力安置及供养等等,比肥西县高一些,比合肥市低一些,这是一个各方都可以接受的标准。其中的房屋补偿及附属物补偿细化到粪坑、草堆、纱窗、香台、自来水龙头等100多项,光祖坟迁移就定了三种标准,双棺每座150元,单棺每座100元,缸罐每座60元,花木树木从幼苗到直径35厘米的价格由0.18元到15元不等,今天看起来像看小品一样趣味横生,而在当时却是呕心沥血制定出来的操作细则和标准。

　　拆迁大头是房屋品质的评估,现浇面楼房价格最高,最高每平方米199.50元,水泥砂浆预制板楼房每平方米最高180.50元,砖瓦房每平方米133元,半土半砖、半草半瓦的每平方米只有95元和85.50元,简易的土草房每平方米只有47.50元。每一类房屋都分为五等,最低等是最高等的一半。拆迁的土草房最低的只有每平方米23.75元。最穷的一户拆迁补偿开始只有700多块钱,调到900元,后来按1000元结算。房屋评估问题最多,你说是五成新,农民说十成新,一般在这种情况下,采取的是就高不就低的办法。

　　问题在于,太低了拆不掉,太高了其他群众有意见。

　　三榜公布,拆迁补偿价格张榜贴在村里,起到舆论监督作用。

　　一榜:公开,上墙公开每户的评估价格。

　　二榜:复核,根据群众意见,复核评估价格,此时的误差已经很小。

　　三榜:公布,将最终的拆迁补偿价格敲定认证,除极少数"钉子户"

外,评估工作基本结束。

对于"钉子户",开发区采取耐心、细心、爱心的方法进行突破,开发区有一整套办法,先找"钉子户"的朋友、长辈,说话管用;如果有就业的,就找所在单位领导做工作;有小孩就业的,就找小孩单位的领导,让领导找小孩做工作,小孩再回家劝说家长放弃纠缠。

社区办每天晚上都要开会研究,找打开"钉子户"的"钥匙",每个领导分头去解决"钉子户"问题。

一般说来,经过几个来回,工作基本上就做通了,开发建设办做一个高姿态,给人家一个台阶,让千把块钱,房子就拆了。

夏可政还有一个绝招,谈不拢,眼看已是午饭时间,他就说:"肚子饿了,中午到你家吃饭!"于是,他从办公室拎了两瓶酒,到楼下剁一点猪头肉、卤鹅之类的到了村民家里,边喝酒边谈心。夏书记上门,还拎了酒、菜,村里人都看到了,很有面子,酒瓶打开,村民一激动,松口说:"夏书记,你看得起我,我不会为难你!"夏可政说:"先不谈事情,喝酒!"于是碰杯,两茶缸烧酒下肚,热血沸腾,村民自己爬到屋顶上揭瓦去了。

夏可政在开发区被村民称为"夏青天",农民出身的他懂得农民、理解农民,所以只要解决不了的农民问题,他一出面,就解决得差不多了。夏可政说,农村工作讲政策,还要讲感情。开发区16个村的村干部大部分都到夏可政家喝过酒,村干部压力大,任务重、工作难,农发局当家人夏可政就把他们请到家里,让爱人做皖南老家的腌火腿、油焖鲜竹笋,一大锅热气腾腾的菜端上来后,大家喝得激情洋溢。村干部只要愿意出头露面,什么事都好办了。

都说天下第一难就是拆迁。

开发区有民房拆迁标准,但没有企业和商业拆迁标准,主要是这一带本来就没有几个像样企业,都是小作坊,商业也就是开个小店什么的,不好定标准,也没必要定标准。锦绣社区拆迁时终于遇到了令人头皮发麻的难题,合肥师范学院地块上,蔡岗村许多私营小企业都在那儿,有拉丝厂、装订厂、纸板厂等七八家小作坊,开发区比照农房拆迁,再多给一点搬迁费,可小作坊要开发区给停产损失费,还要给一块土地,不给,就不搬。都是蔡岗村村民,他们抱成团跟开发区较劲。谢涛和张仁斌是负责拆迁安置的,两个年轻人采用各个击破的办法,一家一家地谈,"晓之以理,动之以情",还得做出补偿上的让步和妥协,他们都说,开发区发展了,将来你们的生意就会越做越大,大多数人还是通情达理。但其中有一户预制材料的小老板,就是不松口。谢涛和张仁斌在他家从下午3点一直谈到夜里2点,将近12个小时,他们下决心必须当天谈妥,太累,谢涛和张仁斌两人香烟不断火,夏天天很热,小屋里又不透风,蚊子都被熏死了。小老板不抽烟,也被熏得头昏脑涨,他被两人的"不达目的,决不收兵"的韧性拖垮了,最终双方各让一步,成交。

拆石门路二十埠的民房同样困难重重,这里原来是二十埠的一个自发的小集镇,少数村民做点小买卖,大多是民房,可拆迁时他们一律要以商业门面房标准补偿,集体抵制拆迁,甚至请来了律师。以莲花社区办为班底的拆迁安置小组,用了一个多月时间,昼夜不息地做工作,采用政策战、攻心战等多种办法,终于完成了拆迁。

拆迁难题是全国性的难题,急不得,也狠不得。负责拆迁安置的梁建银和夏可政都来自农村,他们对农民就像对自家的邻居一样了解,梁建银说:"之所以纠缠,说到底,就是我们的农民太穷了!"

分房子比建房子更复杂。

梁建银在谈到社区建设的目标和理想时,用了这样表述:"保护最穷的人,照顾一般的人,抑制有钱的人。"

人均20平方米,大多数人家的拆迁补偿款在1万多元至2万多元之间,3口人回迁房60平方米只要2.4万,4口人回迁房80平方米3.2万元。大多数家庭只要凑上几千块钱,再跟亲戚朋友借一点,就能住上跟合肥市民一样的设施齐全的楼房,有的家庭甚至都不需要贴钱。开发区经过精心调研和测算,这部分是基本群众,是大多数家庭,所以把这中间的大多数抓好了,两头就好办了。梁建银在谈起当年社区建设时,如数家珍,钱多的农民多买房,但不能买得太多,按市场价,只许超出购买20平方米。难度大的是贫困家庭安置,有的家庭只补偿了一两千块钱,这批贫困的农民借钱也借不到,开发区出面帮助贷款,由村委会担保,签字画押,农民贷款买房后分期还款。社区建设还建了五保户老人房,30—50平方米不等,虽小,但厨卫齐全,生活方便。

能想到的办法都想到了。

28号文件里第三章明确规定,房屋丈量发榜后,提前拆迁给予奖励,提前1—3天每平方米奖励6元,提前7天以上拆迁,每平方米奖励10元。第三章第四条规定:"凡是前五名提前拆迁完毕的农户,可优先挑选复建安置房的楼层和套型。"

在实际操作中,扩大到前十户,激励拆迁,加快进度。十户后面的拆迁户,要在夜里两三点去排队选房,自觉交钱,除特殊困难户,大多一次性交款。

开发区三年社区建设,由最初的五大社区建设到后来七大社区全面开工建设,农民安居乐业的第一步"安居"工程在"穷则思变"中打了一个漂亮的大胜仗。

房子建好了,分好了,农民有窝了,可失地农民的饭碗怎么办?

农民安置比建房、分房要难得多,人多、面广、战线长,这是一个与开发区建设和发展形影不离的浩大工程。

失地农民安置在全国各个地方做法各不相同。大多数地方只是把开发区作为一个工业特区,只负责招商引资,不负责安置农民。通常的安置模式是,开发区将地征来后,拿出一笔钱,让农民搬出开发区,安置房建在区外,人归地方区县,给钱由地方区县安置,住房和劳动力都交给地方安置,相当于用钱跟地方买断。钱一付,农民与开发区就没有任何关系了。1997年前的合肥经济技术开发区的失地农民虽没有搬出开发区,但安置模式与此有些类似,留下的城中村后遗症短时间内根本消化不了。

还有一种模式,由开发区统拆统建,人也是开发区的,将几个村建在一块,成立街道,用钱跟农民买断,钱付足后,不负责就业安置,不负责社保,不负责医疗保险。农民拿着买断的钱,签完合同,按市场化的法则,自谋生路。

这两种安置模式实质上是甩包袱,在理论上也是成立的,比如开发区作为经济特区,就应该全心全意搞招商和抓建设,开发区不应承担过多的政府职能,加快经济发展步伐才是正道。可在现实中,完全行不通。

农民进入城市化状态后,他们没有技能、没有文化,失去土地后,生存能力很弱,他们完全无法融入城市的现代生产与生活中,他们手忙脚乱,无所适从,一些农民甚至用补偿款赌博、花天酒地,土地补偿买断的钱,很快就坐吃山空。吃光、喝光、玩光后,农民很自然地就跑来找开发区要饭吃,是开发区把我们的地征走的,要是不征,我们的饭碗里就有饭吃,所以开发区得负责。失地农民每到揭不开锅时,就会到开发区管委会上访、静坐、示威,甚至闹事。

很多开发区为此非常头疼,投资环境不断恶化。

本来想甩的包袱,根本甩不掉。这包袱重新背上后,压得开发区气都喘不过来。

武汉开发区管委会主任是由一位副市长兼任的,开发区农民虽已买断,土地补偿款早就足额发放到位,可花光后的农民还是堵住了开发区管委会的门,开发区就额外拿出6000万按人头发钱给农民渡难关,可农民花光后,第二年又来了,再拿6000万买断,花光后第三年又来了,开发区为此痛苦不堪。段副市长带着武汉开发区的一班人马在全国各地到处寻求灵丹妙药,可每家都拿不出有效的招数来。到了合肥,一听、一看,恍然大悟,如梦初醒。原来全国都为之头疼的问题的"解药"在合肥,在合肥经济技术开发区。

合肥经济技术开发区的绝门独活是,把农民当资源开发利用,把农民的教育、医疗、就业、养老全包下来,以土地换保障,以保障谋发展。

这就是创新,这就是全国都为之眼睛一亮的制度设计。

开发区社区建设启动后,原先的筹备组改为"社区开发建设管理中心",7个社区建管中心全方位负责辖区内的征地、拆迁、安置和社区管理。

既然是全包,住房安置后,还得包人员安置,人员安置分两大块,一块是劳动力就业安置,一块是到一定年龄后实行供养。

合肥经济技术开发区"合经管(1998)28号"文件中,将劳动力分为两级,一级劳动力(男18—35周岁,女18—30周岁),二级劳动力(男36—55周岁,女31—50周岁)。

男55周岁以上,女50周岁以上,由开发区实行供养,供养人员每月获得50元生活费。50元在1998年可以买到70斤大米,可以买22斤油,买18斤猪肉。也就是说,50块钱让供养人员的基本生活有了保障,与此同时,开发区社会保障中心还要为每个农民办理养老保险。

农民安置面临两大问题,一是怎么安置,二是安置的钱从哪儿来?

安置的总体原则思路是:少有所学、中有所为、老有所养、贫有所助、病有所医,简称"五项保障制度"。后两项是2004年开发区农民整体转户后实施的。

这"五项保障制度"今天看来已经不算新奇,但在二十多年前,不要说安徽农村,就是在全国的发达地区的农村,都没有几个。梁建银说,"民生工程""以人为本",我们都是抢先一步,领先全国的。创新体制主要体现在"人无我有"和"人所不及"上。

在社区开发建设规划中,幼儿园、小学、中学虽是配套工程,但却拥有战略性地位,开发区虽穷,但再穷不能穷教育,"砸锅卖铁办学校",这是开发区管委会的共识,要把开发区农民的后代培养成有文化、有技能的新型城市建设者,不能出现新的文盲。深圳许多亿万富翁,孩子仗着家里钱多,从小不学无术,长大后吃喝嫖赌,甚至参与黑社会,人就废了。开发区把抓教育放在和住房与劳动力安置同等重要的地位来对待,号称"三驾马车,并驾齐驱"。

梁建银是这样跟我阐释教育的战略价值的:"农民后代培养出来后,长大了升学、参军,回来优先安排,父母就不会有后顾之忧,你要是踢出去一个孩子,就会有十个农民站出来反对你;安置一个孩子,等于安抚了一大片。"

7个社区每个社区都建起了幼儿园和小学,原来的许多小学都是危房,吴郚小学的窗户冬天钉着塑料布,59中要打着雨伞上课,可新建的幼儿园、小学、中学成了当时开发区最漂亮的建筑,电化教学、微机室、图书室、运动场一应俱全,有的学校操场上还铺上了塑胶跑道。在莲花小学新校舍启用仪式上,分管教育的副市长张雪平声情并茂地描述着开发区新建的8所小学和3所中学,"朝霞满天,莲花盛开,锦绣前程,方兴未艾",因为这些小学比市里的小学建得更气派,更漂亮。

开发区的孩子除了实行九年义务教育,对18周岁以下的孩子,每人给予教育补助10000元。有的人家拆迁还没有补偿到10000元。

这就是"少有所教"。

1998年8月下发的50号文件,对征地劳动力安置实施细则做了系统性的设计,其中最具亮点的是实行"两卡一证"管理,即"待安置卡""就业证""供养人员卡"。

"中有所为"是安置的重头戏,一级劳动力由人事劳动局免费组织培训,由人才市场劳务中心推荐到入区企业工作。入区企业招工,本着"先区内后区外"的原则制定招工简章。二级劳动力年龄稍大,组织起来参与社区开发建设和相关的劳务活动,干"便道、围墙、土方、整平、装卸"等"五小工程",到华泰食品包装"洽洽瓜子"。社办企业如果接纳征地农民就业,按人头给企业补助每人1000元标准的"社办企业扶持金",与此同时,还鼓励自谋职业,自主创业,对自谋职业自主创业的,每人一次性发给3000元,后来涨到了5000元。社区建成后,商业、餐饮、娱乐、修理、家政服务都需要大量的自谋职业人员,但在安置早期,自谋职业的人仍然是极少数。

每人按自己的年龄办证,就业的办"就业证",由用工单位保管;没有就业的办"待安置卡",两年内包安置。如果一年内没有安置,第二年起每月发40块钱生活补助,直到就业为止。一旦就业,就将"待安置卡"换成"就业证"。

符合供养年龄的每人办"供养人员卡",凭卡领取每月的50块钱生活补助。"老有所养"得到了初步解决。供养标准随着开发区的发展不断增加,后分别涨到每月60、80、120块,如今已涨到每人560块钱,是合肥市乃至安徽省失地农民最高标准的养老金。

"两卡一证"上有照片、年龄、审核公章,全区所有农民的就业安置情况清清楚楚,明明白白。农发局、人事劳动局随时都可以将每个村每个人的安置情况在两分钟内调出来分析研究。

中国的首要问题是农民问题,中国革命是靠农民起家的,淮海战役的胜利是靠民工的小车推出来的。开发区抓准了农民问题,等于是抓住了发展的关键所在,后来开发区的高速发展和迅速崛起以此休戚相关。

体制创新、观念创新、长远眼光对于开发区来说直接影响到决策是否具有战略价值。与社区开发性建设一样,在劳动力安置和就业上,也是采用了开发性安置的举措,同时推行了创业性分流、自主性择业的措施,围绕项目办三产,围绕社区搞服务,以就业确保稳定,以稳定确保投资环境,形成了开发区经济社会良性互动的政治生态。

然而,大凡创新、超前的理念都是对现实的挑战,开发区除了以土地换保障外,后来撤村建居的时候,村级资产一律上缴管委会,每个村有几十万到几百万不等的资产,老百姓都想分光、花光、吃光、喝光,但管委会想到的是健全和完善失地农民的"社会保障体系",比如医疗保障、生活救助需要大笔的钱,管委会派干部进村入户宣传教育,阐明用村级资产完善社会保障的意义,顶住压力、苦口婆心,最终实现了"五项保障制度"全面实施。到2004年的时候,供养补助每月增加到每人120元,待业人员每人每月60元失业补助,已就业的一级劳动力每人每月给予80元养老保险补助,自谋职业者每月40元养老保险补助,没有就业的劳动力每人提供1000元培训补助,并逐步建立农民医疗保险和大病统筹制度。

将心比心。时间一久,再迟钝的人也能感觉到,开发区虽然没钱,也没放弃对失地农民一家老小的责任。

表面上看是解决农民问题,实际上是解决了投资环境的重大问题。

15. 立身之本

中国人办事除了政策、制度、程序等必要的支撑外,还需要一些耳熟能详的口号,一是便于每个人牢记,二是激励斗志。比如淮海战役的战斗口号是"打过长江去,解放全中国"!

开发区最初的十六字精神叫作:团结拼搏,艰苦挺进,改革创新,无私奉献!

这十六字精神是以标语口号的形式诞生的,今天看来,似乎有些夸张,甚至有些空乏,但在当时是开发区创业者们真实经历的集体写照。

国务院特区办曾经对国家级开发区提出过"三为主,一致力"的办区宗旨:以提高吸引外资质量为主,以发展现代制造业为主,以优化出口结构为主,致力于发展高新企业和高附加值服务业。

这个宗旨的关注点是在经济发展这一层面,而社会事业怎么办,并没有对开发区提出明确要求。当时全国的开发区都是按照经济特区的模式去办的,一切都处于探索过程中。

"实践出真知",合肥经济技术开发区在几年风雨飘摇的开发建设中,悟出了开发区建设的新内涵,悟出了开发区发展的新思路,总结出了开发区发展的"三个主旋律"。

"项目是生命线,改革创新是永恒的主题,带领群众致富是立身之本。"

"三个主旋律"至今一直沿用,开发区五任领导集体从未动摇过。这"三个主旋律"经过了时间和历史的检验,已经升华为开发区建设与发展的纲领。"纲举目张",开发区在这一总纲下推进了经济与社会的全面发展。

"项目是生命线",这是每个开发区的共识,只是表述不同而已。

合肥经济技术开发区命运多舛,所以从开张第一天起,就一直在走一条剑走偏锋的路子。"剑走偏锋"就是出奇招,亮绝活,每个开发区也都在探索和实践,只是自费开发的合肥经济技术开发区比起其他开发区来,胆子更大,力度更强,招数更多。

真正体现合肥经济技术开发区创新精神和改革意志的,是"带领群众致富是立身之本"。

全国其他开发区为之焦虑不安和苦恼不已的"三农"问题,在合肥经济技术开发区被作为发展的主旋律提升到了战略高度对待,开发区为此付出了巨大的努力,取得了令世人瞩目的成就。开发区解决"三农"问题的"合肥模式"不是作为一剂膏药自己推销到全国去的,而是国家商务部在各开发区面对"三农"束手无策时上门来取的一个"真经",并向全国推广,同时还以内参的形式出现在了中央领导的案头。

房子建好了,劳动力安置了,可"两个安置"只是解决了"住房"和

"饭碗",要把开发区建成一个工业化、现代化的新城,就必须带领农民致富,让失地农民共享工业化和城市化的建设成果,这既源于"共同富裕"的光辉理想,也是开发区对农民心存感激和报恩的心理驱动。

我在和第一任管委会班子成员的接触中,发现他们有一个共同的情感与道德取向,就是对开发区失地农民充满了感恩和感激之情。农民为了开发区建设把土地丢了,把房子拆了,把家禽宰了,把菜地平了,把祖坟扒了,复建点没建好,有的农民住在油毛毡搭建的帐篷里跟苍蝇蚊子搏斗,有的背井离乡去投奔亲友过着寄人篱下的日子。是农民的牺牲养活了开发区,所以,管委会要求做农村工作的所有干部,必须清楚是农民给了我们饭碗,而不是我们帮着农民解决饭碗,要用感恩之心、感激之情去做农村工作,对钉子户、对难缠的人要用对待家庭纠纷和家务争执的态度去处理。即使被打、被骂了,也得把这当作是自家人的矛盾冲突。

"立身之本",意思是生存的根本,所以,合肥经济技术开发区在2000年之前,用在"三农"上的人力、物力、财力要远远超过在"招商引资"上的投入。这是对"立身之本"的行动阐释。

1997年体改后,16个行政村,243个村民组,3.1万农民,1.68万劳动力全交过来了,而当时的开发区四处欠账,八方借钱,自己都揭不开锅,带领农民致富谈何容易。

然而,作为一个奋斗目标和开发理想,开发区尚未独立的时候,就已经清醒地意识到了,在开发区"一穷二白"的时候,在传统农业收入之外,带领农民"致富"的唯一抓手只有劳务,所以1994年管委会就专门下文要求组织群众通过劳务来改善和维持生活,并与肥西和郊区联手协调劳务。

然而,由于多头管理,劳务纠纷此起彼伏,一直不断,组织难,协调难,而一些有关系、有背景的人强行介入,企图垄断,甚至强买强卖,开发区责成执法小分队和治安办出面进行坚决打击,确保"五小工程"让所有老百姓获得利益。虽说当时失地农民很苦,但据统计,1993年至1997年之间,群众的人均劳务所得每年在1000元以上,农民人均收入由700元增加到1700多元,加上青苗补偿和未就业的基本生活费补贴,已经超过合肥市农民的人均收入。一些农民中的能人借助开发区建设开办纸板厂、装订厂、拉丝厂、水泥预制件厂,他们已经率先致富了。

1994年佳通项目落地,项目占地面积2000多亩,拆迁涉及黄岗村9个生产队165户,老百姓一开始很抵制,主要是对未来没有信心,肥西的一位县委副书记来开动员大会,硬是被轰下了台。夏可政、谢涛、张仁斌以及村支书孙道荣为此磨破了嘴,跑断了腿,他们拍着胸脯对老百姓发誓:"房子拆了,地征了,不仅要让你们有饭吃,还得让你们吃好饭!"佳通厂房开工后,规土处和村里配合,对一些强势的大户企图抢占劳务和配送材料进行坚决治理,治安办配合整治,最后村里组织了一支40多人的由50岁以上妇女组成的"佳通中老年服务队",专门为佳通清运废料,这个劳务队一直运营到2006年,每年纯利润30万—40万元。那些不好就业的妇女,不仅能挣到钱,而且比种田挣得还要多,她们在家里顿时就扬眉吐气了。这件事最大的意义不只是挣钱,而是失地农民发现,只要跟着开发区干,就能致富,就有好日子过。

这种影响比开一百次动员会还管用。

1994年开发区工业公司和港商合资的香馨公司是开发区农民最早就业的一个平台,许多农民在预制水泥涵管和参加工程建设中增加了收入,改善了家庭生活,同时开发区管委会、公服公司、执法小分队以及此后的香怡绿化、园林、物业以及明珠物业等市场化服务的用工大量吸纳开发区农民和他们的子弟,开发区57家公司先后安置了1000多人在里面就业,或参加劳务。安置性就业不仅稳定了开发区的投资环境,也稳定了开发区农民的日常生活,这是他们走向致富道路迈出的最坚实的一步。

"跟着项目挖土方,随着项目奔小康",最初开发区农民收入相当一部分来自装卸材料、便道铺设、围墙垒砌、平整土地等"五小工程",每个村队的劳务分成若干小组,一小组几人到十几人不等,如果人不来齐,其他人就不干活,尤其是工地现场卸货,扯皮的事每天都有。"五小工程"虽能帮农民挣到钱,但出现的问题让农民伤透了脑筋,首先是工程质量保证不了,施工标准偏低,而且任务分到村后,他们又没有资质,业主单位意见很大,直接影响到了投资环境,但开发区又没有更多的办法和途径帮助农民增加收入。得想办法扭转这一糟糕的局面。

为此,开发区成立了香怡工程公司,公司将群众的工程机械全部集中起来,由香怡工程公司监管,统一做工程,统一跟项目单位结算劳务费,然后再将工程利润按每亩300块钱提取出来,分给没活干的老百姓。2000年以后,"五小工程"逐步由开发区香怡工程公司来做,公司仍将利润按比例分给群众。开发区成立"优化投资环境办公室"后,一亩地直补400元作为群众的劳务补偿,群众从此不再干"五小工程"以及其他劳务。这不仅优化了投资环境,更意味着,开发区日子刚有好转,就开始让农民共享开发的成果。农民不干劳务可以做其他事挣钱,而每亩被征地的劳务报酬还照样发。随着开发力度加大,2000年后开发区农民致富的途径越来越多,致富的速度也越来越快。

以前,农民总是说"你们开发区不能让我们没饭吃",到2000年以后,农民开始不知不觉地改口了,言必称:"我们开发区的花不许乱摘!"

7大社区建成后,每个村推荐20个人到香怡公司的绿化、保洁、保安等岗位就业,培训后上岗,将"待安置卡"换成"就业证",算就业指标。小区配套的门面房、农贸市场摊位全都卖给了开发区农民,随着进区企业越来越多,开发区人口迅速飙升,紧接着大学城开发,高校不断进驻,开发区的商贸、流通及服务业,每年以几何级数增长。

当初,开发区社区建设中,开发性建设、市场化运作的举措除了创新建设机制外,还有一个战略性的目标,就是把农民引入市场,把农民变成市民,最终实现脱贫致富。7大社区门面房开发在规划设计中尽可能放大数量,海恒、莲花等社区建设了独立的商业街区,所有门面房除了少部分抵建设单位的工程款,对外一律不出售。按梁建银的话说,就是让农民"放下锄把子,拿起秤杆子",社区市场建成后,农民自然就进入了市场。现在开发区一些富裕起来的农民,80%以上是从家门口起步的,是从社区门面房走向市场的。莲花社区的一位老太太在梁建银退休前的一次偶遇中,情绪很激动地对他说:"梁主任,我靠卖稀饭,又买了一套房子。"分管社区建设和农村工作的梁建银对我说:"政府应该干什么？应该给老百姓搭建致富的平台。这才是正道。"他还说,把农民当包袱甩,不仅甩不掉,而且是要吃大亏的。

姚自秀后来出任海恒社区委的书记、主任,现在是区综治中心副主任。这个从农村妹子成长起来的开发区干部,在她任芙蓉社区委书记的时候,辖区内的合工大新校区路还没完全修好,她组织当地群众,带了十几辆板车,为刚入校的合工大新生拉行李,帮新校区扛办公桌。他们的热情服务打动了工大领导,工大领导问姚自秀:"有什么需要我们学校做的,尽管说。"姚自秀说:"请帮我解决征地农民的就业!"

工大领导一口答应。大学生公寓、食堂、保洁、保安等后勤保障岗位都用了芙蓉社区的农民,一口气解决了200多人的就业问题。后来,香怡建设工程公司说:"只要到芙蓉社区干工程,人就轻松多了。"老百姓就业多,口袋里钱多,所以工地上就相安无事了。

开发区自己没有更多的钱给农民,但可以带领农民一步一步地摆脱贫困,走向富裕。

合肥滨湖建设总指挥部,一个阳光很好的上午,杜平太向我深入解读了"立身之本"。他说:"你拿农民的土地,把人家当包袱甩,是不讲良心；人家把饭碗都给你了,你对农民没感情,你不带着人家致富,这是有罪的。我们要求每个人,把自己当农民看!"他说,这个指导思想一直贯穿于开发区的建设与发展的全过程。

杜平太没有太多的政策性的阐释,更多地从情感角度谈农民问题。杜平太与梁建银和夏可政不一样,他不是出身农村,他对农民的感情缘自16岁下放青阳农村的经历。那时候,他很小,农民给了他很多关心和照顾,有时送点酱,送点菜,上山砍柴往他口袋里塞一块锅巴。一次上山砍柴,他的脚被竹签戳破了,鲜血直流,天黑了,他下不了山,村民打着火把,满山遍野去找,他们一遍遍喊着:"小杜,小杜——",他们生怕小杜被山里的狼吃了。

杜平太对农民心存感恩之心、感激之情,并影响着整个开发区团队以及开发区的决策。1997年开始,开发区每年招100个大学生,他要求年轻人全都到第一线去,到农村去,和农民打成一片,他甚至带着年轻干部到他下放过的青阳大山里采风,给故去的乡亲上坟、烧纸。

我看到了商务部向全国推广的"合肥经济技术开发区解决'三农'问题的经验",经验总结中有详细的数据材料和扎实的工作思路、创新举措,但唯独缺少了一点,解决"三农"问题时,"感情到位了,工作就到位了",这才是经验中的经验。

全中国乃至全球华人都知道"洽洽"瓜子,2014年我在台北的一个商场里看到了"洽洽"瓜子,98克重,烟灰色外包装纸袋上贴上的标价是56.8台币,相当于14块人民币。2011年"洽洽"瓜子公司已经在深交所上市,老板陈先保是最早成为安徽首富的,当年"洽洽"食品营业收入高达27亿元,2021年"洽洽"食品营业收入高达31.2亿元。小小瓜子创造的成就充满了传奇性,而这一传奇最初的幕后推手是杜平太和李兵。

1998年夏天,做儿童"棒棒冰"的华泰公司在市场饱和后,转型开发国人钟情的休闲食品瓜子,厂子在五里墩,规模小,效益低,一年只有几万块钱产值,属于刚刚起步。那时候从机关下海的陈先保还没有进入大老板的行列,他想学年广九炒瓜子,但没门路,不知往哪儿去,自己就挖空心思琢磨绝招,想超越年广九。杜平太和李兵得知陈先保的瓜子采用了以"煮"代"炒"的新工艺后,认为前景很好。于是,杜平太和李兵主动上门:"开发区土地多,劳动力成本低,税收政策优惠,到开发区来,我们给你最好的政策。"几次商谈,最终把华泰食品项目引进到了开发区。

华泰食品在经开区飞速发展并成为开发区四大支柱产业之一的时候,人们更多地把华泰食品作为一个招商引资的成功案例来研究,实际上,据原任合肥经开区管委会主任、后出任合肥高新区管委会主任和合肥市人大常委会副主任的李兵介绍,当初他和杜平太去引进华泰食品的时候,最看重的是瓜子加工属于劳动密集型用工,能够大量解决失地农民的就业,能够带动农民致富。当时的日立建机、佳通轮胎、正大饲料招工有一定的技术和文化要求,开发区二级劳动力很难进去,而瓜子的包装、分拣等工序最适合的就是二级劳动力中的女性就业。

华泰依托开发区很快做大做强,当它成为上市公司和炒货行业中国龙头老大的时候,开发区记住的不只是它的产值、利润、税收,还有它为开发区农民就业和致富所做出的贡献:第一期工程投产的时候,就录用了450名开发区农民,洽洽食品经过几次增资扩建,现占地1600多亩,到2012年,洽洽食品共吸纳了1866名开发区农民进企业就业。截至2021年,华泰全球十大工厂共吸纳就业员工5000多人。

洽洽食品为开发区农民致富出了大力,也在开发区实现了上市,李兵很自豪地说:"洽洽瓜子也可以说是开发区培育出来的上市公司。"

很显然,这是一次双赢的合作。

"富民"不是应急措施,而是战略工程,你很难想象,主攻招商引资的开发区区直各机关、局办和公司集体出动,一对一帮扶16个村进行产业结构调整,开发区为此成立专门公司负责实施。

合肥经济管理办公室下发了《关于成立合肥经济技术开发区农业产业化开发总公司的通知》(合经管办〔1997〕127号文件)。农业产业化公司不是为开发区挣钱的,而是带领失地农民致富的,文件中旗帜鲜明地宣布:"以发展农村经济,致富一方为目标,促进农村经济由粗放型向集约型转变;发展高附加值的种植业、养殖业和其他副业,兴办公司加农户联合实体,实现农、工、贸一体化。"

汪晴是肥西县副县长兼桃花工业园管委会主任,开发区建设之初的许多水、电就是由他主政下的桃花工业园提供的。1997年县政府换届,汪晴放弃连任,投奔开发区,杜平太交给汪晴的第一项任务就是组建农业产业化总公司并出任第一任总经理。

这是一个显然比副县长要难干得多的工作。

汪晴带着二十几个刚分来的大学生,在农发局的配合下,开始实施农业产业结构调整的浩大工程。

这一带传统的种植业只有水稻、小麦、油菜,它们被种在岗头水尾,一遇天旱,甚至颗粒无收。调整产业结构的动员大会在桃花大酒店隆重召开,各村民组长以上的干部以及区直对口帮扶单位负责人参加了会议,梁建银做动员,将结构调整和带领农民致富之间的联系及意义阐释得透彻而深刻。农发局党委书记兼局长夏可政做报告,他跟开发区农民已经混得太熟,所以站在台上,就像站在村民家的锅台边,脱稿演讲,朗朗上口。至今人们还清晰地记得,夏可政用打扑克的形象语言煽动说:"只要胆子大,摸上来都是炸!"

胆子确实够大的,农业产业化公司一出手,开发区土地上顿时就有换了人间的感觉,建塑料大棚种植优质果品和蔬菜,把土地推成鱼塘养鱼,带领农民种花、种苗木、种优质水稻、种甜玉米,指导农民养猪、养鸡、养鹅鸭、养獭兔、养鹧鸪、养鸽子、养奶牛,还有养狗的。

农村产业结构调整声势浩大、轰轰烈烈,几十个结构调整的立项获得了市农委上百万元的农业产业化帮扶资金支持。公司成立不到半年时间里,合经农产(〔1998〕)4号文件中这样写道:"公司已落实优质高效种植项目有:甜玉米1000亩,香稻1700亩,养殖蛋鸡30000只,水面养殖80亩。"

一开始农民不愿种甜玉米,产业化总公司经开发区管委会批准,成立了"合肥金珠皇农业产业化服务中心",和肉联厂合作,专营甜玉米深加工,做甜玉米粒和玉米棒的速冻产品,销路确定后,跟农户签订包销合同,同时给农民提供种子和无偿技术服务。1998年第一年甜玉米种出来后,运气不错,产量高,品质好,由于甜玉米既能生吃,又能防止糖尿病、高血压,在市场上也由陌生到渐渐热销。市场一热,价格立马高于公司包销价格,市里的小贩们像特务一样潜伏到了村里,村民们不管合同不合同,偷偷地卖给了小贩。汪晴急了,甜玉米供货跟食品加工企业订过合同,都卖到市场去了,不仅违约,而且无法往下合作了。汪晴带着汪庭歌、王斌等一二十名年轻大学生们通宵不睡觉,在路口堵住私自卖甜玉米的村民,堵到了,按合同,强行收购,有的老百姓夜里从河沟里、从小路上溜出村,金珠皇公司人手不够,眼见人跑了,追不上去。

因为合肥只有开发区种甜玉米,汪晴就带员工到菜市场去堵,一个贩甜玉米的小贩贩了一口袋到银河菜市场倒卖,汪晴跟踪到菜市场,告诉他这是合同中的玉米,不能私自卖。为防止哄抬价格,汪晴命手下员工,以市场价再全部回购了过来,不然跟签了供货合同的食品公司没法交代。在农业产业化公司夜以继日的围追堵截下,一部分甜玉米流向了市场,70%以上的农户还是守信用重合同的。甜玉米一炮打响,1999年五十周年国庆,开发区邀请省市领导到明珠广场看烟火,那天晚上,开发区就是端出了刚出锅的香喷喷、热腾腾的甜玉米招待省市领导,领导们在甜玉米清香的味道中意识到,这里的农村已经变了。

农业产业化说起来容易,做起来很难,就拿甜玉米来说,对种植技术要求很高,病虫害、提前抽穗等问题经常出现,开发区引进的四喜黏水稻,米质很好,但对水、肥、光照的要求也很苛刻,好在产业化公司跟市农委、安农大专家保持了无缝对接,随时解决问题。

然而有些问题虽有专家指导,文盲或半文盲的村民却接受不了科技知识。尤其是养殖业,大多是农民分散养殖,有的人家奶牛养殖很成功,而有的人家奶牛则不产奶。还有獭兔项目,由于对习性把握不准,压根就产生不了效益,区直各单位帮扶的热情很高,但都没搞过农业,所以常常出现失误。那年头,合肥人喜欢吃狗肉,金寨路一家"椒江狗肉馆"火爆到从早到晚翻台子,于是,吴郢村准备从外面引进一千条狗饲养,第一批引进了六百多条狗,没两个月,得痢疾全死了,剩下的狗,再也不敢去卖了。1998年前后,合肥龙虾火遍天,每天晚上市民在路边扎堆光着膀子喝啤酒吃小龙虾。瞅准商机,开发区几个小水库开发养小龙虾,市畜牧水产局免费提供了虾苗养殖,可由于水库的水太清,不宜于龙虾生长,龙虾长得又瘦又小,没法继续,最后的结论是"水至清则无虾"。

汪晴点上一支烟,对我说:"农村产业结构调整改变了农民传统的种植观念,让科技致富深入到千家万户,更重要的是,老百姓知道了开发区的心是跟他们连在一起的,感情是向着他们的,是真心实意带着他们致富的。而且确实涌现出了一批致富能人和带头人,这期间还涌现出了吴文利、姜学义、王斌、沈学智、汪庭歌等一批大学生骨干人才。"

李平引进了顶绿食品,没想到对产业结构调整影响力度很大,顶绿做脱水蔬菜和大麦粉,出口日本市场,销路出奇地好。于是开发区开始大规模行动,农发局将种植任务分解到村,引导农民大面积种植大麦苗,可大麦苗收割期很短,得掐准时辰,10天左右得全部割完,不然就会抽穗。农民集中收割那几天,就像以前农村的"双抢",是疾风暴雨式的。大量的麦苗割下来,顶绿仓库容不下了,企业拒收,夏可政和汪晴跟企业协商,企业不干,因为麦苗加工不了,捂黄了就报废了。农民也不干,麦苗是开发区要种的,收割的麦苗开发区要负责。夏可政没办法,一边要求村里有序收割,一边叫老百姓把割下来的麦苗用拖拉机拉到农发局,发动农发局全体员工,将办公室腾出来,晾麦苗。于是,农发局的办公桌上、地上、过道里全都是摊开的麦苗,夜里开着吊扇,整夜吹,农发局员工定时巡查,不能让麦苗受热,防止发黄,第二天再送顶绿加工。夏可政说:"我们守着那些麦苗,就像守着村民家里的口粮,一点都不敢马虎。赔偿也赔不起!"

种植大麦苗的老百姓至今都没忘记,农发局机关曾是他们收割麦苗的中转仓库。

农业产业化当时必须搞,也不得不搞。1998年东南亚金融危机爆发,刚刚获得批准的50多平方公里土地上没几个项目,而未来又不知怎样,3万多农民问题不解决,开发区的发展只能是纸上谈兵,所以当时铺天盖地和操之过急的农业产业化都是特定环境逼出来的。

各个社区也在想办法,开发门面房、组织农民参加劳务。王波在出任锦绣社区筹备组长的时候,成立了"锦绣社区劳务管理中心"和"锦绣社区苗木中心",从社区办向财政局申请了5万块钱,利用锦绣小学西侧的空地,组织农民开垦,种植雪松、意杨等苗木,他们给这块地方起了一个很好听的名字——"百草园",把小学叫作"三味书屋",取自鲁迅的《从百草园到三味书屋》。锦绣社区的"五小工程"做得有声有色,苗木后来都用于开发区绿化工程上了。王波回忆说,当时负责苗木的是新来的大学生叶玉稳,他隔三岔五要到南京江浦购苗,每次都是凌晨四五点钟起床,赶最早的一班汽车去南京,为的是当晚能赶回合肥,如此起早贪黑,只为省一晚上住宿费,只可惜小叶后来英年早逝,王波说起来伤感不已。

在开发区基础设施建设中,行道树和花木的需求量非常大,各个社区包括公服公司、香怡公司等都相继成立了绿化公司和苗木公司,大量种植,开发区下了一道死命令,开发区行道树和社区建设的苗木一律先采购自己种植的。

一些精明能干的农民从中冒了出来:王立平成立了自己的绿化公司,如今已是大老板了;刘正全也成立了自己的绿化公司;农村女孩徐琴由承包开发区道路清洁到成立自己的"合肥力超物业管理有限公司",员工后来发展到几百号人。

陈义银是习友村陈小郢生产队的农民,家里兄弟5个,没开发前,兄弟们找老婆很困难,陈义银16岁到合肥去学油漆工,为的是挣点钱回来,能讨一个老婆。他是一个能吃苦、很诚实的乡下人,在人家家里做补油漆的零活,人家能把家里钥匙丢给他而丝毫不会提防他。开发区社区建设如火如荼拉开架势的时候,在城里已经有自己的装饰公司的陈义银坐不住了,他要回到自己的老家来发展。2000年海尔项目拆迁,识大体的陈义银带头拆了自家的房子,开发区以8万一亩的价格给了陈义银8亩土地做公司的材料仓库,现在繁华大道边的"义银大酒店"是一幢28层的高层建筑,土地是陈义银2006年拍来的。义银装饰公司现在是安徽装饰行业的龙头企业,拥有六个一级资质,在全国百强装饰企业中它是安徽唯一的一家,有员工4000多人,其中开发区员工300多人。陈义银真正的大老板之路是从开发区这片土地上起步的,开发区明珠国际大酒店、安徽国际会展中心都是由陈义银参与装修的特大工程,他最早成为开发区规模企业、致富典型、税收大户。

　　李龙球是土生土长的十八岗村的农民,早年在合肥锻压机床厂食堂做临时工,烧一手好菜,1985年自己开饭店,1990年前后在卫岗开的"中亚酒店"年营业额300多万,纯利润高达100多万,他很快成为合肥"南门第一富"。李龙球和陈义银一样,都是商业嗅觉特别灵敏的农民企业家,他从开发区铺天盖地的建设中嗅到了商机,决定杀回老家创业。李龙球告诉我:"我是第一个回开发区投资的人。"我有些将信将疑,后来经多方证实,李龙球1996年买了莲花商城360平方米的门面房,当时开发的房子不好卖,又不允许卖给外人,李龙球经俞光远介绍,跟周玉、王东明、窦实谈价格,李龙球是爽快人,没几分钟就谈好了,开发区报价每平方米1600元,李龙球以每平方米1440元成交,当场签合同,当天下午就打过来15万定金。当时开发区连加油的钱都很困难,李龙球买商铺的50多万房款确实也能算是一笔可观的投资了。李龙球在开发区困难的时候回来投资,所以,他得到的回报就会更丰厚。李龙球后来在开发区开了"太阳宫酒店",开了食品加工厂,赚了钱后,又兴建了明月丽晶酒店,成立了合肥锦华商贸服务公司。他于2009年进军制造业,在卧云路和龙蟠路交口自己原先锦华食品的36亩地块上做起了"合联机械制造有限公司",自己任法人代表兼董事长,控股合锻三分厂,给合锻做配套,并贴牌生产合锻液压机。这个当年的合锻厂的临时工,后来成了合锻三分厂的当家老板,这一戏剧性的变化,不只是见证了一个农民奋斗的传奇,更是实证了开发区就是农民致富的最大的平台。李龙球如此,陈义银、沈家忠也是如此,在他们的身后,是成千上万走向了致富道路的农民。

在这些发家致富的农民典型的身后,是千千万万开发区农民实实在在的收入翻番:1993年开发区农民人均年纯收入700多元,1997年1700元,2002年3008元,2003年达到4006元。2010年,祖居居民人均年收入13159元,2021年,开发区居民人均年收入49850元。2022年,开发区居民人均年收入52816元。

开发区"三农"问题的顺利解决,在全国率先垂范,产生了全国性的影响与震动,各地大大小小的开发区前来参观学习取经的几乎一直没断过。我在开发区挂职期间,曾好多次代表管委会接待来自全国各地学习取经的考察团,先介绍,后参观。

杜平太说:"以人为本我们早在1998年就开始实施了,比全国要早得多;全国取消农业税是2006年,我们从2001年起就取消农村所有的税负了。"

"创新"就是意识超前,就是领先一步。

"农民不是包袱,而是资源",这是梁建银在武汉开发区讲座时的一个主题。合肥经济技术开发区的"三农"经验让武汉开发区醍醐灌顶般豁然开朗,武汉市副市长兼武汉开发区管委会主任在考察了合肥开发区后,邀请梁建银去武汉开发区为全体中层以上的领导干部传经送宝。开发区发展研究中心主任俞光远陪同梁建银去武汉,俞光远说,他们在武汉受到了明星般的礼遇,武汉开发区上下都很激动,没想到,全国开发区的僵局,被合肥盘活了。

农民是资源,这个提法是有创新价值的。梁建银的解释是,农民第一层面是人力资源;第二层面是环境资源,农民不稳,投资环境就难以保证;第三层面是人文资源,农民安居乐业,素质提升,心跟开发区一起跳动,表现出来的就是一个地方的文明。正因为如此,合肥经济技术开发区才把带领农民致富作为"立身之本"。

2000年挂牌成为国家级开发区后,优质的投资环境、优良的配套服务、优惠的投资政策,使得开发区的潜能在憋了八年后终于爆发了。

2000年后的开发区整天忙于谈判、看地、签投资协议。征地拆迁量急遽增加,2001年拆迁量是前八年的总和,2002年是前面累计的总和,2003年又是前面累计的总和。到2003年,共安置回迁房屋100多万平方米。

2004年土地新政实施,实行计划用地、计划管理、计划报批,土地审批由以前开发区自己拍板,交由省土地部门审批,有的用地要报国土资源部批准,而开发区赶在2004年之前,大规模征地、拆迁,2003年征了几万亩土地,拆了六七千户,一年建了100万平方米安置房,赶在新政实施之前,开发区已经征完、拆完、规划到位,3万多农民整体转户。开发区由农村向城市转变首先在身份上提前实现。

计划赶不上变化,开发区农业产业结构调整,随着开发区工业化进程的突飞猛进,农业和农村迅速消失了。1998年,安徽省人民政府批准"设立合肥经济技术开发区现代农业综合开发园",开发区成立了以副市长杨振坦和开发区工委书记张维端、副主任梁建银为正副组长的科技示范领导小组,王刚任领导小组办公室主任兼产业化公司总经理。园区规划总面积23平方公里,首期规划面积6平方公里,建设劲头和势头都很猛,除订单农业甜玉米,还建了2个连栋大棚、30个钢架大棚,大棚租金每年15万,甜玉米每年挣15万,靠申报项目获得市里专项扶持资金 400 多万,如果申报国家级农业示范园区成功,国家就会无偿支持 1000 万,市里配套 1000 万。中科院、南农大已经做好了规划和可行性报告,准备发展设施农业(喷灌)、观光农业(采用太空种子种植番茄树、辣椒树、黄瓜树等),一时间,农业产业化展示了非常迷人的前景。可领导小组成立不久,工业项目一个接一个来了,土地不停地被征用,拆迁不停地赶进度。本来想以现代农业、农业观光旅游为发展的目标不得不停了下来,工业化已逼近家门口了。

没想到农业以令人猝不及防的速度消失了,农民致富已经不再依赖于农业产业结构调整了,农民将投入现代工业和现代服务业的队伍中去。

农业产业化结构调整还是留下了大量的拆迁难题,开发区直接扶持和鼓励的种植业、养殖业所建设的蔬菜大棚、养猪场、鱼塘、奶牛栏舍,重新征用和拆迁补偿由于没有标准,因而索要高价的扯皮事一直不断:"是你们叫我们养猪、养牛、养鱼的,现在又不让我们养了,当然要赔偿我们损失。"农发局和社区建管中心再深入每家每户,动之以情,晓之以理。"开发区本来想办好事,这下搬起石头砸了自己的脚,掉进奶池子里把自己淹死了,死不瞑目呀!"农民当然理解开发区是为老百姓着想的,但你是堂堂的一级政府,哪能少补呢?补偿金额互不相让,反复沟通交涉,双方再相互让一步,最终敲定。

只要有项目,只要不是漫天要价,多补一点也认了,反正是肉烂在自家锅里。

2000 年一过,开发区的"三个转变"是在潜移默化中完成的,农民已经在不知不觉中成了市民,农村也在不动声色中变成了城市。

16. 新体制撬动新变化

1998年3月,开发区管委会机关各部门陆陆续续用了近一个月的时间,从小平房正式搬迁到明珠广场新办公楼。这不仅是一次办公地点的转换,它还象征着开发区从"游击队"转为"正规军"。宽敞明亮的新大楼一切都是新的,新的桌椅、新的文件柜、新鲜的油漆味,新得有些陌生,因为大多数人的情感还停留在小平房的旮旮旯旯,他们最艰苦、最壮丽的五年时光是在小平房里度过的。

1993年搭建的开工典礼的台子,就像一个历史证人,见证着开发区发展的每一步,直到1996年合安路拓宽改造时才拆掉。小平房是开发区从无到有的指挥中枢,它像延安窑洞一样有着至高无上的历史地位,开发区第一批创业者们想把小平房保留下来,甚至有人提议,要把小平房改成"开发区历史博物馆",这当然是一种情感想象。2002年,深圳建设集团的繁华世家项目开工,小平房终于被拆了。房子虽然被拆掉了,但那些峥嵘岁月和创业的历史是拆不掉的。

体制改革带着开发区走进了新时代,而不只是走进了新的办公楼。

独立后,开发区人首先体验到的就是"翻身解放,当家做主"的自豪与自由,再也不需要跑印章、跑批文、看衙门脸色了,赚来的不只是汽油费、行政规费、时间和效率,赚来的还有优良的投资环境、高效的行政服务。以前来一个项目,要跑市里的土地部门、规划部门、经委、计委、建委、工商、税务等无数个部门,而开发区拥有市级管理权限后,招商中心启动"一站式"服务,所有项目入驻需要的手续在开发区当场搞定,一次性办结。开发区驾驶员感受最深刻,他们说,以前他们送文件刚从市里回来,发动机还没熄火,又要去市里另一个部门拿批文,车轮像陀螺一样不停地高速旋转着。

刘勇1997年从西南政法大学法学专业硕士研究生毕业,来开发区后在经济发展研究中心参与开发区行政立法的制度设计,在他起草的一份《合肥经济技术开发区行政立法总体方案说明》中,提出了立法"改革"前提下,政府"减事、减权";政府运作"三级负责",也就是"减程序";政府横向管理"走市场",这是"减负担"。整个行政立法设计的创新性体现为"用减法"设计。

在这个基础上出台的《项目审批办法》《工程建设管理办法》《土地管理办法》《开发区罚、没及行政收费管理规定》《行政经费包干办法》《开发区行政三级负责制细则》《开发区鼓励和促进投资的规定》《开发区税收及行政收费优惠办法》等15个行政立法的制度和规定,整体体现了"高效、服务、透明"的政府行政行为准则。中外投资商们的感觉是朴素而实际的,他们最大的感受是:"开发区没有扯皮的事!"

"管委会领导加"两办八局"行政定编100人,而同等规模的市一级政府机构1000人是不够用的,开发区"以一当十"就是这么来的。"以一当十"不是表扬和鼓励,而是事实,开发区工委办、社发局等一个单位要对应市里十几个部门,所以,开发区社区建设启动的时候,开发区所有的人、所有部门,从管委会领导到局办负责人、主办们集体出动,没有当官的,只有干活的。这是当初开发区出现的一个奇特的政治景观。比如杜平太要给客人上饭端菜,梁建银要连夜到农民家里谈拆迁,刘自忠穿着胶鞋耗在工地上寸步不离,夏可政爬到车上卸水泥,卢崇福挖坑竖广告牌的杆子,至于分来的大学生当服务员、推销员、采购员、搬运工则更是家常便饭。搬到新大楼相当长一段时间里,局办除了"两办"外,其他办公室经常是空无一人,人都在第一线,这么多年,大家已经习惯了在工厂、工地、田间地头办公和处理事务,管委会有要紧事,"两办"打传呼或手机,紧急呼叫。

最初的日子里,严格说来,开发区机关不像机关,几乎看不到人坐办公室,当然也看不到人喝茶、看报纸了,直到我2004年来开发区管委会挂职,情况依然如此。开发区像一个正在生产的企业,管委会基本不开大会,一年开一次全体员工参加的总结大会,平时部门开小会,就事论事,开完就散,有时个把小时,有时二三十分钟。管委会领导在办公楼二楼腾了一间小房子做临时餐厅,中午吃饭时,杜平太和几位副主任边吃饭边谈工作,拆迁、污水处理厂、热电工程、联合利华开工时间等许多项目都是在饭桌上讨论和敲定的,吃完饭需要继续讨论的,就点上香烟,在烟雾缭绕中谈工作。在小餐厅吃饭,我没听到过一次闲聊,更不会有讨论掼蛋和节假日去哪里的话题。

1997年10月,开发区"两办八局"首任当家人名单出炉,工委办公室主任曹文林(兼管委会办公室主任),经贸发展局局长王东明,社会发展局局长王刚,人事劳动局局长方正明,建设发展局局长张鹏,农村发展局局长夏可政,财政局局长周玉,工商局局长廖津民。公安局作为市局派驻机构,待成立。

市场化运作是合肥经济技术开发区的一个新的亮点。开发区的城市建设运用的是市场化模式,最突出的就是农民安置,采用的是社区开发与建设并举;城市管理也靠市场化运作方式来管理,开发区的园林、市容、绿化、环卫等全部实行市场化招投标,开发区出钱,但不养闲人,所以开发区没有园林局,没有环卫所这些行政事业机构。园林绿化由开发区香怡公司、公服公司,还有其他社区的苗木公司以及个体绿化公司招标承包。

社区、入区企业、驻区单位的物业由香怡物业公司、明珠物业公司按市场化运作实施管理。香怡物业公司重点做社区的基础性的物业服务,虽实行市场化运作,但物业管理费要靠开发区补贴;明珠物业公司则做开发区窗口单位和部分入区企业的物业服务,相当于高端服务。

一个有趣的现象是,香怡物业公司的市场化运作,带有鲜明的开发区色彩。社区物业管理费在2004年之前是免交的,是开发区让我们住到楼房来的,卫生费当然开发区出了,可新成立的开发区财政捉襟见肘,连建设工程款都没钱付,再给7个社区的农民付物业费,实在勉为其难。于是,香怡物业公司用做绿化、园林挣来的钱补贴社区物业管理费。据香怡物业公司原总经理彭桂贞介绍,最多的年份,香怡物业公司补贴物业费高达1000万元以上。

园林、绿化、养护、环卫,在传统的政府管理中,是要花钱的,但进入市场化运作后,开发区在花钱的同时,又以市场经营的方式把花出去的钱挣了回来。

管委会行使14项政府职能,政府旗下企业和事业与政府分开,企业是无条件地走市场,政府事业尽可能实行市场化,"两办"之间设立一个机关事务中心,"两办"办不了不好办的事交由机关事务中心按市场化原则办理,管委会新大楼的清洁工、保安、驾驶员用市场招聘的方法录用,可进可出,可上可下。政府无须为办公室打扫卫生和打开水再去劳神费心,政府抓"七通一平",抓招商引资,抓社区建设,而不要再去管路边的花草树木了。

除了机关事务中心,还有执法中心、建设管理中心、招商事务中心、财务管理中心、人才中心、房产交易中心、律师事务所、开发区规划研究院等法定机构和中介组织,一个法定机构和一个中介组织依托一个局办,比如发展研究中心依托"两办",财务中心依托财政局,建管中心依托建发局。这些法定机构和中介组织除招商中心、财务中心、发展研究中心等少数不宜走市场的之外,到2002年时,都先后被财政"断奶",逐步走向了自找饭碗、自谋生路的市场化道路。

这是一条备尝艰辛、备受考验的道路。

与四大公司和其他开发区企业不一样的是,法定机构和中介组织没有实业做载体,没有固化的产品形态,因而市场的虚拟性质更明显,靠中介服务和无中生有的开发来走市场,难度相对更大。

执法中心第一任主任是卢崇福。卢崇福是军人出身,掌管执法中心,算是人尽其才,可执法中心要走市场,自己挣钱养活自己,这就给老卢出了一个难题。到哪儿去挣钱呢?按说代表政府执法是不能收钱的,可开发区没钱,养不起人,于是开发区给执法中心出台了一个政策,执法中心除了为开发区建设保驾护航外,可以拓宽思路,为驻区企业,尤其是外资企业看门护院,挣一点劳务费。

1993年开发区开张的时候,没有公安局,也没有派出所,后来设了一个治安办,治安办主任张学法带了三四个人代表公安执法。由于开发区没有独立,治安办执法受制于肥西和郊区,而且人手显然不够。为配合征地拆迁和维护53平方公里土地上的社会治安,开发区招收了当地农民子弟20多人成立执法小分队,挂在规土处下面,后来"一室三处四公司"挂牌后,执法小分队划归公用服务公司,1997年执法小分队原班人马全部转到新成立的执法中心。

卢崇福接手的时候有二十几个人,管委会正式员工只有韩立伟、陈圣炜、潘成好等五六个人,其余都是"雇佣军"。两辆三轮摩托车,卢崇福记得走市场第一个月的工资是从晨龙加油站借了两万块钱发的。

最初开发区一切工作都是"就汤下面"的运行模式,比如农业产业化结构调整的时候,区直机关、部门都得上,每个单位帮扶一个村。最初的执法小分队除了配合治安办执法外,还要承担开发区接待中的保安、交警、城管、环卫等职责,有重大接待任务,要去清扫路面、维持交通、清理乱停乱放和占用路面晒的稻子、麦子,赶走到处乱窜的鸡鸭和牲口。执法中心必须随时随地执行公共安全服务，不能讲任何条件，以此换来的开发区支付的服务费是每年 10.08 万，可执法中心很快发展到 120 多人，管委会支付的这点钱，人均只有几百块，靠公共执法服务是吃不上饭的。

于是，给企业提供安全服务，是执法中心唯一的生财之道。入区企业需要保安，执法中心从农民子弟中招收素质好、有文化的青年，通过推荐、政审后到执法中心，派驻到企业去做保安。卢崇福按军人标准培训招来的年轻人，这些年轻人的素质比社会上保安公司的素质更高，不少是部队退伍的年轻人，而且是属于在开发区执法中心的人。保安在企业内执勤，执法中心每天 24 小时在开发区道路上执法巡逻，企业由内而外都有了安全保障，入区企业花一份钱，获得了两份的安全。

所以，执法中心走市场等于是办了一个"保安公司"。

在市场上讨生活的艰辛难以想象。

大学毕业的韩立伟似乎就是辛苦命，在开发区先是开超市，1997 年到执法中心后做办公室主任，每天夜里要带班查岗。执法中心为 23 家企业和单位提供了保安服务，保安是执法中心派出的，企业被偷、被盗，开发区执法中心要负责赔偿，他们每天夜里都要督查。韩立伟说，冬天真冷呀，开着三轮摩托，裹着棉大衣，寒风还是直往骨头缝里钻，车灯照着苍白的水泥路面，路上不是钻出野兔就是野鸡。夜里督查回来的时候，人都下不来三轮车，腿冻僵了，伸不直了。到企业查岗和巡逻主要是在后半夜，大多数情况下，是夜里两三点，或四五点出门，这里地旷人稀，要是出一起刑事案件责任就大了。韩立伟说，在执法中心,连续五年,年三十是在开发区度过的。

执法中心除了保安管理,还得要钱,保安属于执法中心的劳务输出。要按月准时发工资,可部分企业却不按时把保安的劳务费打到执法中心的账上来。韩立伟就带着会计到企业去要,要不到钱就不走,一直到企业老板不好意思了,付钱走人。讨债的日子比夜里顶风冒雪巡逻还要辛苦。

老卢颇为自豪的是,执法中心市场化五年,维持了很好的运转,最多的一年收入达110多万。

人才中心通过人才培训、劳务中介、档案管理、劳务输出等方式走进了市场,房产交易中心为企业和个人提供房产信息、交易、办证等服务进行创收,律师事务所则是通过法律服务走向市场,所有走市场的法定机构和中介组织,都有一部闯荡市场的艰苦卓绝的奋斗史,他们为开发区减轻了财政压力,更重要的是探索了一条政府社会管理与事业管理的全新道路。

开发区在最初四大公司基础上曾繁衍出54个公司,这么多的国有公司是开发区草创阶段特定的历史时期的产物,只要投资商信心不足,想把开发区绑在一起干,就成立一个合资公司,还有就是自己要开公司挣钱养活自己,这样一来,公司就多到连管委会领导都记不清。随着开发区主权独立和开发区影响力的飙升,开发区财政收入的主体已不再是小打小闹式的自我创收,而是整合资源壮大实力后的重拳出击下规模化增收,而招商引资后的工业化加速所带来的税收收入将成为开发区财政的重心所在。从1997年起,开发区的大大小小公司陆续合并,有的撤销了,除中外合资公司香馨公司和举足轻重的新城社会化公司,杜平太不再兼任其他各个公司的法人代表,法人代表由各个公司的总经理兼任。

1997年3月,海恒工贸公司搬到开发区,这就意味着海恒工贸在市区倒卖黄沙、水泥、钢材,开酒楼、做房产交易的业务已经终止。海恒工贸回迁后,开发区着手成立海恒集团,准备作为投融资平台来建设,像"长春经开"一样做成上市公司,筹备组由管委会副主任李兵任组长。因形势变化太快,体改方案已经由国务院批准,大规模的社区建设拉开了帷幕,海恒集团筹备组因没有资金和人力,1997年10月暂停筹建,所有筹备组成员分散到开发区的新城社会化公司及社区建设办,投入到了社区建设的热潮中去了。

1997年10月16日,合经管办(1997)131号文件下发了"关于合肥新城社会化服务公司更名的通知",新城社会化公司更名为"合肥经济技术开发区海恒置业发展公司",开发区商业开发的主战场从市区转入开发区,市区的市政建设与旧城改造的开发正式结束,海恒置业首要任务是负责处理和盘活开发区2亿多的国有资产,其中包括在市里开发的1.2亿房产,而到开发区最初的开发项目则是乡村花园和明珠大酒店的改建。虽然,新城公司在老城区的开发使命已经完成,但新城公司为开发区生存与发展所做出的巨大贡献却永久凝固在开发区的历史中。

1997年131号文件中明确海恒置业发展公司"负责开发区房地产开发、土地开发业务"。海恒置业发展公司托建海恒社区,房地产项目开发,主要是继续1996年动工,占地400亩的开发区"乡村花园"的项目开发。海恒置业在自己的大本营开发,如鱼得水,明珠广场保龄球馆以及开发区的项目工程都由海恒置业来承建。而海恒工贸后来改名成立"丹霞房地产公司",正式开始了在开发区自己土地上的规模化的房地产商业开发。

变化是在不知不觉中完成的。开发区从建小平房和修路栽树铺管线,到建明珠广场、乡村花园、莲花商城、7大社区,已经完成了基础性建设向现代化城市建设的嬗变,用今天时髦的表述,叫作"华丽转身"。

军队打仗讲究"兵马未动,粮草先行",城市建设注重"砖瓦未动,规划先行",中国许多城市的许多尴尬和无奈都是源于规划的滞后和短视。合肥经济技术开发区作为合肥新城,规划不仅要有超前的现代性,而且要具有实用的功能性。来过合肥经开区的人都说"开发区的规划做得好"。规划局长出身的杜平太懂规划、重规划,所以合肥经开区首先在规划上领先一步。

开发区规划虽经过许多次调整,但规划的整体思路却没有太多的改变。最大的亮点就是,提出了概念性规划的理念。

项目是不确定性的,所以规划图上画了许多圈圈,圈圈里规划了工业板块、学院板块、商业板块、生活板块。这种概念性规划在今天很平常,但在1993年却是非常超前的。明珠广场最初规划为"国际社区",后来虽做了很大的调整,但明珠广场的行政商务区还是体现了国际化色彩,合肥第一家五星级的明珠国际大酒店就是一个鲜明的国际化窗口。

杜平太在跟我谈起开发区规划时，显示出了他驾轻就熟的自信和从容："两湖一场为主城区，迎接老城区的辐射。以明珠广场为中心，以翡翠湖和南艳湖为两个肺叶，串联起7个城镇，构成开发区的新城市。"

许多开发区规划设计时，将工厂区和生活区分割开来，晚上工厂区黑灯瞎火，连买一包烟的地方都没有，而生活聚居区人满为患，交通堵塞，城市的功能处于瘫痪或半瘫痪状态，在环保的前提下，工业区和居住区不是对立的，而应该是统一的，大众汽车在德国的基地沃尔夫斯堡就是一个小城市，日立建机在日本的基地也是一个小城市，叫日立市，相当于中国的一个县。合肥经济技术开发区的社区规划中非常清晰地定位，合工大、安大边上是芙蓉社区，安徽建工学院、合肥师院边上是锦绣社区，合肥学院、168中学边上是康利社区，7个社区和大学城、中学规划在一起，连同辖区内的工厂，共同构成了7个小城镇，每个城镇三五万人，7个小城镇都具有城市的功能，学校、商场、医院、餐饮、银行、娱乐等一应俱全。

社区借助学校、工厂所兴办的三产服务业成为农民致富的最好的平台，更为重要的是，开发区的7个小城镇实现了经济与社会的均衡发展。这是令全国许多开发区为之羡慕和嫉妒的布局。

最初的规划是由市规划局做的。明珠广场、乡村花园、徽园、新管委会大楼都是由东南大学建筑设计院深圳分院孟建民设计的。主权独立后，开发区项目越来越多，建设速度越来越快，开发区自身建设需要规划设计，入区企业的建设也需要规划设计，招商引资的项目选址也需要出示规划。1997年体改时，开发区成立了规划设计院，规划设计院的人马基本上都是新城社会化公司设计科过来的,大多在市规划局、重点办有过规划设计的经历,而且大多是杜平太的老部下,如宁波、李应天、刘晓婕等。

开发区规划设计院成立后,只要招商引资的项目一来,立即就得和招商中心一起提前做好"项目意向图"。这是一本图册,包括经开区在合肥的位置、经开区规划、项目拟定选址位置等,拟定位置有可能是一处,也有可能是两处,以供选择。开发区前期招商是等米下锅,入区企业来了后,往往是转上一圈,指定要地。开发区虽然被动,虽然要尊重入区企业的意愿,但大的规划区域是不可更改和突破的,比如在启动区框型大道周边,规划了精细化工区域、食品加工区域、机械加工区域,相关项目只能在规划区域内挑选地块,化工企业是绝对不能跟食品企业放在同一区域内的。如果项目来了,随心所欲地堆砌,可持续发展是不可能实现的,而且会因为布局不合理而酿成大祸。这在其他地区有过惨痛教训。统一食品和洽洽瓜子来的时候,要自己选址,但选址只能在挨着可口可乐区域内的"食品加工区。"

规划设计院里都是年轻人,他们能吃苦,干起活来能玩命。海尔项目来的时候,上午10点多开始,宁波给刘晓婕打电话,杜平太正在跟海尔谈项目入驻,要规划院立即做一个规划给海尔,规划院和谈判现场保持热线联系,"需要三幢标准厂房,一个办公区域,一个生活基地,还有直升机的停机坪……"所有信息由专人用电话现场直播到规划院,根据现场的变化,设计院年轻设计师们在电脑上随时修改。下午2点,谈判结束了,设计院的规划也做好了,他们连午饭都没吃,立即送到源牌酒店的谈判现场,杜平太很兴奋,他对海尔武副总说:"我们的规划做好了,是不是符合你们的想法?"武总看了规划图后,非常惊讶,一脸的不可思议:"怎么同步就做出规划来了?"杜平太开玩笑说:"这就叫心有灵犀一点通。"海尔很牛,但还是被开发区出人意料的冲天牛气震住了。

开发区规划设计院由局部设计,到战略性规划设计,经历了一段由小到大,由弱变强的峥嵘岁月,如今设计院已更名为合肥经开区建筑规划设计院,完全走向了市场。他们为开发区南部工业区做了整体规划,在铁路专用线、金源热电和20万吨污水处理厂的基础上,无中生有地规划了2000吨级的派河港口,市政府被这一极具想象力的规划打动,很快批准,河道清淤、拓宽随即开工,如今已建成的港口船只穿梭,一派繁忙。规划设计院的业务早已拓展到省内外,而为市县开发区所做的总体规划设计在省内已经拥有了权威性的地位。规划设计院的不平凡历史应该是从1997年秋天翻开第一页的。

开发区新体制运行后,一是抓制度建设,二是抓队伍建设。

制度和队伍是任何国家、任何政府走向强大和积聚实力的两个核心抓手。

"97体改方案"全国领先,而一个好的制度设计成功后,需要好的执行者去实现,说白了,就是需要人才,需要一大批人才。

开发区人才队伍在1997年之前,除了市里配备的管委会班子,其基本队伍是杜平太在市规划局、重点办、开发办的部下,还有就是后来陆续招来的大学生、调进的年轻人。队伍特点是"知识化、专业化、年轻化",年轻是最主要的特征。

"97体改"后,人才突然不够用了,开发区管委会在体改方案还没批准的时候,就决定在1997年春,到上海去招聘100名应届的安徽籍优秀大学生来开发区,作为人才储备,以后每年招100名,把开发区打造成人才集聚的高地。这个方案在1997年上半年出台的时候,显得很浪漫,很多人也很不理解,因为开发区当时几十号人发工资都紧紧巴巴的,人事局负责招聘的杜勤和局长方正明也很犹豫,一下子招这么多人,怎么养活呀!杜平太对他们说:"我们这么多地,要释放多少能量,把大学生放到农村去锻炼,跟老百姓吃喝在一起,两三年后肯定有人才冒出来。"

方正明和杜勤是怀揣着忐忑与不安的心情到上海去招聘的,尽管心里没底,但他们在招聘会上,还是不遗余力地推销着开发区的光辉前景,那时候就业形势不像现在这么糟糕,名牌大学的学生是挑工作的。在方正明和杜勤"建设家乡,造福乡梓"的煽动下,许多大学生纷纷表示愿意回到家乡工作,他们在报名表上签下自己的名字。签下自己名字的就有后来出任开发区党工委副书记的刘勇,他是西南政法大学的应届法学硕士研究生。

当时,开发区对大学生们是没什么可保证的,有保证的就是未来的愿景,愿景在图纸上。1997年7月10日,有应聘意向的大学生在市区集合,统一乘坐两辆大客车到开发区参观,而1997年夏天的开发区还是相当偏远,明珠广场虽已成型,但还没有完全竣工,框型大道四周没几家企业,满眼是稻田、菜地和岗坡上正在疯长的黄豆、玉米,完全是一派繁荣的农业景象。

当时,不少人心里就凉了。杜平太要求管办和机关服务中心必须高规格接待,有专人介绍,有专人陪同,参观了日立、兆峰陶瓷、佳通等企业,中午杜平太在繁华大酒店大厅里,摆了十多桌,设宴招待大学生,他端着酒杯,豪情万丈地发表了演讲,他说:"我们是开发区的设计者和策划者,而真正的建设者将是你们这些才华武装到牙齿的大学生,很快,我们就将主权独立,领土完整,开发区的未来是属于你们的!"当天下午,刘勇就签下了意向合同书。然而,尽管杜平太极尽煽动和诱惑之能事,还是有不少人,吃了饭,喝了酒,却没签合同,悄无声息地溜了。

7月下旬大学生报到后,机构设置还没到位,管委会对大学生先进行为期一个多月的军训,军训期间,大学生住集体宿舍,按军事化管理和训练,管委会主要领导都来讲课,讲政策、讲形势、讲体改、讲未来,刘勇等3个研究生没参加军训,他们为军训做服务。

1997年,开发区跟应届大学生共签下了110多份的意向性就业合同。当时参加军训的有80多人,军训结束后,又走了10多人,100名优秀大学生引进计划,最后落实了74名。

军训结束后,这些大学生怎么用,管委会人尽其才地分了下去,学农的到农村,到农业产业化公司,学工的到各个公司,学建筑的到工地去,他们全部散落到农村、企业、法定机构、中介组织,其中大部分到农村。开发区对大学生的成长规划充满了想象力和浪漫色彩,"农村是一个广阔天地,到那里是可以大有作为的",他们先到村委会帮忙、打杂、起草文件、协助征地拆迁、劳动力安置、推广农业新技术、帮助农民养鱼、养猪、养鸽子,管委会认为这会锤炼大学生的意志品质,提升处理复杂问题的能力,培养吃苦耐劳的精神,在此基础上,让一些表现突出的大学生进入村委会班子。体改后为解决两张皮的结合,在开发区干部和村干部的融合过程中,大学生是一支重要的预备队。王斌、吴文利、徐光甫、姜学义、沈学智、潘冬、邵志理、潘成好等一大批年轻大学生迅速成长为业务骨干,吴文利、沈学智等许多人成为村委会干部。

王斌、吴文利、汪庭歌、潘冬等大学生娶了当地农民的女儿,有的是村干部介绍,有的是自由恋爱,开发区为他们筹办了隆重而热闹的婚礼,管委会领导到会祝贺,担当证婚人。

开发区是一个大熔炉,是一个"生铁久炼也成钢"的大熔炉。到2010年的时候,开发区的中层干部80%以上是当年招聘过来的大学生,我在对他们采访时,他们说得最多的一句话是"开发区最苦,却最能锻炼人"!如果将这批年轻人和同龄人相比,一个最突出的感受,就是他们"单兵作战、独当一面"的能力特别强。

开发区人少事多,刚来的年轻人,都得冲到第一线,征地拆迁,到老百姓家里去做工作,话怎么说,补偿怎么给,出现纠缠怎么化解,必须自己处理,根本来不及汇报和研究,还有工地上劳务纠纷,劳务费结算扯皮,也是自己决断,自己拍板。"那时候,开发区的年轻人能做主,敢做主,胆子大",都是在风风雨雨中练出来的。

1997年春节前天寒地冻,合派路路边冻死了一个流浪汉,施工单位不愿施工,怕沾上晦气,管委会副主任刘自忠把安大毕业的赵志刚叫到合派路建设指挥部,说:"小赵,你是不是党员?"

赵志刚说:"是!"

刘自忠说:"交给你一个光荣而艰巨的任务,跟治安办的张政委联系,把工地路边的死人处理掉!"

赵志刚心里很怕，嘴上却很豪迈地回答道："是！"

赵志刚联系了去开死亡证明的张学法政委，又从财务上借了点钱，叫来了肥西县殡仪馆的车，赵志刚跟三个公安，一人戴一副白手套，将尸体抬到车上，送到火葬场火化了。

赵志刚说，从那以后，他干什么事都不害怕了，都跟死人打过交道了，还怕活人吗？

开发区要接待国务院特区办领导来视察，安农大毕业的张荣耀有些绘画底子，管委会就限他在一个星期内，花50块钱一天组织一帮从省艺校美术班雇来的学生，用油漆画好16块广告宣传牌，每块牌子有二三十平方大，相当于一大间屋子。寒冬腊月天的夜里，十八岗附近的一个废弃的厂房里，玻璃全坏了，西北风呼啸着刮得窗子哗哗作响，天太冷，手冻得伸不直，抓不住刷子，艺校的十几个孩子丢下手头的工作，全跑了，把张荣耀一个人扔在空荡荡的车间里，张荣耀只好一个人趴在地上画，画到夜里两点多钟，还没画完，张荣耀累得坐在地上爬不起来，这时候又冷又饿的他突然鼻子一酸，坐在地上伤心得哭了起来，孤苦无助地哭了好半天，没人知晓，屋外的风越刮越猛，他感到自己像是被扔到了无边无际的大海上。

施政在建管中心从早到晚整天跑工地，有一天，施政从上午开始就觉得自己很难受，难受在哪儿，也不太清楚。下午的时候，脚踝总是疼，走路一跛一跛的，他就经常停下来，揉一揉腿，以为是腿出了问题。晚上歇下来吃晚饭，这才发现一只皮鞋的鞋跟掉了，不知什么时候掉的,也不知掉哪儿去了。从此,施政再也不敢穿皮鞋了。

李应天所在的设计院托建朝霞社区。一天,正在芙蓉路拆迁现场的李应天听说在少儿活动中心建设工地上,老百姓与施工单位发生冲突,老百姓要做工程,施工单位不干,在外面找了上百号人与四五十名老百姓对峙。设计院副院长兼朝霞社区筹备组副组长李应天赶来时,双方已经准备开打,李应天劝老百姓回去,在双方僵持和对峙中,李应天遭到围攻和殴打,小手指被打成了骨折,送进了医院。关于这一细节,我曾找李应天进行核实,他说,其实当时的恶势力一方是故意伤害他,由于对方一口咬定是李应天在拉架时误伤,加上公安难以取证,最后也就没有按故意伤害认定。李应天吃了个闷亏,但他也就忍了,他说:"开发区挨打的又不是我一个,想想也就算了。"李应天说得没错,开发区的年轻人在征地拆迁安置和处理劳务纠纷中,挨打、挨骂、挨围攻是常事。后来,开发区工委办下发了份《关于对李应天同志通报表彰的决定》的文件,文件中说了一大堆赞美的文字,算是给他一个安慰。

刘岸到财政部经济建设司投资处帮忙一年,也是单枪匹马,怎么做,怎么融入财政部的工作,没人知道,也没人教她,完全靠她自己摸索和领悟。她住在筒子楼一间门窗松动的简陋的屋子里,每天第一个到办公室,扫地、打水、倒烟缸,眼勤、手勤、嘴紧、多做、少说,她帮着财政部做计划下达的工作,一个本子,几万个项目,从发改委过来,刘岸重新录入、审核、拟文,几万个数据,一边录入,一边核对,然后,再交给一个副处长和一个副司长审核。一年中,刘岸录入的材料足有一人多高,可刘岸竟然没出过一次差错,司长说:"刘岸录入的数据免检。"刘岸帮忙结束的时候,财政部要调刘岸去,刘岸还是回到了开发区。临走的时候,财政部经济建设司从司长到员工一起设宴为刘岸饯行。刘岸出色的表现为开发区争取来了优惠的财政政策,开发区建设贷款贴息从每年800多万增加到了每年5000多万。刘岸的表现又一次证明了开发区年轻人单兵作战的能力和实力。

1997年从上海招聘来的大学生基本上全部都投入到了社区建设的热潮中,根据管委会的部署,农发局批量接手大学生安排到村队,做农村工作,到1999年的时候,叫作社区工作者。潘冬的《社区工作者周记一则》中生动而细腻地记述了大学生在农村的工作状态,紫蓬路施工,电线杆要移走,村里民兵营长带着潘冬等几个大学生去跟老百姓一起用粗绳拖电线杆,他们喊着号子,冒着高温,累得全身被汗水湿透。潘冬他们晚上还要跟村干部一起到村里去巡查,将私拉乱接的电线清理掉,一晚上抬回来几十斤电线。潘冬他们住在村里的广播室,晚上回来后发现黄鼠狼也钻进了屋里,几个大学生关起门来还是没斗过黄鼠狼,被它溜了。一个潘冬独处的晚上,一村民来村广播室要潘冬播寻牛启示,潘冬打开广播,"沈河村农民朋友请注意,沈大郢某某户的牛今天傍晚走失了,有发现者和知情者请与失者联系,或送到村部来,不胜感谢!"连播三遍,寂寥的夜空里回响着高音喇叭里潘冬找牛的声音。

大学生吃住在村里,什么都干,这些毛头小伙子们,有时抓计划生育也得上,而刘雪峰等在南艳村的驻村大学生们,夜里还要负责在南艳湖看鱼,夏天蚊子咬得他们身上都是疙瘩。冬天鱼陆续打捞上来,几个大学生住在在南艳湖边水站房里,从村委会搬来几张单人床,扛几条被子,在凛冽寒风的呼啸声中守着村里的鱼。天还没亮,六个大学生蹬着三轮车,分头到各个农贸市场卖鱼,晚上回来再将钱交给村里。村委会对老百姓卖鱼不放心,他们对大学生放心,所以,他们一连卖了十多天的鱼。

孔秀娟从煤炭学院毕业后到开发区,调整农业产业结构的时候,她被派到蔡岗村挂职任村委会副主任,她这个学财会的干起了计划生育、治安联防、农业灌溉、调解纠纷等大大小小的琐事,不久,她就跟村里的农妇都混熟了。她觉得自己也是一名农妇,跟她们一起拉家常、搞苗圃经济、挑水浇树、买卖树苗,夏天40摄氏度高温下在工地上连续奔波,人晒得比农妇还要黑。

董国华来开发区的时候,分到最后一个开发的张团村,村委会连个办公室都没有,他只能在配电房办公,夏天的时候,热得喘不过气来,下大雨的时候,里面淅淅沥沥地下小雨。董国华吃住都在村里,这里没有企业,没地方搭伙,村干部实在看不下去了,就安排他轮流在村干部家吃饭。董国华从安徽科技学院毕业,因感念于村里对他的关照,他联系了母校老师,请他们过来跟农民做了一次面对面的农业科技对接,从早上8点一直到下午1点多,老师们为农民讲解和指导施肥、嫁接、病虫害防治等农业科技知识,村民们非常兴奋,由于规模大、声势足,安徽电视台、《安徽日报》等媒体都派来了记者现场报道。

李长龙将学弟张浩然介绍到了开发区,夏可政在面试张浩然时问他为什么要来这里,张浩然说:"我是农村出来的,我想把学到的东西带回农村。"

确实,开发区招来的大学生基本上都是农村的,我在采访中曾得到相关部门的非正式确认,开发区决定引进大学生的时候,有一个不成文的条件就是,要农村出来的。这在 1997 年是符合特定的历史背景的,那时候,开发区还是一个郊区农村,一般的大学生尤其是名牌大学的学生都不愿来,农村大学生一是能吃苦,不会轻易地被艰苦的条件压趴下;二是没背景,不会轻易地动用关系调走,有利于人才队伍的稳定;三是对农村和农民有感情。确实,从 1997 年到 2002 年,开发区派驻到农村来的社区工作者有 200 多大学生,只走了 5 位,其他人基本上都留在了开发区。

大规模引进大学生的工程在 2002 年终止。五年共引进大学生 300 多名,这批人现如今已成为开发区的骨干和中坚力量。这批从当年的大学生中成长起来的年轻人,现在安徽各地出任市长、县长、区长、局长、处长的不下百人。

开发区靠年轻人打天下,环境虽艰苦,但机会多,成长的空间大。从长春地质大学毕业的潘成好在卡丁车项目现场用英语跟外方人员交流,杜平太发现后,很快将其提拔到公服公司任副总经理,20 出头就走上了开发区中层领导岗位。周玉 24 岁出任主持工作的计划项目财务副处长,28 岁任开发区财政局局长,副县级。祖朝兴刚满 30 岁就担当起了开发区建设的现场总指挥。如今刘勇、王刚、谢涛、李应天、宁波、李志奎、吴劲、何建埠、李命山、李孝鸿、张露等一批年轻人都走上了市、县级领导岗位,他们当中的大多数人在 20 多岁的时候就是独当一面的局长、副局长、总经理、副总经理了。到 2010 年前后,开发区各局办的班子成员中正科级、副科级岗位的干部几乎都是在农村摸爬滚打中脱颖而出的。

开发区是一张白纸,在这上面可泼墨最美最新的图画。对于那些没有背景的农村大学生来说,开发区不只是为他们提供了就业的饭碗,而是提供了实现自我价值的平台。

二十多年后,许多人对此越来越明白了。

300 名大学生人才引进后,开发区兵强马壮,壮的不只是体格,而是壮在专业、壮在激情、壮在敢于做梦。

在专业之外,激情和梦想是专业人才投奔开发区原动力,王厚亮就是最典型的案例。清华博士王厚亮不想从政,他想回原先的高校教书,可清华不让回原籍。春天的时候,一筹莫展中的王厚亮参加学校的社会实践,跑了许多城市,跟地方政府官员频频接触,他发现政府里好多领导热情满腔,可一谈到专业项目,立刻从滔滔不绝陷入沉默寡言。如同晚清张謇中了状元后办纱厂,王厚亮一直有产业报国的梦想,所以毕业前合肥市委组织部去清华要人,老家在山东的王厚亮不到一个礼拜就敲定:去合肥,去改革开放的前沿阵地,去产业红火的生产一线。王厚亮的岗位是合肥经济技术开发区管委会副主任,负责招商引资。他清晰地记得 2000 年 5 月 13 日到达合肥时,感受到这座城市的生机勃勃、动力澎湃。

王厚亮是要来实现自己梦想的。作为清华博士,他知道这个时代最需要什么,产业的坐标应该定位在哪里,电子信息和集成电路是现代制造业和加工业的核心与灵魂,王厚亮来开发区抓的第一个项目就是做集成电路的国运电子（合肥晶体管厂），2002年在南艳湖边打造"合肥微电子工程基地"，获得省计委支持。2007年至2012年先后引进捷敏电子（美国）等一大批电子信息产业的项目。

开发区引进王厚亮，也引进了招商引资的新的理念和新的产业方向，如今，以传统制造业起家的合肥经济技术开发区在电子信息和集成电路高新技术产业地带上一路呼风唤雨，高歌猛进，与二十年前王厚亮的提前布局有着历史性纽带关系。

后来，兜兜转转一大圈的王厚亮辞去了省经信厅副厅长的职务，出任长鑫电子的党委书记、副董事长，专注芯片研发与生产。像是人生的宿命，他回到了原点，回到了梦开始的地方。

17. 打通生命线

制度创新、社区建设、人才储备,开发区亮出的十八般武艺,以及所有殚精竭虑的努力,归根到底,就是要创造一个无与伦比的投资环境,把项目引进来。

然而,在2000年之前,开发区的项目引进却非常艰难。

1997年之前,开发区一直是为生存而奋斗,不要说与中部其他开发区相比,就是与省内的芜湖经济技术开发区、本市的合肥高新技术开发区相比,也毫无优势,短板就是没有国家级的身份,没有特殊的优惠政策,虽说制定了国家级开发区同等税收政策,但主权没有独立,在人家区县的土地上招商引资,其公信力是相当脆弱的。即使"97体改"后,开发区行使了一级政府的职能,其招商的难度依然很大,因为刚独立,就遇到了1998年的亚洲金融风暴,大环境风雨飘摇。

开发区的建设与发展,尤其是在招商方面,是中国特色的"知难而上"和"事在人为"的典型案例。

1997年之前,佳通轮胎、日立建机、正大饲料、兆峰陶瓷、可口可乐,是开发区具有国际化背景的"五大外资企业",开发区全仗着这"五大名片"出没于江湖,只要谈项目,言必称:"你看,我们引进的项目,不是世界500强,就是海外上市公司。"

其实,1997年的时候,兆峰陶瓷在开发区已经走入绝境,位于香港的兆峰陶瓷总部的破产手续正在有条不紊进行,这个合同投资3.5亿美元的项目刚刚开了一个头,就因资金链断裂而"死于非命",开发区押在兆峰陶瓷身上的10多亿的年产值也化为了泡影。1997年开发区年度目标考核中,没有完成的几个关键指标就是出在驻区企业产值上。佳通轮胎受东南亚经济危机冲击,外方资金不能按时到位,建设速度放缓,产能跟不上,1997年初计划产值12亿元,实际完成6.5亿,完成计划的54%。日立挖掘机年初计划6亿元,实际完成3.8亿元,完成63%。兆峰陶瓷年初计划3亿元,只完成了1635万元,仅占5.45%。只有可口可乐、正大饲料超额完成,而这两个企业,名声很响,但初期的产值却很低,只有几千万元。

形势异常严峻,开发区独立后,在全面铺开社区建设的同时,管委会把招商提到了生命线的高度,进行深入谋划和重拳出击,没有项目相当于没命。

1997年至2000年期间,开发区只能继续沿用"低门槛"的招商政策,坚持"一切服从于项目,一切服务于项目"的招商思路,盯住目标,时刻追踪,一旦接触,决不松手。

1997年台湾统一食品打算在大陆中部地区建一个生产基地,考察了许多地方,一直没有拿定注意。佳通轮胎总经理杨一培是台湾人,他对来合肥考察的统一食品的项目负责人说:"合肥很好,来这里投资,不会错的!"杨一培说这话是有依据的,佳通轮胎的快速搬迁和顺利投产,让他亲身体验到了开发区为项目入驻所付出的诚心、耐心、细心、关心。

统一食品就这么来了。这是开发区"以商招商"第一个典型案例。

统一食品是外向型企业,在那个年头,外企地位是相当高的。开发区引来一个企业不容易,项目服务可谓无微不至。王刚、吕戈、吴劲、王斌等穿着胶鞋,走进湿漉漉的麦田和菜地,跟台湾客商一起选址。

选好了地,台商要求签合同的同时要拿到营业执照,吕戈带着几个小伙子在市工商局耗了整整一天,中午在外面吃了一点盒饭,一直到下午5点多快下班的时候,才办好一大堆手续,拿到营业执照,然后马不停蹄地送到台商下榻的古井假日酒店。台商被震住了:"怎么说办就办成了,不可思议!"

晚上在开发区签约,气氛好极了。台商在喝多了酒后说,他们是故意出一个难题,要求签约的同时拿到营业执照,就是想看看这里的办事效率。

统一从当初的一条生产线,到后来的五条线,产能扩大了五倍,很快发展成为开发区五大支柱产业之一的食品加工业中的龙头企业。当然,统一食品只要晚来一年,一切的手续在开发区"一站式"服务大厅就能搞定。

外资项目难以大展宏图,内资项目必然成为主攻目标,统一食品、中德彩印、芬兰水产果菜加工等外资项目落地的同时,开发区盯住内资项目，步步紧逼，牢牢跟踪，行政学院、少儿活动中心、第九人民医院、莲花220KV和莲-3110KV变电所、24万门程控电话、液化气站、省教育学院、中锐国际学校、润安公学等内资项目先后进驻开发区，这些以教育、基础设施配套为主体的内资项目虽不会产生多大的产值和税收，但对于开发区集聚人气，提升投资环境至关重要，2000年后的大学城项目纷纷上马，在带动三产和劳动力就业的同时，也在完善着开发区作为新合肥的文化内涵和城市气质。

1999年引进的洽洽瓜子是内资项目的一个成功案例，对于开发区来说，洽洽瓜子带来了产值，更带来了密集型加工企业的大量工作岗位，为开发区的劳动力安置雪中送炭。而开发区引进内资项目的经典案例是"海尔项目"的落地生根，这个内资项目改变了开发区产业以外资为主力的投资结构，而且形成了开发区以"家电制造"为旗帜的新的产业支柱，直接为今天合肥作为全球最大的家电制造业基地完成了奠基。海尔在合肥经济技术开发区的落地传奇，足以写成一本书，限于本书的篇幅，择其精华和精彩之处而记之。

"窥一斑而知全豹"，海尔项目入驻是开发区二十多年招商引资的一个缩影，咬住项目决不放松，服务项目丝丝入扣，推动项目高效快捷，支持项目诚心诚意。

海尔集团是全球家电的巨无霸，是连续多年排名全球第一的家电制造商。海尔的掌门人张瑞敏是做冰箱、冰柜起家的，自1985年当众砸了76台不合格的冰箱后，被媒体一炒，名声大噪，第二年获得了国内冰箱第一块金牌。冰箱做大后,开始进军其他家电领域,收购合肥黄山电视机厂,就是其战略扩张的项目之一。海尔只派了三个人过来管理黄山电视机厂,换了"海尔"贴牌,不到一年扭亏为盈,这一颠覆性的变化成了哈佛商学院的教学案例,叫作"激活休克鱼疗法"。

海尔激活了黄山电视机厂,而且越做越好,合肥市和海尔都有扩大生产规模、建设生产基地的愿望。可基地放在哪儿,高新区、经开区、新站区都想要这个项目,而海尔跟合肥各方的关系都很好,这令海尔非常头疼,所以,张瑞敏决定放弃在合肥建基地,而把目标放在了大西南的贵阳。杜平太与张瑞敏接触几次后,两人建立了很好的关系,他不愿意这么好的项目轻易就跑掉了。

于是,从1999年初开始,杜平太一次次找张瑞敏沟通,不只是谈优惠条件,更多的是探讨项目落地开发区后的战略发展的框架。家电产品体积大,是泡货,不适宜长途运输,物流成本太高,家电的利润率相对较低,所以选址就非常重要了。而合肥虽不沿江,不靠海,但最适合做家电制造业基地,因为以合肥为中心向四周500公里辐射的范围内人口最多,东南东北到大海,西北至中原和华中,覆盖人口多达5亿,500公里物流,运输车辆当天可以来回,合肥家电制造业的物流优势是沿海都无法比拟的。杜平太把自己当成了海尔的一员,以诚心、细心、耐心、慧心打动了张瑞敏,谈判虽艰苦,但最终达成了意向,繁华大道边枣庙村最好的一块土地给海尔,这里的位置、交通、电力、电信、供水、基础设施配套是开发区最好的。

海尔工业园项目谈好后,2000年2月23日,国务院办公厅批文终于到了,"经国务院领导同意,现复函如下:同意合肥经济技术开发区为国家级经济技术开发区,实行现行的国家级经济技术开发区的政策"。这个等了八年的迟到的批文让开发区人感慨万千,虽说这时的国家级开发区已经没有什么政策优势了,但国家级的称号却是开发区人苦苦挣扎与奋斗了八年后一个必然的也是必须的名分。开发区终于在十八岗合安公路上空竖起了巨幅横标:国家级合肥经济技术开发区欢迎您!每个字有一张八仙桌那么大。

管委会决定,国家级开发区挂牌仪式和海尔工业园项目奠基仪式同一天举行。双喜临门,要给参加仪式的各方人士以巨大震撼。

开发区专门成立了"合肥海尔工业园项目协调领导小组",组长李兵,副组长刘自忠,成员有夏可政、周玉、吴劲、张学法、方世文、陈和平、张应年。从管委会领导到土地、建设、公服、农业、公安、财政、村委会等各方力量全部调集到位,确保国家级开发区命名后的第一个项目精彩出场。2000年3月31日的项目协调会纪要中明确要求,"劳务协调小组在工地现场办公,公安和执法大队必须保证不出现任何纠纷,财政局要确保征拆、劳务资金及时跟上,公服公司的水、电、通信配套必须一步到位"。

海尔项目634亩土地涉及枣庙村4个村民组,158户农民,时间紧,任务重,这场硬仗能不能打赢直接影响到开发区信誉、服务质量、对外形象。所以,开发区上下把海尔工业园项目当作一场战役来打,跟当年建10.8公里框型大道一样的阵势。

拆迁战斗打响前,农发局党委书记夏可政和招商中心主任吕戈带着枣庙村村两委和村民组干部及开发区建设规划设计部门的一行10来个人,浩浩荡荡前往青岛海尔总部考察。这一天是2000年3月4

日,为了激发和调动村两委干部拆迁积极性,开发区花血本买来回飞机票请他们去青岛,看看外面的世界已经发生了哪些变化。海尔总部热情接待了合肥一行的客人,并参观了黄岛海尔工业园、海尔大学。大家被海尔的国际化品牌的规模效应和"日事日毕,日清日高"的企业作风震撼了,尤其是村两委干部,他们不再犹豫,枣庙村书记张应年说:"回去赶紧拆迁,可不能让这么好的项目跑了!"夏可政告诉他们:"海尔来了,你们枣庙村的好日子就来了!"这位对农村工作了如指掌的农发局书记说话做事从来都是积极乐观、举重若轻。

两天后,3月6日,枣庙村支书张应年中午下飞机,下午3点召集四个村村民组全体村民开会,这个在村里有着很高威信的村支书拍着胸脯保证:"从明天开始,立即拆迁,补偿标准按28号文件执行,开发区已经建好的4栋楼先让我们住,每人20平方来,超出部分自己掏一点就行了。有人说,拆迁的钱不够买房,怕什么?村里先帮你们借钱,项目一开工,下个月我们就有劳务收入,到时候用劳务收入来还借款,活人还能被尿憋死吗?"张应年说得非常自信、非常提气。青岛当地的老百姓跟着海尔项目走上了致富道路,枣庙村理所当然要对未来充满信心。

海尔项目拆迁,在开发区乃至在全国征地拆迁中都是一个令人不可思议的奇迹,从3月7日开始,到3月16日,短短10天时间,634亩土地、154户全部拆迁完毕,边拆边推,房屋拆完了,土地也全推平了。那10个日日夜夜,村两委的干部几乎就没睡过一个囫囵觉。注重品质与效率的张瑞敏被枣庙村的速度和效率震住了,"没想到,真的没想到",他不止一次地在许多场合说起"合肥速度"。张瑞敏为了表示对

"合肥速度"的敬意,专门邀请张应年坐着他的直升机从空中浏览了合肥风光,让张应年感受高度和俯视带来的魅力。后来张瑞敏每次来开发区,都会邀请张应年一起吃饭,他知道,这个坐落在合肥的家电巨无霸企业是在一个村支书的撬动下起步的。张应年因为海尔项目的杰出表现而被提拔为农发局党委委员,并转成国家干部。

2000年3月28日,这是一个注定要载入开发区历史的日子,国家级合肥经济技术开发区挂牌和合肥海尔工业园奠基同一天举行。

6个月后的2000年10月,海尔电视机已正式下线,紧接着海尔冰箱、洗衣机、空调等项目都先后落户开发区,合肥海尔工业园已经成为除青岛之外的全国也是全球最大的生产基地,2011年整机产量1300万台,年产值达到299.3亿,成为开发区产值最高的龙头老大,稳坐第一把交椅。

合肥经济技术开发区的招商历史,切入点不同,分期就不同。1997年之前,大项目招商以市政府为主导,"97体改"后,开发区则以自主招商为基本力量,并成功引进了统一食品、合肥海尔工业园、洽洽瓜子等项目,并促成佳通、日立等企业扩大投资。2001年之后,开发区招商引资和项目入驻进入井喷期,所以从项目数量、质量、规模、效益、结构、思路等方面来考量,开发区项目招商,应以2001年为分期。

1998年工业总产值23.6亿,财政收入0.908亿;1999年全区工业总产值28.2亿,财政收入1.49亿;2000年工业总产值43亿,财政收入2.07亿;2001年工业总产值首次突破百亿,达到102亿元。一年时间,翻了一番还拐了个弯,一步跃升中西部13个开发区之首。

自2001年起,开发区经济社会真正进入了全面发展的快车道,开发区就像一艘造了8年的航空母舰,每年都在不断打造,一直没有启动,一旦启动了,它就是一艘不可阻挡、所向披靡的巨型战舰,不仅可以远洋作战,可以抵抗各种风浪,而且具备了战无不胜的战斗力。

而真正驱动这艘航空母舰的"核动力"就是项目和项目带来的产值。

时来运转,猝不及防。那么多年"招商难,难招商",2001年新年一过,企业和项目一个接一个地来了,用招商一线人员的话说:"赶集似的,说来就来了,挡都挡不住。"他们说这话时,完全是一种苦尽甘来、柳暗花明、豁然开朗的自豪与轻松。

在成群结队的落地项目中,有一些项目的入驻不仅提供了招商的经典案例,也见证了合肥经济技术开发区在招商引资上"出其不意,剑走偏锋"的独门绝活。

联合利华项目将中国生产基地从上海整体搬迁到合肥,据说,这是一个震动了上海市政府的重大事件。上海市政府要求相关部门认真总结经验教训,为什么让一个高附加值的企业跑了,上海市有关部门多次召开外资企业服务会议,要求以此为鉴,加大服务力度,提高服务质量。

联合利华是英国和荷兰跨国合资公司,世界上很少有这种跨国合资的公司,而且是从1872年就开始合资的百年老店。所以,它有两个总部,一个在英国,一个在荷兰。

联合利华在中国主要生产日化产品,像夏士莲、力士、旁氏、多芬等。2012年在合肥的产值虽然只有155亿,可上缴税款就高达15亿,它一出场,就成为合肥经济技术开发区五大支柱产业之一,成为"快速消费品"的领军企业。

联合利华1923年进军中国上海,1925年生产出中国第一块"日光"牌香皂,胡蝶、阮玲玉等上海滩的明星都为联合利华的香皂、牙膏、痱子粉做过广告。中国改革开放后,联合利华卷土重来,重新落脚老根据地上海,在上海建了7家工厂,是跟美国宝洁公司在中国市场轮流坐庄的日用消费品企业老大。

联合利华将生产基地整体搬迁到开发区,非常偶然。

1996年,联合利华与合肥东门的合肥日化总厂合资成立"合肥利华洗涤剂有限公司",1999年收购合肥日化总厂,成为独资的外企。

联合利华在中国收购了许多大大小小的日化企业,位于上海的联合利华中国总部每年要召开一次董事会,2000年的董事会放在合肥召开。得知信息后,安徽省和合肥市对这一跨国公司来肥开会表现得异常兴奋和积极,于是跟联合利华主动联系,希望会后公司领导层能接受省政府宴请和参观合肥经济技术开发区。

提前两天,开发区接到通知,一个为联合利华准备的招商方案同时紧急制定。招商中心主任吕戈带着几个人连续做了两天两夜,将联合利华的前世今生摸了个底朝天。他们通过战略分析,判断出联合利华有产业扩张的极大可能,所以,招商中心为联合利华做了一本专题招商材料,并专门做了开发区招商历史上的第一个PPT,找了一个笔记本电脑,借了一个投影仪,准备播放PPT。

针对联合利华项目,招商中心又做了一个优惠政策的分析材料,将开发区的土地、劳动力成本、税收、物流等相关数据进行全面分析比较,得出了项目过来后生产成本将降低的百分比。这份极具诱惑力和说服力的材料共两页,并被翻译成了英文,夹在招商宣传册中。

联合利华并不是来开发区投资的,只是顺便来看看的,但开发区却无中生有地把这条大鱼作为了一个目标,成不成并不重要,重要的是体现开发区见缝插针、无孔不入的招商决心。

下午3点左右,联合利华一行到了开发区,在明珠广场咖啡厅,管委会杜平太和李兵参加接待,在表示热烈欢迎的同时介绍了开发区的情况,推销了开发区未来的光辉前景,然后由招商中心介绍开发区的水电路气,播放了PPT。老外们翻看着招商材料,对两页英文的优惠政策及投资成本分析表现出很大的兴趣。

听了介绍后,联合利华一行参观明珠广场和框型大道四周的工业区。参观的路上,联合利华董事会主办方一再要求快一些,因为晚上省政府要宴请。

参观到一半的时候,联合利华财务总监突然对吕戈说:"不参观了,找个地方,在你这开一个短会。"

吕戈将联合利华一行又带回明珠广场咖啡厅,他们要开发区的人回避一下。

回避了的吕戈站在冬天寒冷的风中,心中热乎乎的,他觉得有戏。

会议只开了半个小时就结束了,然后他们就匆匆离开,参加省政府的宴请去了。

后来吕戈他们终于知道了,那次半小时的会中,董事会中国区主席带着大家算了一笔账,回到上海后,没多长时间,联合利华中国区董事兼涉外经理曾锡文带着一套班子专门来考察,探讨项目入驻的可行性,每次杜平太、李兵都出面接待。

吕戈和时任合肥市外经委主任赵华半年内跑了上海将近二十趟,吕戈每个礼拜一大半时间住在上海,协议文本修改了几十次。细节由吕戈和联合利华法务部经理黄亚斌、涉外经理曾锡文、财务总监李耀华谈。吕戈说,谈判就像玩电脑游戏,双方不停地埋地雷,又不停地挖地雷。多轮谈判后,项目谈成了,他们也成了朋友。

2001年联合利华项目入驻开发区,2002年正式投产,一期项目占地379亩,二期项目占地300亩,配套企业有60多家。上海的7家企业一锅端地全搬过来了,入驻合肥经济技术开发区后生产成本比上海降低48%,这在工业生产中几乎就是一个令人心惊肉跳的数据。尝到甜头后,联合利华紧接着又关闭了亚太地区其他一批工厂,在合肥不断追加投资。2021年,联合利华合肥工业园销售收入186亿元,上缴税收过11.21亿,已成为联合利华全球260个工厂中最大的生产中心,也是效益最好的企业。谁也没想到的是,二十年后的联合利华成为工业4.0时代全球的"灯塔工厂",这是联合利华在全球的第二家,也是在中国的第一家"灯塔工厂",更是安徽省内第一家获此殊荣的企业。这标志着经开区产业在第四次工业革命中拔得头筹,率先实现了从"制造"到"可持续智造"的突破性跨越。而到了2023年,合肥经开区"灯塔工厂"已有3.5家,全球只有132家。

开发区制定的招商策略是"大中小并举,内外资并举,二三产并举",在这三个"并举"中,实际上是有所侧重的:二、三产业中,第二产业是经济数据的支撑,理当刮目相看,"大招商"是为了"招大商",大项目肯定是大目标;内外资是要并举,可外资项目的重要性显而易见。外资项目谈判难,条件苛刻,而一旦谈成,执行非常坚决,一切按合同和协议办,没有扯皮的事,而且外资项目的效益好、税收高,他们的管理经验和工作作风对开发区管理水平的提升有着潜移默化的影响,所以,外资项目只要接上了线,开发区就会像胶水一样牢牢地黏住不放。

德国库尔兹是做热烫膜防伪标识的,在欧洲是有着百年历史的老企业,欧元、德国马克、英镑、人民币等几乎全世界所有货币的金属防伪线都是库尔兹的,现在全世界80%以上的防伪标识就是在合肥经济技术开发区生产出来的。而当初的项目落地却异常艰巨。

王斌跟马东盯德国库尔兹项目盯了两年才谈成,其间的拉锯战像一场漫长的马拉松。

库尔兹项目没到中国投资前,在中国天津、香港有销售点,随着中国经济的高速发展,许多领域和许多产品都要用到防伪标识,德国库尔兹决定在中国建一个生产基地。跟日立、佳通、联合利华不一样的是,库尔兹从来没跟中国合作过,对在中国投资建厂两眼一抹黑。厂址选在哪儿?他们派了一个考察团来到中国,考察了17个开发区,两轮考察后,选择了西安、合肥、青岛三个地方,最后一轮考察后确定在合肥和青岛之间选择。

每次重大项目来,管委会主任杜平太都是亲自出马,管委会副主任李兵作为杜平太的得力助手,在杜平太原则立场之下接着往下深入地谈判。库尔兹项目也是如此,杜平太和李兵跟库尔兹谈项目落地的大政方针,细节由招商中心负责谈判,谈好初步意向后,再由管委会拍板。

最后一轮谈判是在已经营业的开发区五星级明珠国际大酒店进行的。王斌至今记忆犹新的是,德国人非常严谨,不接受任何宴请,每天谈判时,中午只吃一点三明治、一点小点心,喝一杯咖啡,谈完后,当天晚上连夜将一天谈判中的谈话纪要整理出来,打印好给招商中心一份,并签字确认,你说过的话、承诺的事,都记录在案,将来都是签署正式协议的依据和基础。只要是谈妥的事,执行力极强。

经过一个星期的艰苦谈判,双方终于达成了协议,德方去青岛的机票已经买好了,后来退掉了,不去了。王斌他们谈判结束的时候,如释重负,人累得躺在床上都不想爬起来。

王斌说他后来工作中的严谨和认真是跟德国人学的。项目主谈的人叫沙夫尼亚,是德国籍马来西亚人,任库尔兹马来西亚工厂的厂长,也是后来的合肥库尔兹的第一任厂长。协议签好后,由于一笔资金要迟几天到开发区,于是本来从德国回马来西亚照看孩子出生的沙夫尼亚,特地从德国飞到上海,再转飞到合肥,为资金迟到几天签一个谅解备忘录,备忘录签好后,才匆匆离开。沙夫尼亚在合肥只待了几个小时。这种无关大局的事,打一个电话沟通协商一下,几分钟就可以搞定,德方却要以书面备忘录的方式,确认双方已取得了谅解和达成一致意见。这就是严谨,严谨到不可思议。

库尔兹不是开发区产值很大的企业,却是开发区效益最稳定、经营最规范的企业之一。

像联合利华、库尔兹、统一食品、海尔等项目入驻开发区的传奇经历还有很多，几乎每一个企业的背后都有一个非同寻常的故事。

2003年，开发区建区十周年，这时的合肥经济技术开发区已经脱胎换骨，成为风头正劲、势头迅猛、劲头十足的中西部排名第一的国家级开发区，而这一年，合肥经济技术开发区获得国家级的称号不过才三年时间。截至2002年底，开发区实现工业总产值152.4亿元，同比增长43%；工业增加值45.7亿，同比增长45%；GDP53.7亿，同比增长94.5%；综合财政10.58亿；而1993年，全合肥市的工业总产值130.7亿，工业增加值30.4亿，GDP63.1亿，综合财政9.3亿。从几个关键性数据上来看，2003年的合肥经济技术开发区除了GDP一项外，其他各项指标已经大幅度超过了1993年的合肥市，也就是说，开发区用了不到十年的时间，实现了"再造新合肥"的战略目标，至少可以这么说，新合肥的战略目标率先在经济数据上实现了。

这十年的开发区经历了一个"求生存、谋发展、站稳脚、起步飞"的艰难而光辉的历程，在令人振奋的创业史和奋斗史中，不难看出，是项目拯救了开发区，是项目带动开发区走上了经济社会全面发展的康庄大道。

十年间开发区完成社会固定资产投资121亿，完成基础设施建设投资16.2亿，城市建设面积16平方公里，共引进项目293个，其中外资项目107个，内资项目186个，经过十年发展，相继建成了明珠广场、欧风街、徽园、国际会展中心等一大批城市景观，"新合肥"在社区建设、民生工程建设、文化建设、大学城建设等各个方面都取得了创造性和突破性的成就。

而所有这一切实力的展示,是对"项目是生命线"的最生动的阐释,没有项目,没有钱,所有的建设都只能停留在设计图纸上和美好的想象中。

开发区经过十年奋斗,项目招商的成果已经充分显现,开发区形成了"五大支柱性产业",即以海尔、华菱电器、美菱电器为代表的家电制造业,以日立、合力叉车为代表的工程机械产业,以江汽、安凯客车为代表的汽车制造产业,以联合利华、佳通轮胎、国通管业为代表的日用化工产业,以可口可乐、统一食品、洽洽瓜子为代表的食品加工产业。这五大产业集群向外延伸的产业链为开发区的工业经济提供了强大的发展动力。

与此同时,以教育产业、新型会展业、物流业、旅游业和房地产业为支撑,建设和引进了一大批高档次、高品位的三产服务业项目,如大学城、明珠酒店、会展中心、徽园、东海花园、东方家园、易初莲花、中外运等项目。

如果说,开发区一开始是粗放型招商,来者不拒,有商必招,从2003年开始,开发区的项目招商已经注意到了为了城市发展而必须重视的结构平衡,"大中小并举、内外资并举、二三产并举",民营科技园和生命科技园的建设也是项目招商策略的一个重要实践。民营科技园两期占地3000多亩,管委会副主任李平兼任民营科技园管委会主任,据李平介绍,民营科技园主要是投资1000万—3000万投资规模的中小企业,开发区将这些企业集中起来,统一规划,统一管理,统一服务,并提出了"有限投资,无限服务"的民营园管理理念。民营园先后培育了应流集团、东方节能科技、海德数控、阿幸食品、千辉药业等明星企业,它们已从中小企业成长为大型企业,应流集团已在2014年1月22日在上交所上市。民营园是开发区项目招商的一个亮点,这些企业引进后,开发区除了服务,还致力于培养,使其快速成长。

民营园早已撤销了,因为它的历史使命已经完成,到2010年左右,开发区实在没有足够的土地和空间再来引进中小企业了。但民营园证实了开发区初创时期的项目意识无处不在,无所不能。

发展太快,快得超出了建区最初的想象力,到2008年,开发区经过十五年的发展,全区工业总产值突破600亿,达到615亿,综合财政收入35亿元,地区生产总值229亿元,开发区已经成为合肥市经济发展风向标。尤其是工业总产值连续保持在全市的30%左右。两个工业园区产值超过百亿,海尔工业园完成112.6亿,日立工业园完成100.07亿,全省80户重点骨干工业企业名单中,开发区有14家,占全省骨干工业企业的14%。海尔、可口可乐、联合利华、日立建机等14家世界500强企业在开发区落地生根,捷敏电子、杰事杰、芯硕等高新技术企业纷纷入驻。家用电子、工程机械、汽车、日用化工、食品加工这五大支柱产业以及教育产业、新型会展业、物流业、旅游业、房地产业这五大三产,共同支撑起了一个产业齐全、结构完整的现代工业化新城。

一个极具潜力而又充满爆发力的区域工业经济的巨头已经矗立在人们的视线中,"安徽工业第一区",一个现代制造业基地已经建成。

2010年前后,最难的不是招商,而是招来商没有土地了,土地空间和土地指标紧缺,开发区四面都被堵死了。"工业立区,项目为龙头",

没有土地，项目无法落地，没有项目，就无法实现经济跨越式腾飞。

没有土地怎么办？土地节约和集约利用，每亩投入不少于400万，税收不低于30万，低于这个数字，只能租用厂房，所以开发区通过建多层厂房来节约土地，解决高新技术企业和中小型配套企业的生产问题。另一个扩张思路就是，开发区跟肥西县合作开发建设新港工业园，通过共建共荣、共同发展来缓解土地紧张的矛盾。管委会副主任吴昊介绍说："我们花2个亿向南发展，其中投了1个亿建莲花路大桥，全长1200多米，跨过派河，就有50多平方公里的空间。"

现在所有的地都用完了，跨过派河摊大饼，也摊不下去了。于是，2013年，省政府批准开发区建设空港经济示范区，将肥西高刘镇整建制划归经开区，2021年批准为合肥新桥科技创新示范区，简称为经开区北区，面积185.85平方公里，北区距离南区30多公里，是一块飞地，类似于美国的阿拉斯加。

"项目是生命线"，这是主旋律中的主旋律。开发区初期招商是粗放型的招商，是低门槛招商，而建区十五年后的2009年招商已经进入精细化选择性招商，是一种高门槛招商。

这种招商模式的转换所带来的难度在于，一方面加大力度招商，设立了两个招商局，将招商任务分解到各单位、各部门，一方面又得戴着"有色眼镜"招商，不是随便什么项目都能入驻的，这就是项目招商中的一对矛盾。一些占用土地多的低附加值的制造业和加工业项目不再引进，一些对环境造成污染的项目则一律不准引进，一些条件苛刻的项目谢绝入驻。2010年一个"多晶硅"项目，总投资20亿，达产后产值能达到100亿,开发区环保分局对项目进行环保评估后,得出的结论是高能耗、高污染,最后坚决放弃。

所以,招商思路中的"大招商",是为了"招大商"。抓大项目,上好项目,确保工业经济总量的高速增长,强化区域经济的抗风险能力。

早在2002年,开发区就亮出了"高、大、新"的项目招商主线,但那时候更多地设计了一个未来的发展思路,而到2009年之后,就是必须执行的原则了,因为没有空间,没有用地指标,不像以前有的是地,自己批了就行,而此时土地使用权不仅被收走了,还有指标限制,所以,这时开发区引进项目必须是"高科技项目,大型项目,新兴产业项目"。

开发区此时的产业布局已经发生了一些变化,五大支柱产业逐渐演变成四大支柱产业,即家电电子、装备制造、汽车及零部件、快速消费品,以及四大新兴产业,即电子资讯、新能源、新材料、生物医学。

以前的五大支柱产业之一的食品加工业,随着开发区规模以上工业产值连续翻番,这一产业的产值地位逐渐被其他产业所取代,但食品加工业为开发区劳动力安置所做出的突出贡献却一直在延续。

围绕四大产业支柱和四大新兴产业,开发区的所有目光集中于一处,所有的力量也用于一处:致力于传统产业高端化,新兴产业规模化,先抓龙头企业,带动配套企业,形成产业链,强力打造产业积聚的基地,快速提升几大产业园区的产能,实现开发区工业经济的跨越式发展。

合肥经济技术开发区是中西部日资企业最集中的区域,当初共有28家,现已达42家,全省日资企业90%在合肥,合肥的日资企业90%

在开发区。日本企业扎堆落户开发区,有的是为日立建机做配套,有的是受日立建机超常规发展的启示,有的则是被开发区投资环境所征服,最典型的就是尼普洛医疗器械公司。

招商二局局长李孝鸿是这个项目的负责人,说起尼普洛项目,就像说他家里的事,头头是道,娓娓道来。

2010年3月的一天,日本尼普洛贸易(上海)有限公司给招商局打了一个电话,说想了解一下开发区的招商政策,同时公司打算月底过来考察。打电话的是日方企业的一个中国女孩,接电话的是招商局的李蓓,李蓓积极热情地在电话中对开发区投资环境做了介绍,并对考察表示欢迎。李蓓是学日语的,她到网上查了一下,发现这个尼普洛居然是日本最大的医疗器械公司,是行业的"巨无霸",她立即将这一信息上报。

管委会要求盯紧这一项目,招商局立即打电话过去要求主动去上海拜访,但日方回应说,来肥考察,谢绝拜访,而且考察期间,要求不接送、不宴请、不安排酒店。这就是日本人的工作作风。

尼普洛和大多数日本企业一样,产品主要面向国际市场,中国又是国际市场中最大的市场,到中国来投资建厂理所当然。日方初步选址定位于中国中部地区。在考察了武汉、长沙、南昌等地后,想再了解一下合肥,多一个预选的地址。

尽管日方要求独立考察,但开发区还是做好了全方位对接的准备。必须拿下,这是管委会和招商局暗下的决心。

日方发过来的考察团名单中,只有一名中方翻译,其余都是日本人,而且没有职务,搞不清来人的具体身份。

但招商局已准备好了日文"专题招商手册",将预选地块的区位位置、交通状况、地质情况、地面核载、岩层深度、气候、水质、防汛标准、地震发生频率等等,每一个细节都做细、做准、做扎实,做得让以细致著称的日本人无懈可击。

日方独自来了开发区,实地了解情况和招商政策后,才与开发区工作人员坐下来面对面会谈。

开发区工作与考察团交换名片,一看,对方来的全是重量级的人物,尼普洛公司的二把手、做设计的、建设的,都来了。

当工作人员递上专题招商手册时,日本人还是很震惊,他们没想到开发区的工作做得比日本人还要细。会谈的内容很尖锐,但会谈的气氛非常融洽,因为开发区所做的准备几乎完全符合日方的选址要求。

一个星期后,日方答复,决定在合肥经济技术开发区建设医疗器械生产基地,项目投资1.2亿美元。出于对合肥经开区的信任,日方的投资总额增加到2.99亿美元,注册资本2.4亿美元第一时间到位,2011年6月开工建设,2012年9月投产,投产后年产值将达到20多亿元,并将提供2000多个就业岗位。在尼普洛项目刚刚落地后,日本大地震的破坏性后果迫使许多日本企业纷纷离开本土,此后,花王、淀川、大久保齿车、三菱电机等日资项目先后入驻开发区。日资企业的集群效应已经显现。

李孝鸿很自豪地说,尼普洛是安徽有史以来一次性投资最大的外资项目,也是自2008年全球金融危机以来,安徽引进的最大的外资项目。而这一项目仅供地150亩。

许多人在分析尼普洛这一招商案例时,说是一个偶然的电话偶然地遇到了一个外资"巨无霸"。其实,在这偶然中包含着必然,开发区的优质服务、优质环境、优质团队让日本人无法抗拒。后来,日方人员不止一次地说:"没想到,你们的效率和服务如此无与伦比!"

合肥是全国家电制造基地之一,开发区则是基地的基地,年产量已突破3000万台(套),但在家电业产量巨大的背后是家电的自我配套率一直偏低,这一"瓶颈"的打破,是从航嘉(合肥)有限公司工业园建设开始的。而航嘉电子落户开发区则是又一个传奇。

航嘉在深圳发展很好,行业地位很高,2007年来合肥收购了一家台湾企业,尝试着为海尔做控制板配套,但经营两年后,投资的2000万亏损殆尽。

航嘉电子的总经理陈君是一个干练而精明的女性,当初她是受航嘉深圳总部委派来合肥"处理后事"的,她的工作就是将剩下的一堆原料库存加工掉,然后关掉合肥这家公司。人事劳动局跟航嘉有业务联系,得知航嘉即将撤退,局长李应天立即向招商局通报了信息。此时,管委会领导和招商二局局长李孝鸿在深圳参加招商会,听说航嘉电子实力不错,就去拜会了航嘉董事长罗文华,在他们的鼓动下,罗文华终于动心了,答应来合肥实地看看。

航嘉在合肥原先是租用的厂房,有了航嘉老总的表态,李孝鸿跟招商伙伴们当晚就将航嘉的选址做好,发给了深圳总部。航嘉企业机构(Huntkey)是从事IT产品及电力、电子系统研发、设计、制造及销售一体化的专业服务机构,是中国大陆最大的电脑电源制造商,PC电源连续八年国内排名首位、世界排名第五。合肥是中国"家电之都",国内几乎所有的知名家电品牌都云集合肥,有海尔、长虹、美的、格力、三洋、华凌等,配套商机无限广阔。

2009年9月,双方很快达成协议,航嘉在合肥建工业园,占地246亩,二期工程占地250亩,项目总投资10亿元人民币,项目全部投产后可实现年产值超过30亿元,税收8000万元。

深圳派来"处理后事"的陈君,工作又迅速由"清盘"转为"建园"。航嘉来了后,又收购了合肥鸿明塑胶厂和嘉富精密五金厂两家企业。

航嘉(合肥)有限公司总经理陈君感慨地说:"说句心里话,一开始,还是担心合肥人的办事效率,来了后发现,在开发区不管遇到什么事,都有专门的人和你对接,帮助你去完成。经开区还经常派人到工地直接办公,效率比深圳还要高。"

航嘉恰似王者归来,因为此前在合肥的家电配套企业群中,尚无一家年产超过10亿,但航嘉一出手,产值就高达30亿之巨。现在的航嘉不仅是海尔的核心配套商,紧接着又为联想电脑做起了配套。

引进航嘉电子的意义不在于引进了一个配套企业,而是带动了一个产业链相关企业的入驻。航嘉是中国做电脑电源的龙头老大,落户合肥的同时,把深圳做笔记本代工的宝龙达公司拉了过来。宝龙达本来已经在其他地方签了投资合同,在航嘉老总罗文华的鼓动下,宝龙达总经理陈伦看了开发区的投资环境后,改换门庭,2010年10月10日,安徽第一台笔记本电脑在合肥经开区芙蓉路标准化厂房下线。

联想高层和技术人员经常要到宝龙达来督查生产,与开发区就有了接触,开发区招商局做好基础铺垫,再利用市委书记孙金龙与联想总裁杨元庆的关系,将联想拉了过来。航嘉虽然产值只有30亿,但联想却是千亿级的超级航母。就像日立带来了一系列日资企业入驻开发区一样,航嘉是"以商招商"的又一个典型案例。

在参加宝龙达代工的联想笔记本电脑下线仪式时,联想集团副总裁、全球首席采购官乔松看中宝龙达所处的南艳湖北岸的一块厂址,经开区爽快答复:"这块地好,我给你留着。"那块地真就留下了,现已成为联想合肥研发基地。

全球70%以上的PC都是由广达、仁宝、纬创、英业达四大代工商生产的,联想电脑也不例外,但代工商交货往往会优先考虑惠普、戴尔、宏基等几个市场份额大的品牌,联想于是在与四大代工商合作的同时,积极培育国内的代工商宝龙达,并且与其合资,通过创新合作模式,冲击全球PC行业老大的地位,所以,谋划产能扩张的联想集团,急于在国内建立一个超强规模的生产基地。

2010年9月初,中国企业500强大会在合肥召开,时任联想控股集团总裁的柳传志参会。柳传志对合肥的变化叹为观止,市委书记孙金龙邀请他做合肥市的经济顾问,柳传志欣然接受。

于是,接下来的几个月中,合肥市和开发区便多次赴北京与柳传志、杨元庆会面,积极推介合肥,争取把联想基地项目拉过来。

武汉、成都、郑州、蚌埠等地知道联想建生产基地的信息,全都找上门去了。毕竟这是一块太诱人的"肥肉"。

联想发轫于广东惠州,湖北省委书记李鸿忠在任惠州市委书记时曾给予联想很大支持,所以,李鸿忠倾力支持联想落户武汉。武汉派出了强大阵容走访北京联想总部,事不凑巧,负责联想基地谈判的高级副总裁乔松出差外地。成都方面也马不停蹄地"围追堵截",一次,乔松刚到合肥经开区,电话响了,一接,是成都打来的。

省内的蚌埠市招商阵容直接就来到了合肥拦截。一直负责这一项目的开发区招商一局局长王斌问蚌埠是怎么知道,对方说:"你们的报纸和网站上,天天都在报道项目进展。"王斌一惊,看来有些新闻是不能报道的。

2011年4月12日,经过前期深入沟通和扎实铺垫,联想(合肥)产业基地项目谈判正式拉开大幕。

联想从北京、深圳、上海等地抽调精英,组成以6人为核心的16人谈判团队。开发区由管委会领导领军,招商一局牵头,建设、国土、规划、财政、人事等相关部门组成谈判小组。

联想基地的谈判极其艰苦,整个谈判过程经历了近半年时间,谈判中许多具体问题争议很大。联想是行业巨头,一般所到之处,都是当地政府的座上宾,合肥市和开发区为了引进这一项目,能让的做了最大的让步,为的就是拉来世界500强。但这绝不意味着放弃基本原则。在谈及"双向约束条件"和"研发中心"这两个条款时,开发区要求联想根据我方提供的政策,对企业投入、建设时间及项目未来效益要有相应的承诺,要求联想生产基地项目必须包含研发中心。这种双向约束将会使将来的合作保证公平和有效。

计算项目给合肥市带来的效益,包括产值、税收、内外销等情况,联想方面要求将项目带动效益和辐射效益也算进去,以获得更多的政策优惠,我方坚持以合肥基地本身的效益来计算。这就避免了政策失去界限,坚持了政策的优惠性与严肃性的统一。

王斌说谈判期间,他们经常满天飞,早上在深圳,晚上飞回合肥,第二天一早又飞到了北京,吃饭基本上是在会议室、谈判间,几个月期间吃得最多的就是盒饭和外卖。在进入细节谈判的时候,有时候为一句表述、一个字也要在电话中讨论半天,甚至飞到某个城市当面交涉。

2011年9月25日,联想方面发来了电子邮件:"我们已认可投资协议的内容,可以签约。"

2011年9月27日签约,2011年10月8日项目正式开工,开工典礼盛况空前,省市领导都来了,作为投资方的联想集团和台湾仁宝集团来了11个副总裁级以上的高管。联想集团首席执行官杨元庆在开工典礼上说:"从签约到开工只有短短的11天时间,这就是新联想的速度,新合肥的速度!"

联想基地项目总投资10亿美元,2012年12月正式投产,2014年全面量产,到2020年,联想项目的总产值突破1000亿元,合肥第一家千亿级企业就是在这惊心动魄的传奇中落地生根的。

联想基地项目的意义除了千亿级的产值,还表现出了开发区"大招商、招大商"中众志成城、坚忍不拔、舍我其谁的意志和力量。

联想笔记本电脑的生产商是联宝公司,由联想集团和台湾仁宝公司2011年合资成立,联想持股51%,仁宝持股49%,生产线在合肥出口加工区里,2018年仁宝的股份由合肥市产投集团收购。

新港工业园的合肥出口加工区2012年6月20日迎来了由国家海关总署、国家发改委、国家财政部等九部委组成的联合验收小组。下午5点,验收组长、海关总署经贸司副司长吴海平向合肥经开区管委会颁发验收合格证书,8月21日,合肥出口加工区正式封关运行,中央、省市及境外20多家媒体报道了合肥出口加工区验收封关运行的新闻。

出口加工区总面积仅有1.42平方公里,区内却分割出了工厂加工区、维修检测区、保税物流区和综合配套区等四个功能区,加工区内还有一家台湾崧贸电器公司。出口加工区素有"境内关外"之称,区内企业可享受进口保税、入区退税的优惠政策。

2010年7月,国务院正式批准建设合肥出口加工区。2010年12月底,加工区开工建设,按照国家海关总署制定的建设标准,完成了"七通一平"、卡口、监管仓库、围网、巡逻道、监控和信息化等建设内容,四大功能区已全面建成。

合肥有没有出口加工区,意义完全不一样。世界500强广达电脑在中国选址,合肥开发区完备的基础设施和良好的区位优势都很有吸引力。广达电脑主要是做出口加工,"大进大出"的特征注定了选址必须考虑在出口加工区,合肥没有,经开区招商接待过几次,好话说尽,还是没留住,2010年落户重庆了。还有美国的合宝公司也来过,很感兴趣,也是因为没有境内关外的出口加工区,煮熟的鸭子飞了。

出口加工区是迎接产业转移的一个重要平台。现在招大项目不是拼地价、拼政策,而是拼服务、拼实力。出口加工区能为投资者带来成熟的基建、产业配套、投资环境,也能促进区内加工贸易的快速转型升级,吸引企业把更高技术水平的制造环节和研发机构转移过来。出口加工区税收是一个争议点,但带动周边的产业链和商业综合服务业发展,以及劳动力就业等附加效益是广阔而巨大的。合肥申报出口加工区,从2003年开始,冲击了三次,直到2008年,开发区加工贸易已超过了国家海关总署的硬性标准,所以2008年第三次申报时加大了力度,历经千辛万苦,终于在2010年7月获准通过。

合肥出口加工区,2019年国务院批复改为合肥经济技术开发区综合保税区。保税区聚集着联宝科技、胜利电子、海晨仓储、新宁供应链等26家享受特殊待遇的企业,2021年8月,我在骄阳似火的炎夏走进保税区,合肥出口加工区管理局副局长陈圣炜说:保税区得有自己的特色。特色是与众不同,跨境电商成了他们打造特色的一个切口。跨境电子商务产业园建起来了,走进5.6万平方米的保税仓库,就像走进万国商品博览会,美国、澳大利亚、英国、新西兰、越南、韩国、日本货都有,除了常见的奶粉、坚果、化妆品,我还看到了肥皂、小剪刀、塑料杯之类的小商品,纸盒或塑料包装好,整齐地码在货架上。考拉海购、拼多多、孩子王等40多家电商平台入驻了,一年200多万单,四五个亿在这里成交。

招商的业态在改变,产业的生产经营业态也在改变。这一切是在悄悄地,不知不觉中完成的。

2008年以后,从大环境上说,招商难,但商机仍然会以不同形式突然间出现,就看你能不能捕捉到,能不能抓住。

2010年3月11日日本大地震后,新一轮日资企业在向外转移,开发区抓住了这一机会,发动强大攻势,拿下了几个大的日资项目。日立挖掘机的核心零部件是在日本生产的,地震后无法生产,面临停产,开发区抢抓机遇,2011年8月引来日立建机投资40亿,建立年产3万台的第二生产基地。与此同时,为日立配套的大保玖齿车项目也随之而来。在这一轮转移中,日资尼普洛医疗器械、淀川制钢、花王、阿雷提斯等七八家日资企业陆续被引了进来。

优质服务和综合配套能力的优势让企业把新增的产能都放了过来,长虹、佳通、日立、友达光电等都把其他地方的产能放到了合肥。友达光电关掉了青岛、厦门的工厂,联合利华干脆把上海的7家工厂全部搬了过来。

机会总会有的,但机会是为有准备的人准备的。

上海的一家做LED的企业要来投资,要政策,还要钱,要帮他们融资,谈了一年多,放弃了。开发区日子好过,是因为开发区产业布局合理,东方不亮西方亮。"快速消费品"代替了"食品",高新技术不强调孵化,进来就能产业化,如龙迅一引进就为联想做起了配套。

然而,所有的阐释最终还是靠数字来作证。

开发区这几年项目招商的成就,可以用一组赫然在目工业经济的数字来说明。

2009年全区规模以上工业产值801.4亿元,增长26.6%,全年实现地区生产总值270亿元,综合财政收入51.38亿元。

2010年全区规模以上工业产值首次突破1000亿元,达到1077亿元,增长33.6%,地区生产总值360亿元,综合财政收入87.7亿元。成为安徽第一个千亿级开发区。

2011年全区完成规模以上工业总产值1531.9亿元,跃居国家级开发区第13位,地区生产总值475亿,完成税收63亿元。

2021年全区规模以上工业总产值超过3000亿元。

到2022年,合肥经开区实现地区生产总值1400多亿,工业总产值3400亿元,位列国家级经开区第6位。

这就是"项目生命线"带来的绚丽风景,也是对跨越式发展的最生动、最真实的注解。

18. 城市脉动

　　尽管项目是生命线,但规划中的开发区是作为一个崭新的城市来建设的,而不是一个工业项目的集中区。

　　开发区以两湖一场为主城区,即以明珠广场为中心,以翡翠湖和南艳湖为两个肺叶,串联起7个以社区和学校为载体的城镇,构成一个新的城市,也就是当年打出的旗号"再造新合肥"。

　　合肥经济技术开发区当地居民有3万多,大批企业入驻后,外来员工急速增加,到2002年的时候,开发区常住人口和暂住人口已接近10万,10万人在欧洲就是一个中等规模的城市,而这时的开发区有100多家外企,要让这些外企的管理人员和职工们在开发区留得住、安下心。从建区一开始,管委会就把为外商生活服务作为一个工程来抓,开酒楼、办超市、建宾馆、设银行、通网络,想尽办法留住客人,积聚人气,从1995年规划建设汉斯卡丁车运动场,1996年规划乡村俱乐部,到1997年兴建明珠保龄球馆,1998年建成明珠咖啡厅,所有这些努力,都是为了能把外商留在开发区,也为国内企业的高管们提供休闲娱乐的服务场所。但由于开发区起步阶段财力实在是捉襟见肘,早期许多三产服务性项目没有动工兴建,兴建了的也打了折扣。

要留住人,就要做好服务配套,而在开发区,却需要比在其他地方,付出更高的代价。

明珠保龄球馆是开发区下血本建起来的一个三产项目,1998年曾在合肥市引起轰动,当时全民保龄球热,市区保龄球每局要15元到20元,而明珠保龄球馆只要5元一局,白天只要2元钱一局,消息一传开,市里有开车过来的,有骑摩托车过来的,还有蹬自行车过来打保龄球的,开发区明珠保龄球馆从早到晚人声鼎沸、热闹非凡。

明珠保龄球馆有36条球道,全部从美国进口,每条球道3.68万美元,保龄球馆光设备投资就花去了1560万。当时的开发区很穷,进口设备要从银行开信用证,银行先答应了下来,可临到进口时,突然不愿开信用证,他们对麦田里建起来的保龄球馆没有信心,认为这钱不是用在基础设施建设上,而是用在逍遥玩乐上,很是让人担忧。他们当然不能完全理解开发区的良苦用心,所以才出此狠招。开发区后经艰苦交涉与尖锐交锋,才化解危机。

开发区要通气,煤气公司要开发区出巨额资金作为开通费,铺好管道,再由他们来挣开发区的钱,而开发区实在拿不出多少钱,市政府协调多次无果,开发区决定跟安庆石化合作,成立了恒达能源公司,建自己专用的煤气储存站,独立向企业和居民供气,不用煤气公司的气。供电要电力增容费,电话要初装费,对讲机要频率租用费,手机要月租费,毫无办法,因为煤气有第二渠道的来源,所以才有了跟垄断抗衡的勇气与决心。

明珠广场是合肥十景之一,当人们坐在咖啡厅落地窗前,品尝着咖啡,感受着窗外音乐响起来,鸽子飞起来,喷泉喷起来,旗子飘起来的迷人风光,每个人都会觉得明珠广场是合肥最具现代气质和流行色彩的全新景区。尤其是在2000年欧风街建成后,南有管委会大楼、咖啡厅,东有明珠国际大酒店、保龄球馆,北有欧风街、婚礼堂,再加上后来西边建成的安徽国际会展中心,明珠广场成了合肥货真价实的风景"明珠"。明珠广场作为开发区和合肥市的地标性建筑,在2000年前后,省市许多重大接待都安排到明珠广场参观,许多中央领导都来过明珠广场,可以这么说,2000年前后十年间,明珠广场是安徽接待中央领导最多的地方,所以说,明珠广场不仅属于开发区,属于合肥,同时属于安徽。

明珠广场是开发区城市规划的核心区,明珠广场也是开发区现代服务业的起步区。欧风街的纯欧式建筑,有教堂、婚礼堂、有塞纳河畔酒楼、有钱柜歌厅,合肥市区和肥西县结婚的新人来欧风街拍外景结婚照的前仆后继,他们拍出来的风光与欧洲实景毫无二致。

在2000年的时候,合肥老市区的市民们往往会带亲戚朋友到新合肥看看。看什么?看明珠广场。

开发区打造现代服务业的迫切心情跟抓招商引资是一样的。客商来了住在哪儿,吃在哪儿,玩在哪儿?

"民以食为天",小平房食堂烧肥西土菜,接待国内客户还算有些特色,外商却对肥西老母鸡不管不问。开发区草创之初,没人愿意在麦田里油菜地里开餐馆,开发区只好自己开,机关事务中心开了一个繁华大酒店,开发区本地总算有了接待酒楼;海恒工贸公司在市区寿春路杏花公园边上有一个"海恒酒楼",用于在市里接待。开发区有了起色后,陆续引进了盛臣大富豪、源牌大酒店、塞纳河畔、太阳宫酒店等,吃的问题在2000年前后总算解决了。

其实,开发区三产服务业最大的问题是住的问题。外商来谈项目,包括项目落地后,外商都要住到市里的庐阳饭店、安徽饭店、华侨饭店、古井假日酒店几个条件较好的酒店,但来往交通不便,出行很麻烦。开发区急需建设具有国际水准的高档宾馆和公寓楼,要把外商按在开发区不动。白天在开发区考察谈判,晚上到市区居住,第二天再坐车来开发区,工作效率低不说,而且暴露出开发区项目服务和城市服务功能的严重缺位。

明珠国际大酒店最初规划设计的是两栋外商办公公寓楼,是用于外商办公的地方,后面的三栋楼是为外商和内资企业高管设计的住宅公寓楼。由于外企办公基本上都在工厂区,所以办公的设计意义就不成立了,规划需要进行重新调整。如果人留不住,晚上的咖啡厅、保龄球馆、游泳池、健身房都形同虚设。所以,开发区决定将两栋办公公寓楼连接成一个整体,改造成明珠大酒店,大酒店必须是国际化的,而且必须是五星级的,当时安徽和合肥还没有五星级酒店。"人无我有,人有我优",要干就干别人没有的,或别人干不来的。

明珠大酒店改建好后,面临两大问题,一是申报国家五星级酒店,二是由谁来管理。

2000年初,海恒集团副总李应天被管委会任命为明珠国际大酒店业主代表,他是申报五星级酒店的参与者和见证者,省旅游局局长高维清在调研了几次后,被开发区舍我其谁的意志所打动,他说:"无论从安徽的政治经济发展的角度来看,还是从安徽的对外形象窗口的角度来看,明珠大酒店申报五星级酒店当之无愧,省旅游局全力支持。"省旅游局后来帮助开发区准备申报材料,指点验收注意事项,协助跑国家旅游局争取机会。李应天接待了国家旅游局验收组考核了两天,考核组看得非常细,细到连窗台缝隙处是否有杂质都不放过。他们对安徽省第一家在乡村麦田里建起来的五星级酒店先是吃惊,既而是感动,考察组印象分一下子就上去了。

中国的酒店业虽然是市场化运作,但国际化程度不高,中国酒店的硬件甚至比国外的都要好,但管理和服务水平却比国外差很多。特别是政府经营的高级宾馆和招待所,服务质量饱受诟病,最后沦为政府不开会就没人去的地方。合肥市区就有不少这样的官办宾馆。所以,明珠国际大酒店定位必须清晰,这不只是为开发区建一座高档宾馆,而且要肩负起改变安徽酒店业形象的重任。

明珠国际大酒店怎样才能避免政府宾馆和招待所的命运,杜平太说:"酒店管理我不懂,但我找懂的人来管理,而且必须是有国际化管理经验的人来经营管理。"

所以,找国际化的酒店管理公司,就是明珠大酒店开业前的一项前提性的工作。

于是,香港昇丽酒店管理公司的职业经理人吴竞信进入了开发区的视野。

我采访开发区翡翠湖迎宾馆总经理吴竞信，是在春末夏初的一个上午，天很热，吴竞信依然穿着长袖衬衫，打着领带，一副一丝不苟的职业经理人形象。吴竞信1992年到国内做酒店管理，1998年任五星级长沙神农大酒店副总经理，总经理是老外，吴竞信驻店全权负责酒店管理。1998年杜平太专门考察昇丽酒店管理公司，吴竞信代表公司向杜平太介绍公司情况，吴竞信的沉稳、儒雅以及职业素质给杜平太留下很深刻的印象，结束后，杜平太说合肥经开区正在建五星级酒店，邀请吴竞信到合肥管理明珠大酒店。吴竞信对合肥了解不多，所以没有直接答应。

1999年，李兵和吴劲赴长沙考察，对吴竞信也很满意，于是2000年初正式向香港昇丽酒店管理公司提出，聘请吴竞信来合肥管理明珠国际大酒店。2000年7月，吴竞信来到了合肥，当时明珠大酒店正在装修，装修设计方是香港景龙公司。吴竞信意识到，开发区建大酒店，高价请外人管理，这麦田里的掌门人，真的有国际化视野和眼光。

吴竞信住在明珠大酒店后面的公寓楼内，开发区给了他一套三房一厅的公寓。吴竞信一到任就进入角色，从设备采购，到员工招聘、到酒店的营运管理制度的建立和制定，事无巨细，事必躬亲。招聘的员工女性不低于1.62米，男性不低于1.72米，招来后从2000年10月开始岗前业务培训。

明珠大酒店于2000年12月21日试营业。12月24日圣诞节，开发区招商局在明珠大酒店举行隆重的圣诞晚会，宴请入驻的外商，管委会全体领导悉数参加。所有参加过那天晚会的人至今记忆犹新，明珠大酒店富丽堂皇、灯火璀璨、气派非凡，令人有一种恍若如梦的感觉,因为合肥乃至安徽根本就没有这么豪华而高贵的场所。

试营业不久,2001年1月4日,全国税费改革工作会议在明珠国际大酒店举行,300多人参会,263间客房全部客满。会议共进行了三天四晚,与会人员对明珠大酒店的客房品质、服务水平、饭菜口味等一系列接待工作非常满意,省行管局专门送了一面锦旗给明珠国际大酒店,上书八个大字:璀璨明珠,宾至如归。

2002年2月8日,按五星级试运营一年的明珠国际大酒店终于获得了国家旅游局颁发的"五星级酒店"牌匾,安徽第一家五星级酒店终于在一片充满希望的麦田上,闪耀登场了。

从此,不是客商要到市区去住,而是在市区考察的客商要到开发区明珠国际大酒店来住了。因为这是安徽条件最好的酒店,环境幽静,空气新鲜,离机场近。

开发区的三产服务业除了服务功能外,还有一个重要功能就是展示开发区发展的眼光、境界、高度、实力,是宣传开发区的形象窗口,或叫作形象工程,明珠广场、欧风街、明珠大酒店、国际会展中心、徽园,无不如此。

招商中心主任吕戈曾对我说起过这么一件事,2001年一个天空飘着细雪的早晨,联合利华涉外部经理曾锡文应蚌埠市委书记之邀,去蚌埠考察。因下雪路滑,曾锡文说晚上不回合肥了,吕戈他们也下班回家了,可晚上到家不久,接到了曾锡文的电话,说晚上要赶回来,吕戈又去明珠国际大酒店等他,一直等到夜里12点多,吕戈问他为什么连夜赶回来了,曾锡文说:"市里安排我住在市委招待所,虽是套间,住不惯，还是明珠大酒店好。"这些外企的高管们住惯了五星级，如果房间里空调声音太吵，地毯有洞，马桶漏水，热水不稳定，哪怕灯光不合标准，都不会入住。招商的吕戈知道一个地方的接待能力、生活配套跟不上，投资环境就会出大问题，他对我说，一个细节毁掉一个好项目的例子很多，开发区意识超前，就是从点点滴滴的细节抓起的。细节决定成败不是写在纸上的，而是落实在具体行动中的。

2004年，香港昇丽酒店管理公司被法国索菲特收购，酒店改名索菲特明珠国际大酒店。明珠国际大酒店在产生社会效益的同时，经济效益也很突出，2010年利润达到1400多万，而且从这里面走出了一大批酒店管理人才。第一任业主代表、副总经理是李应天，2005年由现任长丰县县长的李孝鸿接任。2007年紧随明珠国际大酒店的步伐，开发区又一座更加豪华的翡翠湖迎宾馆也开张了。

吴竞信转任翡翠湖迎宾馆总经理。翡翠湖迎宾馆，口头上常常人们被称之为国宾馆，因为中央领导、外国政要来合肥，大都喜欢住在这里。这是一个空气新鲜、环境优雅、风清月白的度假式的湖边别墅式宾馆。项目规划用地350亩，总建筑面积4.8万平方米，投资估算4亿元，贵宾楼、接待中心、会议中心等建成"四节一环保"的生态建筑群，翡翠湖建设标准是"世界眼光、国内一流、合肥特色"，这里既是一个接待中心，也是一个旅游风景区。2007年翡翠湖迎宾馆营业后，由国内的北京建国饭店酒店管理公司经营，不到一年，亏损800多万，2008年只好又把吴竞信请来，一年扭亏为盈，此后连年超额完成利润指标。吴竞信说，他在酒店管理中，会为不同的会议制定不同的接待方案，央企对接会和华润地产全国工作会议就不一样，接待细节也不一样。政务接待和商务接待也要设计不同的细节,比如商务接待徽菜、粤菜、西餐兼备,而政务接待则要突出地方特色,主打徽菜牌,不能做粤菜。问及为什么,吴竞信说,这里面学问很深。

开发区的餐饮业从小平房餐厅,到明珠国际大酒店中、西餐厅,到翡翠湖迎宾馆将天下菜系尽收厨中。宾馆从华建庄园,到芙蓉宾馆,到明珠国际大酒店,到翡翠湖迎宾馆,实现的是跨越式飞跃。

客商来到开发区,要留得住人。这是一个最简单的命题,却又是一个最复杂的命题。三产服务业是城市的脉动,三产跟不上,服务业水平层次低,所谓的城市化是站不住脚的,城市的气韵和脉搏是杂乱而虚浮的。

安徽纪念园(徽园)和安徽国际会展中心是安徽省委、省人民政府拍板建的,是面向新世纪、展示安徽发展成就的重点工程,1999年立项,2000年两个项目同时动工,2002年建成并对外开放。

安徽纪念园后来改名为徽园,占地300多亩,16个地市各设立一个展区和展馆,以缩微的方式将各地市的风光和历史名胜网罗其中,如黄山天都峰、安庆振风塔、滁州醉翁亭、亳州花戏楼等景观,游完徽园,等于走遍安徽,这一创意来自于当时深圳的"世界之窗",具有创新意义的是,徽园门前五根50米高的大柱子,象征着中华人民共和国成立五十周年。

徽园建成后,一时游客如云,节假日人如潮水般地涌来,在合肥有限的旅游资源中,新世纪之初的徽园和明珠广场极大地充实了合肥的旅游资源,而且给开发区增添了人气,给住在开发区居民和客居者提供了一个休憩与游览的地方,在明珠国际大酒店下榻的客人,一早起来,散步到明珠广场和徽园,劳累的身心因此得到放松。

徽园 2005 年申报国家 4A 级景区,管委会成立申报小组,管委会副主任邵文革牵头,海恒集团副总周广勋负责申报工作的具体落实。申报 4A 级景区,徽园缺一个游客服务中心、缺徽园导视图、游客线路查询系统,明珠物业管理公司花 140 万完成了硬件配套。周广勋说,2005 年 9 月 16 日,国家旅游局要来验收,他带着员工,干了三天三夜,把中英文导视牌竖了起来,集中海恒集团所有子公司的 20 多台打印机,打印申报材料。分章节、分块打印,三天三夜,打坏了 15 台打印机。12 月底,国家旅游局通知说,4A 级景区已经通过验收,而且排名安徽第一,2006 年 10 月在全国旅游工作会议上授牌。

2011 年,徽园又将上海世博会"安徽馆"整体搬了过来,安徽馆在世博会期间是最受欢迎的国内展馆之一,"安徽馆"落地徽园,无疑进一步丰富了徽园的旅游内涵。

安徽国际会展中心是安徽对外的形象工程,也是"会展经济"推动下的必然产物。省政府决定建安徽国际会展中心的时候,合肥几个区都在争这一项目,开发区是合肥的对外的一个重要窗口,新合肥的雏形已经显现,所以,拿下安徽国际会展中心项目,志在必得。在各方争夺项目的僵持中,省政府对外招标,开发区中标。

国际会展中心项目,根据 2000 年第 19 号《安徽省人民政府省长办公会议纪要》及省计委《关于安徽省国际会展中心项目建议书的批复》的文件精神,规划 20000 平方米,省计委补贴 4000 万,其余资金由开发区负责筹措。而开发区在考察了大连、烟台、成都、深圳等地的会展中心后，得出的结论是20000平方米太小了，如果不改，会展中心可能会成为一个篮球馆，于是将面积改为50000平方米，扩大了1.5倍，这等于是推翻了省里最初的方案，所以，当项目动工后，省里的项目督察组要杜平太写检查，杜平太坚决不写，他坚持认为如果建成20000平方米，将来无法举办大型会展，打"国际会展中心"更是名不副实。再说了，建50000平方米会展中心，省里只拿了4000万，开发区花去了2个多亿，硬着头皮背下来了，不能花了钱，还写检讨，这是说不过去的，后来检讨没写，也就不了了之了。

事实证明，建了50000平方米都不够用，全国农机展的展位一直延伸到了马路上，开发区接着扩建了B区、C区，大型会展时，还是场地不够。滨湖新区启动后，合肥市政府为了发展会展经济，在滨湖建了一个10万平方米的国际会展中心。2011年开发区的安徽国际会展中心与滨湖的会展中心整合资源，由北京的一家公司统一经营。

安徽国际会展中心由法国欧博公司中标设计，全钢架结构，没有一块砖瓦，其结构特点和材料选择，有点类似于法国的蓬皮杜艺术中心。当时一竣工，合肥乃至安徽为之一震，很漂亮，很气派，很另类，即使二十多年后的今天，走进这座建筑，你依然能感受到它的现代性、前卫性和国际化的气质。

国际会展中心建好了，这座花这么多钱建起来的现代化建筑不是给人参观游览或供人照相的，而是用来启动合肥会展经济，用来赚钱的。

"会展经济"靠产品展览和博览会赚场地租金、布展费用并拉动宾馆、餐饮、旅游、物流、娱乐等一系列服务业。对于开发区来说,国际会展中心是积聚人气、扩大影响、提高知名度、展示新合肥形象最好的平台。从 2003 年举办第一届全国农机展,连续六届都在合肥,每届参展人数高达 5 万多人,明珠国际大酒店的客房提前半年就被预订一空,合肥大小旅馆全部爆满,就连澡堂子都睡满了人,我的一个湖北的朋友来参展,由于时间仓促,我只好将其一行三人安排到一个单位不对外公开的内部招待所住宿。

会展经济的带动力、影响力大大超出了人们的预期。只要一有会展,经开区和会展中心就成为整个合肥的热点,媒体上所有的报道都在奔向一个地方:合肥经济技术开发区。

"会展经济"是一个新的经济增长点,可开发区没人搞过会展,也没人懂得怎么拉来展览。

在一份会展中心建设工程纪要的文件中,我看到了这样一段文字,"会展中心经营管理要体现'运作市场化,主题品牌化,技术现代化'"。杜平太在谈到会展中心的时候,他说开发区从建区第一天起,就走市场化谋生和发展的路子,把国际会展中心和明珠国际大酒店一样推向市场。杜平太建议我找丛治勃谈谈。

丛治勃原是中国第一个国际会展中心"大连国际会展中心"的常务副总经理,他来开发区的经历也与明珠国际大酒店的吴竞信惊人一致。

1999 年 11 月 23 日,丛治勃向前来考察的李兵、宁波等一行 6 人介绍会展经济和大连国际会展中心的经营模式,他告诉前来考察的合肥客人,会展经济就是城市经济,会展中心的设计要把会展的功能和技术要素带进设计中去,所以要提前介入,在管理运营上必须由专业团队进行市场化运作。丛治勃的一番介绍与开发区的思路不谋而合,正在筹建的开发区会展中心工程就聘任丛治勃为技术顾问,丛治勃欣然应允,来合肥参与了会展中心的论证、设计、招标等全过程。

国际会展中心建好了后,2002年3月2日,开发区聘请丛治勃出任安徽国际会展中心首任总经理,他成了中国会展业的第一个职业经理人。

从2002年到2012年,丛治勃在安徽国际会展中心干了十年,他在任时申办了一系列有影响的国家级展览会,如全国农机展、全国医疗器械展等,使得合肥会展业从无到有,并一跃进入全国展览业的前端。2012年,丛治勃合同到期,安徽国际会展中心与滨湖国际会展中心资源整合,丛治勃卸任。他说,他对安徽国际会展中心很有感情,而且合肥滨湖新建会展中心还是他2009年的政协提案,提案获得实施,他还获得了2010年提案一等奖。

安徽国际会展中心极大提升了开发区的影响力,展览与招商引资、对外贸易、旅游三产的深度对接,使得会展中心已不再是一座建筑、一处景观,而是一个平台、一个经济增长点。

把人留住,不只是要把考察的客商留在明珠国际大酒店,还要把来工作的人留在开发区安家落户,安家落户的家属孩子都跟着过来了,孩子的教育问题怎么解决,所以,开发区在为社区居民高标准建设了9所中小学的同时,还为外商、内资高管子女入学引进了两所学校,即中锐国际学校、润安公学,双语教学、保姆式服务,这两所学校建成后,它的影响力已远远超出了开发区和合肥的范围,安徽省内孩子都被家长送到了这两所学校。

趁着教育产业化的浪潮,开发区提出了建设"合肥大学城"的新思路,不失时机地将市区内急于扩张的高校引进开发区。从1997年的行政学院入驻,紧接着合肥工业大学、安徽大学、安徽建筑大学、安徽医科大学、合肥学院、合肥师范学院等24所高校陆续入驻开发区,到2003年底,专科以上的在校生超过5万人,而到2022年,大学城在校学生达20多万人。

20万人带来的交通、餐饮、旅馆、超市、文化用品、房屋租赁等对开发区的商业、服务业有较大的促进作用,失地农民的致富的市场空间大幅度拓宽。在规划布局上,开发区将一所所大学建在社区附近,和社区共同构建一个功能齐全的小城市。这就是国际化眼光的科学化思路城市设计。大学城为开发区储备着大量的人才,大学城提升了开发区的文化品位,从形而下的意义上看,大学城积聚了人气,推动了开发区三产服务业的迅速发展。

房地产业曾经是开发区创业初期押出去的最大的一笔赌注,然而1993年6月开始宏观调控,全国的房地产业遭受沉重打击。开发区的房地产业还没启动,就胎死腹中,除了深圳建设集团外,几个拿地的有实力的房地产企业纷纷撤出,"以地生财"的路一上来就被堵死了,而开发区要发展,企业要入驻,人口要扩张,配套要跟进,必须得有房地产企业来支撑,不能让人家来了没有住的地方,而且新合肥的城市地标首先就是房地产。

别人不来开发房地产,开发区自己先开发。

开发区房地产起步是在老市区参与的旧城改造,当初为了活命,新城社会化服务公司改造开发了电信大楼、中菜市、青年路小学等许多工程,赚到了开发区最艰难日子里的口粮钱。1996年初,新城社会化服务公司房地产开发的战场陆续从市区向开发区转移,先是一部分人参与明珠广场建设及附属工程的建设,1996年新城社会化公司开发的第一个房地产项目是乡村花园。乡村花园占地面积400亩,一期开发275亩,总建筑面积15.5万平方米。乡村花园由别墅和公寓楼组成,是开发区乃至当时合肥市品质最好的房地产项目之一。乡村花园一二期完工后,首先是优惠向开发区职工出售,带有福利房的性质,但也有很多房子是市场化销售。

1998年开发区社区建设战役打响后,已改名为海恒置业发展公司的新城社会化服务公司投入到了托建海恒社区的开发建设之中。因为7个社区建设采取了市场化运作方式,所以,1998年起,等于全区上下都投入到了房地产开发中,只是这时的房地产还不是彻底的市场化运作,带有政策性开发和福利性销售的性质。但这是开发区房地产开发完全市场化之前的一种有益的尝试和积极的准备。

在社区建设中,莲花商城、海恒商业街以及每个社区的商贸、农贸市场的开发,是开发区房地产开发迈出的最初的坚实的脚步。随着开发步伐的加快,开发区有了自己的三家房地产企业,海恒股份、丹霞地产、香怡房产,海恒股份主要做恢复楼的建设与开发;丹霞地产是纯商业的房地产开发;香怡房产是和香港合资的房地产企业。后来三家房地产公司经过整合,只剩下海恒发展股份公司开发房地产,丹霞合并了,保留品牌,香怡停业了。据曾任海恒股份的总经理王勇介绍,开发区三家房地产公司二十年至少为开发区挣回了20亿,开发建设的代表性项目有,国际会展中心、欧风街、东方家园、城市之光、天门湖锦城、青年公寓、大学城商业中心、丽晶碧苑、翡翠湖风景区、丹霞翠微苑、紫御府等,为配合开发区房地产业的迅猛发展,开发区体改时成立了中介组织房产交易中心,专门为房地产业的交易、办证等提供服务,俞光远任交易中心第一任主任,王勇任副主任。

国家级开发区挂牌和2001年后工业项目蜂拥而至后,开发区的日子一天天地好过起来了,房地产项目也渐渐有了起色,深圳建设集团终于等来最佳的时机,这个对开发区有救命之恩的企业也获得了最佳的开发位置,明珠广场对面核心区的"繁华世家"地产项目炙手可热。与此同时,开发区还引进了东海花园、金星家园等一批高档房地产项目。

然而,后来的房地产业迅猛发展,并不能掩盖开发初期的冷落和萧条,房子建好了后,卖不掉。

东海花园是香港林姓客商与新加坡以及国内淮南谢姓老板等五家股东联合开发的高端房地产项目,东海花园位于开发区核心区明珠广场西侧,所有正南面的房间都正对着风景优美的徽园,属于黄金地段的黄金地产,富丽堂皇的大厅,大理石墙面,还有空中花园,落地飘窗,走进去一种尊贵感觉油然而生。一期建成后,轰动合肥,是合肥最豪华的地产项目,由于建筑成本高,品质高,房价在每平方米4000元左右,而当时合肥市内最贵的房价每平方米只有2000多块钱,所以,东海花园就像一些花巨资打造的曲高和寡的艺术电影一样,"叫好不叫座"。销售不好,二期还没开建,占股份60%的香港的林老板和内地谢老板闹翻了,东海花园的宣传、建设、销售全都停了下来,眼看着又要重蹈烂尾楼的覆辙,开发区决定于2002年底全面接管东海花园。那时候,肖光华已出任开发区企业党委书记和国有资产运营公司总经理,接手后,开发区将原五家股东的高管全部换掉,职工全部留下。

接收领导小组以肖光华为行政总负责,俞光远负责销售,张红环负责基建,郭华荣负责财务。开发区从建行贷款3000万,又从海恒集团融资3000多万,历时15个月,将项目的各种力量整合好了,将东海花园规划的工程全部做完了,一期的房子销售大半,愣是将一个濒于崩溃的房地产项目救活了。后来中途退出的淮南谢姓老板,股份出让获得3000万,而当初投入只有1500万,赚了一倍。

开发区救活的不是一个项目,而是救活了一个产业,如果让金寨路边的东海花园成为一片烂尾楼,成为一个烂摊子,那将会对开发区的房地产业造成巨大的伤害。

开发区的商业起点是从路边店和小卖部开始的,莲花商城、海恒商业街以及各个社区的商贸网点建设,开发区有了城市化进程中最初的商业配套,及至易初莲花、中州家具城、大润发等项目的引进,开发区的商业配套水准得到了提升。与开发区自己开宾馆、开酒楼、开超市一样,房地产项目也是开发区自己率先开发,以此来带动和提振投资者的信心。

如果说工业化是城市的心脏,三产服务业就是城市的血脉,没有血脉的流动,心脏就会缺血。应验了一句老话,"万事开头难",开发区的三产服务业在2001年之前举步维艰,2002年以后,开发区三产就从被动的四处招商,到主动开门选商了,饭店、宾馆、酒楼、超市、商场、舞厅、KTV、网吧、汽车销售、出租、房屋中介你追我赶地全来了,由当初的给地、给政策、给资金扶持,到来了不给地,只给租用场地经营,2005年前后,开发区三产服务业不再由政府主导和投资了,完全实现了市场化,三产势头迅猛,不可阻挡,尤其是房地产项目,实力不够的中小开发商已经在开发区拿不到地了,参与招标肯定落马。仅2008年一年,三产项目实际到位资金27.35亿元,占全区招商引资总量的32.2%,工业化带动城市化的效应得到完美显现与阐释。

如今以开发区新的管委会大楼为核心区打造的合肥西南城市副中心,融创城、绿城·玫瑰园、中环城、百乐门、文峰大厦、正大广场等旗舰级的地产项目,已经将开发区的地产业送入了现代化大城市的等高线,同时也为开发区第三产业竖起了最新的标杆。

从政府主导,到政府引导;从政府投资,到完全的市场化运作,这是开发区建设与发展的一个基本模式,这一历史嬗变是一个艰难而痛苦的过程,尤其是建区之初,在吃饭都成问题的困境中拿出钱来投资建设和发展第三产业,有点类似于壮士断腕的决绝,付出的代价也是巨大而沉重的。

绿城·玫瑰园一个项目的地价是26个亿,而当年出让一块26万的地块,还得去求人,去看人家的脸色;五星级凤凰城酒店客商投资10个亿,而当年开发区建设明珠国际大酒店,1个亿还得去东挪西借。这就是历史的传奇,也是所有见证者人生经历的传奇。

19. 永恒的主题

"项目是生命线,带领农民致富是立身之本,改革创新是永恒的主题",这是开发区建设与发展的三段主旋律,不同人有不同的阐释。

三段主旋律是开发区并驾齐驱的三驾马车,三者之间是相互依存、相互带动的关系。

当我的走访进入纵深的时候,我对三段主旋律有了全新的理解。三段主旋律实际上指向了开发区建设与发展的三段主要方面。

"项目是生命线"指向经济发展指标。

"带领农民致富是立身之本"指向社会稳定。

"改革创新是永恒的主题"指向制度革命。

三段主旋律涵盖了开发区经济、社会、体制与机制三大核心。如果说,项目和农民致富体现的是量化的发展成就的话,改革创新则体现出开发区创造性的制度设计能力与战略决策水平。

社会学中把政府顶层制度设计的合理性与科学性作为衡量政府执政能力的主要尺度,而程序设计的正义性与公平性则是制度文明的标杆。

有什么样的制度,就有什么样的社会。制度是国家和政府执政的灵魂,所以,制度设计就是一个国家、一级政府的灵魂设计。

三个主旋律虽然是齐头并进,缺一不可,但在不同的历史时期,侧重点有所不同。比如,开发区刚建区的时候,侧重点是求生存,所以,抓基建、挣钱是重点;而到"97体改"的时候谋发展,则侧重于制度设计,体改完成后,农民安置优先;农民问题解决后寻跨越,于是,全面招商就成为重中之重。

"小政府、大社会;小机构、大服务"体制设计,吸纳了新加坡的政府管理模式而设计,在运行机制上采用政企、政事分开,机构设置分为:职能部门、法定机构、企业及社会中介组织,三大块。除了政府职能部门和个别法定机构,其余全部推向市场。

开发区"97体改"实施方案理念超前、设计科学,成为开发区的"宪章性文件",一直沿用到如今。

在这一宪章性文件的指导下,开发区先后进行了四次体制和机制改革。

第一次改革即是1997年中央编办和国务院特区办批准实施的《合肥经济技术开发区行政管理体制机构改革试行方案》。

第一次改革总体来说,是出思路,拿方案,明确开发区的体制与机制。

严格说来,"97体改"方案出台后,开发区工作千头万绪,很难一时完全按方案执行,所以在设立了两办八局及法定机构、中介组织等结构框架搭好后,工作的重点主要放在区建设、农民安置上,这都是最迫切、最紧要的工作任务。土地和农民、学校和学生一把移交过来,土地丈量、划界、农民户口身份确认和落实,学校教师编制及学生数的确认和接收,还有移交过程中的基础设施、水利设施、拆迁安置费用的结算等等,工作量极大,与此同时,大规模的社区建设及安置工作刻不容缓,开发区管委会大楼里连人都见不到,体改方案的实施更多地在政府大的框架下抓主要工作和主要事项。

到2001年,社区建设已初具规模,两个安置成效显著,项目入驻纷至沓来,开发区已经度过了最困难的时光。这时候,"97体改"方案的体系化、科学化的执行与实施就顺理成章地摆到了开发区议事日程上来了。

2001年6月,开发区成立了"深化管理体制改革办公室",工委副书记、管委会副主任李兵任办公室主任,汪晴、卢崇福、夏可政、方正明等任副主任。第二次改革的主要目标实际上是落实和完善"97体改"方案的实施。从2001年7月7日《开发区深化管理体制改革领导小组第一次全体成员会议纪要》中可以看出,这一次改革的重点放在"职能部门的行政职能界定和人事、分配及社会保障'三项制度'改革政策的制定工作"。

市政府当初对经开区体改曾提出过六大原则,其中第一条就是"超前探索"。

"超前探索"是开发区一直坚持和遵循的核心指导原则。

开发区行政运行体制进一步明确"主任、局长、主办三级负责制",主办对局长负责,局长对管委会主任负责,一级对一级负责,简洁、明了。局办内部不设科室,主办既是科长,又是办事员。主办忙不过来,就再增加一个主办。比如工委办有宣传主办、纪检主办、组织干部主办、文明创建主办等,各人负责一摊子事。这样办起事来不推诿、不扯皮、不拖拉,因为每个人、每个岗位的职责非常清晰,机构没有重叠交叉,想推诿都推不掉,1998年招商引资在招商中心已经实现了大厅"一站式"服务,开发区办事基本上是起点和终点在同一个空间里完成。对于开发区行政运行机制,刘勇的表述是:对内强化管理,对外减少程序。

2001年改革最具震动的是深化干部体制的改革,管委会聘任局办一把手,如果没有被聘任,则调离岗位,打破职务终身制。这一年年底的时候,开发区对局办负责人做出了重大调整,大多数干部正常轮岗,对于一些不适应开发区新的管理体制与运行机制的干部予以调整,从政府部门轮换到企业或事业,其中两位中层正职在这次体改中落聘,后分别被任命为海恒集团和城投公司担任副总经济师,两年后,两人先后辞职。

在2001年11月21日的一份管委会"讨论开发区干部调整方案"的会议纪要中,杜平太对干部的使用与调整提出了明确思路,他认为,开发区"关键在人,关键在干部",干部用不好,选不准,领导再累,工作也上不去。所以他提出了三点意见,一是让年轻干部上来,但年轻干部从办事员一下子就到了领导岗位,是事业把人推上来的,所以这些年轻干部应当在两三个以上的岗位轮岗;二是深化体改调整干部是必须的,把适合的人放到适合的岗位上去,调整遵循扬长避短、扬长改短的原则;三是调整干部有利于廉政建设,长时间在一个岗位,容易权力部门化,甚至权力个人化,轻车熟路、自以为是,这很危险,及时调整,既是保证队伍纯洁性,也是保护干部的安全。

2001年底的干部调整几乎全方位的,80%以上的干部都换了岗。

随着改革的不断深化,在局办大面积干部调整后,2002年全面实施"变身份管理为岗位管理"的干部管理体制,无论你是研究生、大学生、专科生、公务员,还是事业编制,不认身份,只认岗位,在什么岗位,拿什么工资,在什么岗位,享受什么待遇。公务员到事业、企业单位,就拿事业、企业的工资;如果企业、事业单位人员转为公务员,则享受公务员待遇。时任开发区人事劳动局长的李应天说,聘用制只管岗位,不管人,工作中人不断变来变去,如果都讲身份,那么人事管理就会很麻烦,很乱。

开发区干部的身份是动态的,岗位也是动态的,待遇也是动态的,今天你是局长,明天你可能就是企业经理或事业单位的主任。

具体实施办法就是"以事定岗,以岗选人;双向选择,全员聘用"。

双向选择使每一个人都面临着严峻的考验,你想去的岗位,岗位不想要你,这就面临着失去岗位的危险。如果你能力上不能胜任、工作中协调配合性较差、工作责任心与事业心不强,开发区的新体制就很无情地不给你岗位,待岗甚至下岗的危险每天都警醒着每一个人必须尽忠尽职。

第一次双向选择、全员聘用，全区有58人没有被选上，这就像一颗威力巨大的重磅炸弹突然引爆，开发区上下极为震惊。尤其是那些与开发区绑在一起相依为命多年的干部，他们一时转不过弯来，好日子才开了一个头，就要让你提心吊胆、寝食不安。开发区对于没有被选上的人进行二次推荐，如果再上不了岗，就只能辞退了，但实施还是很难，最后将待岗人员分解到海恒、明珠公司等企业去了。

2001年开始的深化改革真正体现了开发区在经济特区之外，还是管理特区、制度特区，这里已经没有传统体制里的干部终身制、身份一贯制、待遇永久制。

这种改革风险很大，代价也很大，它挑战了整个合肥乃至安徽的行政管理体制与运行机制的权威性，而且改革身份意味着一个人既定的价值地位被否定了。所以，改革的难度和阻力很大。

但改革带来变化也是革命性的，开发区的干部每个人都有如履薄冰的压力感和紧张度，如果不能胜任岗位，随时都会从自己的办公室离开。所以，开发区的干部队伍是公认的高效的、精干的、专业的、敬业的队伍。这支队伍里没有平庸的，没有扯皮的，没有推诿的，没有丝毫的官僚习气和衙门作风，当时我的感觉是，开发区管委会的领导太幸福了，手里有这么一支队伍，还有什么干不成的事。

这就是顶着压力大胆改革带来的成果。

所以，开发区的体制和机制改革一直就没有停止过，只要原有的体制和机制中有不适合经济与社会发展的地方，立即就改，马上就改。

2006年杜平太离开开发区出任合肥市委常委、副市长，李兵接任党工委书记、管委会主任。2008年的体改是李兵主政后的第三次体改。

后来出任党工委副书记的刘勇几乎参与了开发区每一次的体改,刘勇介绍说,2008年第三次体改主要是完善2001体改的方案,将原先的体改内容落到实处,使改革更具现实价值和可操作性。主要是落实干部聘任制和职工聘任制,两年一聘,四年考虑交流,八年必须交流。这一次干部聘任和职工聘任方案更加成熟,措施更加有力,效果更加显著,因为大家的思想和观念上的抵触已经没有以前强烈了,最重要的是出台的改革方案和制度更为科学化、人性化了,所以执行得比较顺利。

2009年,"十二五"开局在即,此时的开发区已经进入到了经济、社会、事业高速发展的时期,管委会新班子根据飞速发展政治经济形势,对开发区的体制和机制实行第四次改革。

"97体改"方案为制度设计科学、合理、超前、高效,所以,后来的历次改革都是在"97体改"的大思路下进行的,叫作"万变不离其宗","小政府,大社会;小机构,大服务""双向选择、全员聘用""政企、政事分开,推行市场化运作机制",这些制度设计,直到如今,还是全市、全省乃至全国都没有实现的一个体制改革的目标与方向,而开发区早在十五年前就实现了。

所以,2010年的管委会新班子主持的体改依然是在原先制度设计的框架下进行的改革,但提出了更具体的体制改革目标,主要是围绕"一个中心(经济建设),两个重点(城市管理、社会管理)"对机构进行调整,完善"小政府、大服务"的机构设置。制度设计上吸收了"顺德模式"的一些经验,机构改革不以裁人为目的,不为减机构而减机构,而是要使得机构设置更加合理、高效,更加体现出"服务性"的功能,主要亮点体现在,按照一件事由一个部门负责的原则进行机构设置和调整。

所以,这次改革采纳了"大部制"的设计思路,根据开发区实际,成立了城市管理局,将园林、市容、环保、水务、市政等各项职能合并,将执法分局、执法大队的职责以及违法建设的查处和拆除职责调整至城管局,由城市管理局统一负责城市管理,避免了多头交叉、职责不清的城市管理,"大城管"带来的是大变化,开发区城市管理从此走上了"牵一发而动全身"全方位综合治理的道路。

"大部制"设计主要是为了让职责更加清晰,责任更加明确,操作更加合理。随着开发区城市化、社会化进程的加快,许多以前不太凸显的政府职能一下子就被推到了前沿位置,所以,这时候相关职能的独立与合署办公就成为必须。

于是将原先挂在工委办的政法、挂在管办的信访、挂在社发局的司法职能,进行整合,成立政法办和信访局、司法局,三个单位,一个牌子。

纪委工作从工委办独立出来,成立纪工委,下设督查组和绩效办,负责开发区各个部门的绩效考核,对工委办管委会工作实行督查落实,还要负责纪律检查工作。

组建政府采购中心,为法定机构,将财务管理中心的政府采购职责划入。

将区直党委职责调整到工委办,保留区直党委的牌子。

将发展研究中心调整为工委办内设机构,原级别不变。

将机关事务中心职责调整到管委会办公室,保留机关事务中心的牌子。

将企业党委(工会联合会)职责调整至经贸局,保留企业党委和工会的牌子。

将招商局分设为招商一局、招商二局,为法定机构,招商一局负责统一对应市直相关部门以及承担招商管理职责。招商二局直接负责招商,一二局招商形成内部竞争,激发招商的动力。

撤销社区管理局党委,社区管理局作为职能局,不再作为社区管理的主管局,将社区管理局的失地农民社会保障职责划入人事劳动局。

合肥海恒项目公司,不再纳入海恒集团管理序列,具体负责开发区财政性项目投资项目的建设与管理,按照合经区2010年9号文件规定,增挂重点工程管理局的牌子。

新港工业园办事处作为开发区管委会特设机构,负责与肥西县合作区域的开发管理。

机构合并和调整是开发区在新形势下顺应潮流的新的战略选择。

党工委、管委会是决策机构,纪工委是开发区的监督机构,各部门是执行机构。

工委聘任下属17个部门一把手,被聘任的一把手直接对工委、管委会负责;一把手按1∶2的比例向工委推荐副手,由工委负责考察并最终确定最后人选,工委考察、确定的人选必须是单位部门一把手推荐上来的。这样将来部门出了问题,就找单位、部门的一把手,副手是你选的。

原先各单位、各部门副手自己选择和申报岗位,但能否获得岗位,要由被申报单位部门一把手确认,并经工委考察批准,副手对一把手负责。部门推荐提拔的人选,还必须经过群众民主推荐,如果不超过半数,则推荐无效。

对于空缺的副职岗位面向全区公开竞聘上岗。此次公开竞聘的岗位有经贸发展局副局长1名、团工委副书记1名、招商一局副局长1名、招商二局副局长1名、城市管理局副局长1名、政法办副主任1名。

局办班子确立后,再双向选择主办,职能部门不设科室,主办直接对部门领导负责。主办分五级,一二级主办在工作待遇上相当于主任科员和副主任科员。所有岗位都实行动态管理,两年一聘。主办岗位也实行双向选择,如果你选择的部门不选你,你的岗位就没有了。

这次改革中机关有7人落聘待岗,1人被辞退。依然实行的是"岗位管理代替身份管理",待岗期间只发基本工资,没有绩效工资,待岗6个月后分配到社区和企业工作。有1名在职中层干部没有被聘用,经待岗和到基层锻炼后,重新回到开发区中层领导岗位,一年多后,各项工作干得非常出色。

2010年改革最具冲击力的是对国有企业用人制度的改革,前几次改革对开发区机关和局办的用人选择非常严格而苛刻,但在企业用人这一块相对宽松,队伍庞大,员工配置没有严格的限制,企业运营成本过高。2010年改革对国有企事业单位进行了大刀阔斧的改革,定员定岗,所有人员重新考试、面试、考核上岗,这一行动,一下子解聘了 100 多人。解聘人员给双倍工资补偿,干五年给 10 个月工资,干一年的补 2 个月。这次企业改革的压力很大,解聘的 100 多人中,有的是企业聘的,有的是在开发区干了好多年的老职工,能干活,不会考试,对开发区有过贡献,所以对这次企业用人制度的改革引起了各界很多的争议。开发区坚持改革的基本原则,但做了一些人性化的调整,将被解聘的职工全部划归到海恒集团旗下的新成立的海恒创业公司,这个公司就是为被解聘人员成立的,是纯民营的企业,但用了海恒的品牌,同时享受一些开发区的优惠政策,算是为他们解除或缓解了后顾之忧。

参与体改制度设计的党工委副书记刘勇的感受是非常深刻的,他说,改制后的开发区要说还有什么活力的话,那就是内部管理机制所释放出的巨大力量。

开发区的体制和机制改革一直就没有停止过,有的是全区上下全面发动,有的是相关行业、部门、企业、事业自身的改革。新的制度设计和程序设计几乎每年都有推出,当然最具影响力还是开发区行政体制与行政运行机制的设计。

在行政体制与运行机制改革之外,有几次制度设计和程序设计是具有载入开发区历史意义的。1998 年开始的社区开发建设,以建设带动开发,以开发推动建设,对拆迁安置房采用的市场化开发建设模式在全国具有导向性意义,而对"三农"问题的成功解决已经成为全国经验。

"合肥经验"中,制度设计所体现出来的准确、科学、可行性的特征以及"以人为本"的理念已经远远走在了时代的前面。依托社区建设，实施"两个安置"，推进"三个转变"，建立社会保障体系，构建新型社区管理体制。

在这一系列制度设计中，构筑全覆盖的社会保障体系，是实现开发区社会稳定的最关键的一步棋，有房子住，没饭吃，社会必然会出现动荡和混乱，社会保障首先解决的是吃饭问题。

今天提社会保障已是一个不再新鲜的话题，因为民生工程正在成为的政府工作的重要组成部分，而在二十多年前，不要说农村，就是城市居民都没有建立起基本生活保障，而合肥经济技术开发区在开发区社区建设启动的 1998 年就出台了社会保障措施，对男 55 岁、女 50 岁实行供养，对待安置的农民实行生活补贴，对自谋职业者提供自谋职业补助。

到 2004 年，开发区社区建设已经基本完成，这时管委会出台了《合肥经济技术开发区失地农民基本生活保障办法》，共有"五项"制度。

供养制度。达到供养年龄的每月领取 120 元生活供养费。

养老保险制度。对自由职业者身份或是在职职工身份参加养老保险的，开发区每月每人补助 80 元，鼓励被征地农民参加城镇职工基本养老保险，加入到社会统筹养老保险体系中，实现另一种形式的"老有所养"。

失业补助制度。在规定年龄段内，失业的劳动力，每人每月补助 60 元。这主要是针对刚征地还没找到工作的劳动力。这一制度 2006 年取消，失业人员纳入养老保险制度。

教育补助制度。未满18周岁的开发区失地农民子女。每人享受10000元教育补助。

培训补助制度。参加技术培训的劳动力,可享受2次500—1000元的培训补助。

"五项保障制度"主要是解决了吃饭和教育的问题,但看病问题怎么办,这是一个无法回避的社会保障的大命题。形势发展很快,开发区项目入驻和经济发展日新月异,2005年6月,开发区随即出台了《合肥经济技术开发区失地农民医疗保障制度》,对3万多农民实行医疗保障,同时对产妇分娩和医保受惠人死亡给予分娩补助和死亡抚恤,缓解了失地农民就医的后顾之忧,缓解了因病致贫、因病返贫的现象。每人每年大病报销可达3万元。

2006年底,为了解决中低收入困难群众的基本生活保障,做到应保尽保,逐步与城市社保体系接轨,出台了《合肥市城市居民最低生活保障实施细则》,实施城市低保以来,那些年龄大的、家庭生活确实困难的失地农民基本上解决了生活上的后顾之忧。同时标志着开发区农村社会保障模式与城市低保模式正式接轨。

工业化带动城市化,城市化推动工业化。开发区失地农民已经实现了"住有所居、老有所养、壮有所为、少有所学、病有所医、困有所帮"的全方位的社会保障。

然而,开发区从3万农民到有20多万常住人口,开发区的社会保障制度已不再是面对失地农民了,而是面对整个城市。开发区正在构建覆盖全体市民的"大保障"体系。在完善各项社会保障措施的同时,大量发展全区社会慈善事业,以社会保险、社会救助、社会福利为基础,以基本养老、基本医疗、最低生活保障制度为重点,以慈善事业、商业保险为补充,完善全覆盖的"大保障"体系。

开发区社会保障体系的资金按照区级财政、村级资产、个人三者共同分担的原则,开发区财政拿大头。到 2011 年,社会保障资金中村级资产约 3.6 亿元,开发区财政拿出了 8 亿多元,而且这一数字还在增加。

2004 年撤村建社区委的时候,村民们要求将村级资产变卖后平均分了。开发区管委会出台文件要求将村级资产处置后,作为失地农民的社会保障专项资金,遭到了村民们的强烈反对,原瓦屋村书记徐大勇说,那段日子,群众天天到管委会上访,村干部早上六七点就到路上去堵,反复做工作,管委会、农发局派出社区工作者到社区宣传社会保障的重要意义,但群众要现的。

现实是最好的教材。也巧,莲花社区有几个重病患者,住院后,有的报了 3 万多,最多的报了 4 万多。群众看到了实惠,就再也没人反对和上访了,徐大勇说:"谁还能保证自己不生病,不住院,就是自己不生病,家里的老人总得要看病上医院的。"瓦屋村村级资产有 5000 多万,5000 多人分,一人 10000,花完了,就没有了。

"十一五"期间,国家提出了以工业反哺农业,而开发区反哺农业却是在工业化刚刚起步的时候就开始了。进入"十二五"后,开发区反哺失地农民的力度在加大,总的原则是"提标扩面"。

合肥市失地农民的养老保障 2012 年是每人每月 360 元,年龄是男 60,女 55,这是全市的标准。开发区的各项标准要高于市里的标准,在市级标准的基础上每人每月增加 200 元,每月拿到手是 560 元,而且供养年龄还是按以前的男55,女50执行,提前五年享受供养。农民的感觉是朴素而直接的,80多岁的刘先纯老人逢人就说:"怎么也想不到跟国家退休干部一样,月月都能领到钱,500多块呀,可不是个小数目。"

开发区人事劳动局局长刘干说起开发区的社会保障体系的构建,很是自豪,他说:"供养发放超出了市里的标准,也超出了祖居居民的心理预期,而在医疗保障这一块,全国开发区没有一家像我们这么敢下血本。本来城镇居民医疗保险,是由市财政、区财政、个人三方负担,个人每年交120元,而我们开发区的个人的120元则由区财政全部承担了。相当于进入了全民免费医疗阶段。"开发区对住院医疗费实行二次报销,医保没报掉的部分,开发区再报60%,如果再加上其他社会救助,个人只要掏二三成医药费。

开发区祖居居民尹某突发脑溢血住院,出院时共花费医疗费46958.65元,城镇居民医保基金为其支付12900.02元,区祖居居民医保报销17078.62元,获城乡救助金1500元,区"爱心专户"资助4000元社区募集的善款。个人负担不到20%。因病致贫、因病返贫的危机得以化解,以前,一场大病下来,有的家庭就会倾家荡产。

2004年"五项保障制度"中对开发区祖居居民在企业就业参加养老保险,每人每月补贴80元,而如今每人每月补贴180元,全部由区财政掏,相当于免费参加了城镇职工养老保险。

刘干说,2011年区财政拿出了8000多万补贴给失地农民。

2021年,补贴给失地农民的资金已达到1.3亿元。

临湖社区祖居居民邬祖稳年轻时扒河落下病根,妻子黄世凤患有慢性病,夫妻俩靠捡破烂养家糊口,家里生活十分困难,女儿邬成桂成绩很好,但家里却连买文具的钱都拿不出来。开发区"五项保障制度"分期领取的 10000 元教育补助保证了邬成桂圆满地完成了学业,高中考上 168 中学后,学校免去了三年学杂费,还有台商资助的生活费。2008 年,邬成桂以高考文科 627 分的高分考取了中国政法大学法学专业。邬成桂是靠开发区的教育补助和开发区各界资助考上名牌大学的,父亲邬祖稳捧着女儿的录取通知书,老泪纵横。他不知道怎么表达对开发区的感激之情,于是就给锦绣社区委和管委会领导各写了一封感谢信。

其中一封给管委会领导的感谢信虽然里面有不少病句和错别字,但感激之情却真实而醇厚。

> 敬爱的合肥市经济技术开发区管理委员会领导:
> 你们好!我是临湖社区始信花园小区祖居居民邬祖稳,(现)年 68 岁,老伴 62 岁,小女儿 19 岁,一家三口人,去年女儿 18 岁考取北京市昌平区中国政法大学,今年升上二年级,是开发区政策好,受到了好多好多热心人的帮助,让一个寒门学子圆满(了)大学梦……敬爱的管委会干部,你们在为了兴教强国,为祖国早出人才、快出人才、出好人才,默默地做贡献,个个贫困家庭的孩子们都向你们表示感谢……又,我只念过小学六年级,写的语句不通顺,错字很多,这是老百姓说出的心里话。

后来在工委办做文明创建主办的刘雪峰也是教育补助制度的受

惠者,那时候,他家里弟兄3个,全家5口人靠三四亩薄地为生,土地征用后父母在各个工地打零工,家里买房的钱还是还不起,而弟兄三人的读书根本没法保障,刘雪峰从初中起,假期就在明珠广场等开发区工地打工,为的是帮家里减轻负担。是教育保障制度让刘雪峰和弟弟都考上大学。刘雪峰说,开发区的社会保障制度是全方位的,祖居居民生活在开发区获得了前所未有的安全感、踏实感。

所有的创新都指向经济社会的全面发展,所有的创新成果最终都落实在民生保障、人民幸福这一基点上。

开发区三十年来从不停歇的制度与机制创新放在历史的大坐标系中,也许并不惊天动地,但放在合肥,放在安徽的大背景下,开发区的制度创新却一直是领风气之先,立潮头独步,起到了敢为人先、率先示范的意义。"三农"系列制度设计,为全国的开发区和城市建设提供了范本。

20. 抢占风口：试看凌空"二次腾飞"

2013年5月30日，合肥新桥国际机场第一架飞机腾空而起。这一年秋天，经开区一队人马在飞机的轰鸣声中，开进了新桥机场边上的肥西县高刘镇。他们手里攥着省政府的指令，开发建设合肥空港经济示范区，一出手，32.5平方公里的土地攥到了手里，到2021年更名合肥新桥科技创新示范区，经开区面积已扩大到268.97平方公里。

土地有了，"安徽工业第一区"往何处去？人工智能时代狂飙突进，曾经引以为傲的传统制造产业一夜之间被挤到了新兴市场的边缘，如果不立刻升级改造，甚至有被淘汰出局的可能。2013年经开区建区二十周年，"二次创业"是摆在开发区面前的历史性命题，"二次腾飞"成了开发区下一个十年新的奋斗目标。

这里的"二次"，不是一个数词，而是一个有特别内涵、特定性质的形容词，是与电子信息与人工智能时代深度对接的战略性新兴产业，"战新产业"在经开区不是时尚、潮流和口号，而是全方位无缝对接的产业目标、行动抓手、决策指南。

站在2023年的风口,先让我们走进"二次创业"的第一个现场:位于经开区宿松路与繁华大道交口一座国际范十足的智能科技园,哈工大机器人、蔚来汽车中国总部近180多家新兴产业项目在此落户了。你很难想象,这里曾是一片闲置烂尾的工业厂房,2022年,在这块荒废的旧厂区里,智能科技园创造了984亿元产值。

历经二十多年发展,合肥经开区在爬坡过坎、动能转换的关键阶段,"成长的烦恼"接踵而至。早期对土地资源的粗放式供给,发展不充分尖锐突出,低效用地、低效企业、低端产能,占据了开发区有限的空间资源。

2016年,合肥经开区"二次创业"开始提速,战略目标定位于"创转升"(创新转型升级),第一步行动以"亩均效益"为导向,"用改革谋出路,以亩均论英雄",把浪费的、低效的土地腾出来,主攻低效用地、低端产能、低效企业和闲置土地(厂房)的老大难问题。

习惯于创新性制度设计的合肥经开区,很坚决地认定这一判断:"建立'创转升'工作机制,打造亩均效益高产区,既是优化自身产业结构、加快动能转换的有力抓手,也是对破解国家级经开区新一轮发展所面临的共性问题的有益探索。"

数据显示,合肥经开区盘活低效用地8000多亩,成功嫁接、布局了海尔高端智能家电、哈工大机器人、清华启迪科技城、大众安徽、蔚来汽车等多个优质项目落地生金,新增产值超千亿元。

产业升级的同时,城市也在升级。与之同步的是经开区大建设全面提速提质提量,高质量发展迈入快车道。精品道路建设、老旧小区改造、菜市场提升、引摊入市等一系列提升城市品质建设项目,极大提升了城市承载力。"十三五"期间,经开区大建设共完成投资490亿元。对102条(段)道路进行精品提升改造,金寨路、宿松路、集贤路、方兴大道等6条快速路网基本形成,建设了合肥首个地铁、公交、停车为一体的"P+R"公共交通换乘站,"高快一体"城市路网进一步完善。地铁3号线、7号线在经开区共有14个站点,在建的S1线连接经开区南、北区,9号线、10号线、13号线正在规划设计中。打通一系列断头路,治理拥堵点17处,加快建设公共停车泊位约4万个。全区城市品质跃上新高度。

早年开发区启动建设时,规划的莲花、习友、蔡岗三处较为集中的自建安置小区,二十多年后已成为破败不堪的棚户区,住在里面的都是经开区最早一批拆迁户,拆得早,补偿少,更是没能享受后来人均安置45平方米的好待遇。曾任市重点局局长、市政府秘书长,时任经开区工委书记、管委会主任的杨伟和班子成员下定决心,彻底改造棚户区。历时两年,完成1321户6165人28.7万平方米的征迁任务,投入32.7亿元建起天都苑、莲花苑、近湖苑等几个高大上的新小区,配套商超菜市、文化活动、医疗卫生等服务空间,共112万平方米,实现城市升级和产业升级齐头并进。

"棚改""二次拆迁"是一项难事,经开区主动破难、敢于亮剑,把平凡干成非凡,打造出了"为民、破难、奉献"的棚改精神,同时在破解制约发展的各种难题中锻造一支"特别能吃苦,特别能战斗,特别能忍耐,特别能奉献"的队伍。

产业创转升、城市大建设、居民区棚改三大工程一举将经开区南区提到 2.0 时代。此时,40 公里外的经开北区也已完成了团肥路、空港大道等基础建设,迎来了发展的黄金机遇期。此时,接棒掌舵经开区的是合肥市发改委主任秦远望。他常年在一线摸爬滚打,熟悉经济规律,敏锐地捕捉到芯片、新能源汽车战略发展机遇,率工委、管委会班子成员,果断挥师北上,进行战略转移。将空港经济示范区更名为新桥科技创新示范区,建立了新桥电动汽车产业基地、新桥集成电路产业园、空港国际小镇等宏大战略,一个全新的时代在北区开启。

在 2013 年之前,开发区规模以上工业产值的 90% 以上来自于家电、汽车、装备制造、快速消费品这四大支柱产业。要出数字,出税收,出成就,全得靠这些支柱性产业顶上去,支柱就是顶梁柱。开发区的海尔、日立建机、联合利华、江汽、格力等一批企业是最早突破百亿产值的,难忘历史,细细盘算下来,开发区的天下原来是靠这些柱子们撑起来的。

然而,当中国成为世界工厂的时候,传统制造业的辉煌已经走到了尽头,到 2012 年的时候,中国 100 台冰箱的净利润只能换来一个巴掌大的"苹果 iphone5"手机,1000 双皮鞋的利润换不到 Intel 公司一个鞋跟大小的CPU。以传统制造业和加工业为主体的合肥经开区,转变产业结构,创新生产技术,升级生产方式,迫在眉睫。

经开区很早就提出过项目"高、大、新"的招商主线,把高科技项目和新兴产业项目作为招商目标,但在招商实践中,还是把大项目作为主攻目标,高新企业与项目是作为战略构想而写进招商工作规划中的,还是一句老话,在工业化起步阶段,中国的高新技术研发水平较低,在国际上没有什么竞争力,高新技术的产业转化能力更弱,那时候,全国所有的开发区都不是以高新技术和高新企业为产业支柱的,不是不想,是没办法形成支柱,连那些高新技术开发区也不例外。

所以,上下的共同愿望和奋斗目标只能是在现有的条件下,努力推进和实现"传统产业高新化,高新产业规模化",但这一目标不仅难度大,风险也大。

难度再大,也得干;风险再大,也得试。

对战略性新兴产业的培育与打造是开发区产业结构调整的一个必然的选择。

合肥经济技术开发区管委会主任秦远望对经开区产业转型升级看得透,望得远,在一个阳光炽烈的上午,我和秦远望在他的办公室做了一次深刻的交流。秦远望从决策和战略层面阐释了经开区"二次腾飞"的方向和路径,他说他的信心来自于整个合肥的大背景,秦远望说合肥是"综合性国家科学中心",491平方公里的滨湖科学城是综合性国家科学中心的载体,经开区是滨湖科学城的一个重要组成部分,所以,经开区"二次腾飞"实际上是要承载国家综合性科学中心和滨湖科学城的建设。在此平台上,建设经开区南北科技园,北区是新桥科技创新示范区,南区围绕翡翠湖、南艳湖建设两湖科创圈,在全力实施科技创新和产业创新,抓传统优势产业转型升级的同时,聚力打造世界级新能源汽车产业基地、世界级集成电路先进制造基地和世界级生物医药产业基地。新能源汽车产业年产能220万辆,实现5000亿产值规模,集成电路以长鑫、通富、悦芯、沛顿领衔,以清华合肥院、哈工大机器人为代表的一批产、学、研一体化项目以规模化集群化的形式在经开区四面开花。秦远望告诉我,正在建设中的大健康研究院,主要是生物医药前沿地带的研发,田志刚院士研究团队在"免疫细胞治疗癌症"上获得了重大突破,新药已经临床,成果很快会实现转化。生命科技园区里的"天麦生物"是做新型胰岛素研发的企业,下属天汇生物医学公司研发将注射胰岛素改为口服胰岛素,经过近二十年艰苦卓绝的努力,目前口服胰岛素已经进入临床三期实验,这是一项为亿万糖尿病患者带来福音的生物医学工程。

  高新技术产业有一个政府培育、科技研发、企业孵化、产业运营的过程,无一省略,缺一不可,可只要孕育成熟,其爆发力、衍生力、增殖力势如破竹、一往无前。于是,我用大量的时间走进经开区科技创新的现场。

  在这本书即将出版之际,合肥经开区的产业历史被重新改写了,长鑫存储、大众安徽、蔚来汽车、悦芯、通富微电、沛顿、清华合肥院、哈工大等一批人工智能时代高尖端高新企业已经落地生根并且勃发出几何级数的动能,这些企业站在时代的风口,引领着现代产业的最新方向,成为经开区"二次腾飞"的助推器,成为开发区"二次腾飞"前沿阵地的主力阵容。

有一个数据极具说服力，截至2022年，经开区战新产业占比达67%，规模以上高新技术产业产值占比超过了80%。

这就是说，经开区的产业形态，已经实现了华丽转身。

不是所有人都能抢占到风口位置，眼力、魄力、实力、执行力，缺一不可，开发区抢占风口的努力，其实从二十年前就开始了。

高新技术项目孵化时间长，具备产业化条件后，又缺少资金支持，发展困难。中国风险投资刚刚起步，规模小，资金少，对市场的认知程度也较低，所以像杰事杰这样的企业，从1992年到2006年，在上海做了十四年的研发和开发，但企业仍然没有做大，更没法做强。

这是夏天的一个早晨，我走进合肥杰事杰新材料有限公司，大开眼界。没想到这个世界上还有一种比钢铁还要坚硬的工程塑料。这种"以塑代钢"的新材料拒腐蚀、不变形，在企业展区里，有杰事杰工程塑料做成的建筑模板、集装箱、活动房屋、沼气池、汽车保险杠、枪托等，这是一种令人目瞪口呆的革命性新材料，看了后，你会觉得日渐稀少的铁矿石以及炼出来容易生锈的钢铁已经不再那么神气，杰事杰让钢铁走下了材料的神坛。

杰事杰在上海研发了十四年，拥有了近200项专利，全国工程塑料60%以上的专利都在杰事杰，但杰事杰没地、没钱、没人投资，技术转化产业的第一步就被卡住了。

"给我一个支点，我就会撬动地球。"支点谁来给？合肥经济技术开发区站了出来，杰事杰掌门人杨桂生是合肥工业大学毕业的，是从合肥走出去的,用十四年的时间转了一圈,又回到了合肥。开发区对这个企业的支持是冒着很大风险的,因为工程塑料是"大进大出"的行业,前期投入大,投产周期长,原料价格高,前途是光明的,但道路是曲折的。

高风险和高成长、高回报往往是拴在一起的,所以认准了的,就得干。合肥杰事杰基地总投资4.3亿,而企业最多只能拿出三分之一。

开发区三招盘活了杰事杰,一是由开发区下属的国资公司海恒集团投1600万入股,占8%,待项目投产后择机退出;二是上海杰事杰将11项专利知识产权质押给海恒集团,由海恒集团担保向银行贷款;三是创造性地实施了"厂房代建"模式,由海恒出资为杰事杰代建厂房,项目投产后用利润和减免税的钱回购厂房,回购时间限定3—5年。

没过几年,杰事杰已经迅速成长为国内工程塑料行业的第三,成为汽车、电工、电器、IT、蓄电池等领域的重要供货商,供货企业涉及神龙富康、东南汽车、大众、通用、TCL国际电工、三菱电机、日立、松下、夏普、海尔、三星等一系列行业巨头,短短四年时间,杰事杰的产值就达到8.8亿元。

自身发展壮大后的杰事杰在辽宁盘锦和安徽滁州又建立了2个生产基地,而且在杨桂生的母校合肥工业大学开设了"杰事杰"班,创立了校企合作、产学研无缝对接的新的运作机制。开发区在杰事杰做大做强后,退出8%的股份,通过公开的招拍挂进行转让,经过79轮激烈的竞争,海恒当初1600万的投入拍出了8982.09万元,增值率达353.16%。

"不求所有,但求所在",重在扶持,开发区用小部分国有资金促进和带动社会和民营资本参与到高新技术和战略性新兴产业领域,这是开发区调整产业结构的一个创新性思路。

如今,海恒集团如火如荼的风险投资,就是从合肥杰事杰开始的最初的、最生动的实践。

2004年11月,合肥被批准为"国家科技创新型试点城市",这是全国唯一一个。2008年,安徽省提出打造"合芜蚌自主创新综合配套改革实验区",意在培育和孵化人才密集、技术密集、资本密集的自主创新体系,通过区域共建和合作,快速实现安徽产业结构的转型升级,以保持安徽在产业经济中的竞争力。

这一理想是美好的,但实践是严峻的。主要是我们的自主创新实力和基础较弱,经开区早期就有过一个科技创业中心平台,由于承载力太弱,一直没有多大的作为。创新性企业投入高、风险大,当年开发区财力有限,不敢也不会轻易下注去赌上一把。所以,开启"高、大、新"的理想主要还是落实在大型特大型制造业和中小制造业上,宁愿投资房地产,也不会涉及陌生的把握不准的高科技产业。

2008年全球金融危机之后,传统的制造业和加工业遭受重创,而高科技新兴产业发展迅猛,在微软风暴的席卷下,苹果后来居上,风靡全球,全世界被一只苹果吊足了胃口,2011年苹果全球销售额1003亿美元,在中国的销售额两年翻三番,最可怕的是苹果是暴利产品,这就是高科技带来的震撼。

2009年初,合肥经济技术开发区再也坐不住了,4月27日与上海漕河泾开发区签订了共建"合肥经济技术开发区创新创业园"的战略合作协议。

1978年出生的苏伟任开发区经贸局副局长和双创园的主任,这位中科大毕业的博士,对科技创新如数家珍。他说早在2008年经贸局就派了两人去上海漕河泾开发区挂职,主要是学习漕河泾科创中心的经验,合作共建后,开发区双创园根据自身特点,将培育与扶持项目定位于"一个核心,两个重点",核心为企业拥有自主知识产权,重点以集成电路和服务外包为主要方向。

开发区家电电子已形成产业集群,技术研发和技术升级空间巨大,合肥是全国第十二个服务外包城市,服务外包中的信息服务空间尚未开启。苏伟说,在此基础上,以招才引智为切入点,搭建海内外高层次人才入区创业的平台,培育中小科技型企业,使其在双创园的平台上迅速发展壮大。他认为,大型企业虽然产值高,总量大,但中国70%的就业是在中小型企业,70%的税收也是中小型企业交的。中小科技型企业产值不高,但利润很高。

龙迅半导体有限公司总经理陈峰是安徽人,获得了国家重点科技专项立项。出身宁国县的陈峰在美国读完博士后,在英特尔公司做芯片设计,2007年他带着自己挣的20万美金回国创业,最初租用了两间民房做高速接口芯片的研发,2008年底,山穷水尽的陈峰靠从亲朋好友处借来的100万给员工发工资,没有资金,没有扶持,企业举步维艰。

经开区了解情况后,主动为陈峰解围,吴文利和苏伟不止一次地对陈峰说,"你尽管大胆往前走,缺钱、缺场地,我们帮你解决。"

经开区管委会领导当即决策:采用杰事杰的模式,认准了就要干。以股权投资的形式,注入资金500万,同时在双创园提供1600平方米按龙迅设计图纸装修好的研发地点,两年免费使用,两年减半租用。

陈峰很儒雅,一副传统知识分子的模样,在龙迅研发中心,他向我详细介绍了他研发的产品。龙迅研发的系列芯片在国内遥遥领先,如今,其自主研发的高清多媒体接口系列芯片和LCD高清数字显示主控芯片已超过国际水平。拥有完全自主知识产权六大系列、五十多款产品给联想、苹果、华硕、思科、华为等一线品牌做配套的芯片,兼容性和功耗都是国际上最高水平的。现在USB信号通常只能传输5米,超过5米,信号衰减就很大,而龙迅做的USB接口能延长传输到80米以外,信号一点损耗都没有。

陈峰说,龙迅产品在国内没有对手。

海恒集团参股的塞富合元创业投资基金、深圳创投、省创投三家先后又为龙迅投资3500万元,如今的龙迅就像插上了翅膀,一飞冲天。2011年龙迅的产值是500万元,而2012年,龙迅的产值突破4000万元。2021年,龙迅产值已达2.5亿,2022年达3.1亿。本书成稿之际的2023年2月21日,龙迅在上海证交所敲钟上市。

这就是高新技术产业的爆发力。

不久,以捷敏电子、龙迅、芯瑞达电等为代表的电子信息产业,以赛真拜通、国药集团等为龙头的生物医药产业,以杰事杰、铜冠、西伟德等为代表的新材料产业正在逐渐形成新的产业集群。经开区的战略性新兴产业,由培育,逐步走向集群化、规模化、链条化,这在十多年后爆发出强大的衍生力。

经开区产业的重要特点是,集聚度高,支柱性产业占规模以上工业总产值的98%以上,2022年,工业总产值3400亿元,其中新一代信息技术1401亿元,智能家电597亿元,新能源及智能网联汽车504亿元,高端装备及新材料328亿元,快速消费品176亿元。

2008年,国家工信部授予合肥经济技术开发区为"新兴产业(家电)示范区"。2012年经开区被国家质检总局授予"名牌产品(装备制造)示范区。"

合肥是全国三大家电基地中最大的基地,2011年生产5000多万台套家电,而经开区就超过3000万台.合肥家电产量全国第一,也是全球第一,开发区占了合肥的大半壁江山,家电产量位居全国开发区第一。合肥经开区家电去掉包装,按1.2米宽计算,2011年生产的家电就可以绕地球一圈。这是令人鼓舞的一组数据,也是曾经激动人心的辉煌,而进入人工智能时代后,这些传统的制造业已经看到了天花板,活力、动力、效力都遇到了瓶颈。

在合肥市"芯屏汽合"的产业战略布局下,合肥经开区重头戏瞄准三大目标,一是集成电路,二是新能源及智能网联汽车,三是生物医药,这三大块已成为开发区战略性新兴产业。未来将要实现产值5000亿。

新一代电子信息技术目前两家独大,长鑫和联宝,还有上下游产业链上的悦芯、通富微电、沛顿电子、龙迅、宝龙达等三十多家配套企业,正在逐步形成完整的产业链。

新一代电子信息技术是人工智能时代的核心技术,芯片是智能化产业的心脏,中国被美国卡住了芯片,等于是被"卡脖子"。全世界都在研发和抢占高端芯片制高点,可作为电子信息领域的顶尖技术,投入大,周期长,见效慢,风险高,没有多少国家敢于涉足,也没有多少国家有能力涉足,这就导致了美国、日本、韩国、德国等少数国家占据先机后形成了垄断。如果没有芯片,在智能化时代,就相当于回到了刀耕火种的古代。

长鑫存储党委书记、常务副总经理王厚亮办公室宽敞明亮,办公桌前面横亘着一块足有60英寸的电子显示屏,他在和我聊起电子信息产业时,他口中的数据和专业构想不停地在显示屏上跳出来。看了他办公桌后面陈列的12英寸晶圆硅片后,终于理解了这是一个离芯片最近的人。他办公室里的显示屏随时可以植入长鑫自己的芯片。

王厚亮对我说:二十世纪谁掌握了石油,谁就掌握了世界;这个世纪,谁掌握了芯片,谁就掌握了世界。

2000年,王厚亮出任合肥经开区管委会副主任后紧抓电子信息产业,引进建设的第一个集成电路项目是国晶微电子。2002年,又大力推动在南艳湖建设合肥微电子工程基地,群策群力相继引进了美国捷敏电子和泰瑞达等世界顶尖集成电路项目。

这位怀揣"产业报国"梦想的清华博士,在经开区的一系列前沿性产业招商的干劲和成绩引起了市委书记孙金龙的关注,2007年5月17日,孙金龙在听取了王厚亮关于产业项目建设的汇报后,两人心目中共同的电子信息与集成电路的梦想一拍即合,孙金龙说:"你去当发改委主任,把合肥全市的产业项目搞上去!"

王厚亮上任合肥市发改委主任后,委托国家最权威的产业咨询机构赛迪顾问编制了《合肥市电子信息产业发展规划》《合肥市集成电路产业发展规划》,并全力推进落地,积极引进项目。从2004年开始跟踪京东方,2008年合肥市与京东方签约,总投资175亿元的京东方液晶显示器件6代线项目落户合肥,创造了技术水平、投资总量、建设速度的合肥速度、合肥模式。王厚亮总结京东方项目的最大的"精神财富"就是"敢于跟强手竞争、勇争第一"。要知道,当时,京东方项目的竞争对手,可是深圳、武汉,还有成都……

电子信息产业为合肥全市产业发展打开了一片新天地,并带动了全省产业升级发展。2020年,根据省委省政府工作安排,王厚亮不再担任省经信厅副厅长、党组成员,受聘担任长鑫存储党委书记、常务副总经理。王厚亮的解释是:没想过要当多大的官,就想干成电子信息,更想干成集成电路,是理想,是圆梦,也算是不忘初心吧。

全球芯片产业每年的市场需求为4000至5000亿美元,带动的电子信息产业是2万亿美元,带动的数字经济是21万亿美元,而全球经济总共才100万亿美元。眼下蓬勃发展的新能源电动汽车,每辆车里有上千个甚至两千多个芯片,缺一个都开不走,这可是海量市场和无限前景。

中国大陆集成电路进口额度2014年占全球市场的64.8%,到2020年上升到82.2%,一年要花3000多亿美元,远远超过石油、铁矿石,连续十多年高居进口大宗货物的第一位。

芯片谁都想做,但要做成绝非易事。DRAM 内存条大量运用于智能终端、电脑、手机、笔记本、移动服务器等,需求量极大,国内外上百家企业都尝试过,费尽资财后,绝大多数都退出了江湖。20 纳米以下的内存条,由韩国三星、海力士,美国美光三家垄断了全球 95% 的份额。合肥是全球"家电之都",显示屏由京东方解决了,但还缺芯片。合肥经开区综合保税区内的联宝生产千亿元销售规模的笔记本电脑产业基地,联想也迫切需要可靠的 DRAM 芯片供应,一次联想的杨元庆来合肥经开区联宝公司考察座谈,杨元庆说:"内存条老是涨价,我们受制于人,合肥能不能自己搞 DRAM 芯片?"

合肥当然想搞,但需要可靠的技术和人才来源。于是,合肥市找了日本、韩国的相关研发机构谈,没谈成。这时,合肥市领导发现合肥市的技术顾问兆易创新的董事长朱一明懂技术、善管理、能担当,于是,合肥市领导对朱一明说:"不指望外人,就你来干吧!"朱一明临危受命、勇挑重担。王厚亮戏称,"朱总本是参谋长,后来,变成了胡司令"。

2016 年 5 月,长鑫存储技术有限公司正式启动,2017 年 10 月,兆易创新与合肥市产业投资控股集团签署了《关于存储器研发项目之合作协议》,由朱一明出任董事长,负责 DRAM 内存条的研发和 12 寸晶圆的开发与生产。

这个总投资 2200 亿元的巨无霸项目,技术领先、生产难度极大、市场变得快、投资风险较大。合肥市产业投资控股集团一出手,拿出了 180 亿元。是一笔投资,也是一笔赌注。说合肥是"赌城",作为文学表述,是准确的,也是生动的。这笔投资占当年全市财政收入的近

20%，当年投京东方，更是拿出了当年财政收入的80%。而这背后，是合肥市工作团队对产业和项目长期实地考察、广泛征求意见、精打细算、科学决策之后的十拿九稳！

兆易公司花巨资购买了德国奇梦达的芯片技术，又引进了韩国、中国台湾等地几百名芯片专家，终于拿下了19纳米的12寸晶圆技术。2019年9月，DRAM内存条投产，2020年规模化量产，产品批量上市，2021年产能6万片/每月，产值80亿元。悦芯、沛顿、通富微电等几十家跟长鑫配套的测试、封装企业积极来经开区落户，芯片产业链快速形成。

长鑫的意义在于强力突破，追赶当今电子信息产业的顶尖技术，并且取得了实质性的成果，填补了国家DRAM芯片空白。

长鑫存储是重大技术与市场进步，适应国家重大战略需求。对于合肥经开区来说，北区是长鑫的研发生产基地，也是经开区服务长鑫的平台，除了厂区建设，给长鑫配套的人才公寓楼、华侨城国际小镇以及学校、医院、文化娱乐中心正在如火如荼的建设中。

当年引进联想的故事，不说惊心动魄，但也足以震撼一大片目光。2012年秋天的时候，我去了当时建在出口加工区里的联想工厂，加工区面积真的很小，厂房还没建好，看不出多大气魄，所以联想规划蓝图中要在这1平方公里土地上创造出1000亿的产值，我很怀疑，是那种听神话传说的心情。2021年夏天，当我穿上防护服走进联宝"哪吒"生产流水线车间，联想已经早在一年前就突破了1000亿元产值，全球每八台笔记本，就有一台是从我置身的这个空间出去的，神话变成了现实。"哪吒"本来就是神话故事人物，脚踏风火轮，快如闪电，这条集中了大数据、云计算、工业互联网技术和5G技术的生产线就是神一样的存在，生产线上密密麻麻的人不见了，自动化、智能化占到了90%，全球2500多高尖端人才在这里集合了，每一秒钟生产一台电脑，工业互联网每天智能处理5000多单全球个人个性化订单，我在展厅里看到了不同颜色、不同款式的电脑，原来都是"个人订制"，你可以订制红色、咖啡色、紫色电脑，也可订制折叠屏电脑，随心所欲。联想笔记本将三星、苹果、惠普等外国品牌几乎全都赶下神坛，并且成为全球龙头老大。联宝在安徽有上下游企业70多家，经开区独占19家。

走出联宝时，联宝科技公共事务总监钱莉对我说："2021年，产值突破1100亿，没有任何问题。"实际数据是，2021年联宝的产值达到1227亿元。

联宝是合肥第一个千亿级工厂，这是经开区提供给合肥市的一张名片，也是一张国家名片。

现实，不断地超越我们的想象力；经开区，在创造奇迹中改写了人们的想象的空间。

汽车开进工地，已是上午10点钟了，2021年夏日刺眼的阳光，临时指挥部外面是嘈杂喧嚣的各种机械混响的轰鸣声，指挥部那位戴着安全帽的负责人说，开工3个多月，工地上很凌乱，于是将我们带到了一个指挥部外一个30多米高的瞭望台上。居高临下，我们看到脚下是铺天盖地的建设场面，三个钢架结构的主题厂房已经矗立在眼前，成百上千的塔吊和挖掘机、搅拌机将5平方公里的工地渲染出战场般弥漫的硝烟,那硝烟是就地卷起的尘土。

这就是新桥智能电动汽车产业园,占地3550亩,园区规划年产100万辆,产值5000亿。一期开工的是蔚来汽车产业园,43.7万平方米,2021年4月破土,2022年9月汽车下线,年产30万辆。三期建成后,蔚来年产值将实现2000亿元,这个国产新能源电动汽车新贵充满了野心和霸气,对标BBA,有钱人的第二辆车,电动汽车的高端品牌,它从诞生第一天起,就决意要跟奔驰、宝马、奥迪坐在同一条板凳上。

2018年秋天,我在上海的一个小区里第一次看到蔚来汽车,很震惊,它前脸轮廓粗犷线条坚硬,身腰饱满结实。我问这是什么车,同行的一位上海朋友说:就是你们安徽产的!我移步车后,看到了"蔚来""江淮汽车"几个字。

从此,我记住了"蔚来",不停在网上关注蔚来。出于地域自恋,情感偏向在所难免,看第一眼起,我认定了"蔚来"就是高端品牌,就是"弯道超车"的一个典型模板,而且对老板李斌的"用户企业"的高端战略设计极度推崇。技术是为人服务的,如果把用户服务好了,等于是技术的升级和飞跃。在现代生活中,最难伺候的是人,而不是机械。中国新能源电动汽车跟欧美几乎是同时起步,共享着这个时代新能源成果和互联网人工智能的技术资源,这与传统的汽车百年积淀完全不同。在这一背景下,新能源电动智能汽车必须要形成差异化、特色化、个性化的设计思路与产品定位,才能逐鹿群雄,独步潮流。"蔚来"有国际化的战略眼光,市场却是本土化的低端期待,2018年5月17日蔚来第一台车下线,2019年蔚来即遭遇销量低迷,资金链紧张,融资接连遭到拒绝,加之"用户企业"的造车理念难以推广,企业面临退市,"蔚来没有未来"声音甚嚣尘上。

2021年8月,我首先走进"蔚来中国总部",在总部展厅看到了蔚来的全裸全铝车身,还有三款样车,工作人员介绍说全铝车身重量减轻40%,刹车快,提速快,不生锈,整车一次性冲压,没有焊接点,局部连接由铆钉冲压,像是飞机接缝,而7座的ES8全铝车身仅有335公斤,是普通汽车一半的重量,可成本贵2至3倍,蔚来车车价高,品质不一样。

2014年蔚来一亮相,惊艳四方,研发机构在圣何塞、慕尼黑、牛津、上海、北京、合肥等世界各地,2015年先发布的不是乘用车,而是全球最快的电动汽车EP9,获得国际汽联电动方程式锦标赛冠军,世界眼光是蔚来唯一视野,蔚来原始股东都是人工智能化时代中国牛人,腾讯马化腾、百度李彦宏、京东刘强东、理想汽车的李想、创始人李斌、秦力洪等,全都是70、80后,三四十岁的时代弄潮儿,这批人的眼光、见识、气魄和勇气是走在时代前列的,也远远超越了习惯于传统思维定式的芸芸众生,所以,当2019年李斌将融资来的钱花光了后,上海生产基地泡汤了,再找钱生产汽车,没人敢干了。江湖上都在说新能源汽车亏钱无底洞,是资本游戏的娱乐场。刘强东当初投资的时候,听了李斌的十分钟游说,当场拍板。可后来北京亦庄说好了投100亿,纠结了一段日子,又不投了。李斌跟浙江湖州已经谈好了投资50亿,消息都见报了,政府第二天出面否认了。那时候,已经有车主开始盘算"蔚来"关门后到哪儿弄到这型号的电池去。"绝处逢生"一词在

2020年成了蔚来的关键词,李斌家乡合肥市政府冒险投资70亿,救活了已经被推进了"重症监护室"(李斌语)的蔚来,作为回报,蔚来中国总部落户合肥经开区。我就是在南艳湖南岸一幢二十多层高大楼一楼展厅看到了蔚来全铝车身,还有中国总部门前的"蔚来"第二代换电站,当时一个合肥的车主正在换电站外的树下抽烟,他对我说:离家近,免费换电,除了方便,太省钱了。

目光短浅者不理解新能源电动汽车怎么老是亏损？那是因为他们不理解新产业研发的巨大投入;不理解为什么要打造"用户企业",玩花架子,那是因为不理解现代生活在实用之外,更多注重的是"服务"和"体验";不理解价格为什么这么贵,为什么要走高端路线,能走得通吗,那是因为不理解什么叫差异化经营,更不理解如果一开始定位低端,就无法往高处做,而改革开放四十年后中国已经拥有了高端消费群体。果不其然,70亿注入后,蔚来2020年销量逆势增长112.6%,纽约股市一路狂奔,2020年11月27日,蔚来由面临退市的每股1.22美元疯涨到每股54美元,蔚来汽车总市值达到728.4亿美元,成为全球第四大车企。2020年蔚来成为中国新能源汽车新势力"蔚小理"中的龙头老大。

没有三头六臂,美国的股市是不会买账的。

2021年4月,蔚来10万辆车下线,2021年全年销量9.1万辆,同比增长109.1%,销量超过前三年的总和。2021年9月蔚来在挪威的店开张了,ES8抢先登陆。2022年9月,蔚来在李斌率领下,在德国、瑞典、法国等欧洲国家纷纷开店租售、销售,并和合伙人秦力洪一起,亲自粉墨登场,用英语向欧洲用户推销他们的ET7、ET5、ES7,他们的别出心裁,惊艳欧洲一大片目光。2022年11月,蔚来在德国获得了有全球"汽车界奥斯卡奖"的"金方向盘"奖。

在全球化进程中长大的70、80后,他们的视野和眼界也是全球化的。蔚来卖40万到60万一辆,用户几乎都是70、80、90后。SUV车型的ES8、ES6、EC6,包括轿车型ET7、ET5、ES7都是面向新一代年轻人用户的。蔚来的高端路线也注定了它的销量不会遍地开花。从高端往低端做是容易的,从低端往高端做,几乎不可能,品牌属性从一出生就定型了。

我是坐着电瓶车参观蔚来生产线的,最强烈的感受是,车间太大,车间里真人太少,机器人太多,全自动化程度达到97.5%,307台机器人不知疲倦地挥动着坚硬的机械臂,从冲压、铆接、镀漆、组装到整车下线,全是流水线上淌下来的。车间里只有三三两两的工人在目测流水线上的工序是否连贯,他们更像是监工,是监督机器人干活的。这是一条新建的国际一流水准的全自动生产线,不是租来的生产线。李斌说比保时捷工厂还要牛,绝不是空穴来风。除非你没来过现场。

蔚来的Nio House是一个文化气息、休闲氛围鲜明的用户服务中心,格调雅致、清新,你可以在里面喝咖啡、阅读、用电脑临时办公,也可以带孩子做手工,还可以买蔚来的文创产品。不要钱提供休闲场所,还有"一键服务",车需要修理,或半路上需要换电池,手指在手机上动一动,就会有服务车第一时间赶到,车要是在山区缺电趴窝了,你可以直接走人,蔚来专员会把你车子换好电,送到你千里之外的家里的停车位上,特别是换电站布局,可冲可换的服务,完全颠覆了传统的对汽车的认知。把服务当作企业竞争力打造,这也是蔚来的别出心裁和特立独行。

合肥经开区瞄准蔚来，最先推动蔚来和江淮联姻，促成蔚来中国总部落户开发区，许多人不知道的是，合肥市投给蔚来的70亿中，就有合肥经开区投入的5亿元，虽说占比只有7.1%，但在战略性新兴产业的推进中，合肥经开区将自己和企业绑到了一条船上。

在这本书即将交付出版社的时候，新桥蔚来汽车产业园一期已正式投产，2022年4月底ET5下线，9月全面上市。二期也将在这一年年底投产。2022年12月12日，蔚来第30万辆车下线，一个国产高端品牌已经成为事实。

蔚来不只是新在产业上，同时新在理念上，新在思路上，蔚来汽车将在五到十年后爆发出令人意象不到的意义和价值。

新能源电动汽车是合肥市的战略布局，是合肥经开区的战略产业。新桥智能电动汽车产业园实现5000亿产值的那一天，就是合肥经开区产业转型升级取得决定性胜利的日子。除了比亚迪电动汽车落户长丰下塘，合肥新能源汽车蔚来、大众、江淮这三大势力，全部落户在合肥经开区。

2011年1月29日，全国首家商业销售的电动车是江淮同悦，60辆。如今新能源汽车企业遍布四面八方，而早在二十年前，江汽就已出手，成为全国最早的新能源汽车研发厂家之一，跟比亚迪同步。

同悦一代、二代纯电动车上路了，性能更好的三代、四代、五代陆续走下流水线，年产10万辆的产能很快实现，从油电混合动力、增程式电动车和纯电动车三大技术平台的开发，最终实现由油到电、由节能到新能源的转变。2011年12月29日,江汽"国家电动客车整车系统集成工程技术研究中心"在合肥挂牌,江汽在科技研发与产业化队伍中,参与了国家新能源汽车标准的制定。

2017年大众与江汽合资成立了新能源"江淮大众",看好江汽新能源在国内先发优势,大众增持75%股份。2020年12月,"江汽大众"改换门庭,更名为"大众汽车(安徽)有限公司",工厂在经开区的地盘上,大众新能源汽车全球研发中心也落户经开区,研发中心和制造基地同时开工,上千人的研发工程技术人员开进来了. 2018年5月,大众"思皓"新能源电动车下线。

我跟经开区管委会和部门领导们聊起艰苦卓绝而又必须攻克的开发区产业转型,一说到新能源汽车,他们的眼睛里就会放出鲜亮的光,声音和语气也随之亢奋和激越,有三大王牌,新能源汽车在"十四五"时期达到2000亿已不再是神话和传说。

合肥打造全球家电中心的目标已持续多年,而全国家电头把交椅早已坐稳,这是对一个城市家电产业的描述,而合肥的家电地位是落实在合肥经开区的。家电是经开区第一个千亿级产业,在进入新世纪以后,创新、转型、升级就成了经开区产业的最大工程。"十四五"时期经开区主攻的第三大战役,就是智能家电的千亿级目标。

现代化的生活伴随着的是现代化体验,夏天来了,天太热,你在办公室里按一下手机上的APP,下班回到家,家里的空调已提前打开了,满屋清凉,温度是你在办公室设定的度数;电饭锅里的饭煮好了,机器人将地扫好了。智能家电通过互联网改变了操控的时空。经开区家电产业是全国首批新型工业化示范基地。

示范性主要体现在智能化升级。

以世界500强的海尔、美的为领军的家电整机企业有13家,产能达4000多万台套,以杰事杰为代表的家电材料企业,航嘉为代表的电控模块系统,以康盛为代表的制冷模块系统,以毅昌、长虹为代表的结构模块系统,以美国Berry为代表的模具设计,集上下游59户规上企业,形成经开区70%以上的完整产业链,全国最大的家电生产基地就在这块土地上,国内每四台冰箱,有一台是经开区生产的。智能家电由海尔领头起跑,由传统家电向智能家居转型,以海尔卡沃斯为代表的工业互联网赋能智能互联工厂,利用IOT、AI、大数据、云计算等手段,发展以U-home、美菱智汇家平台,普通家电升级为智能网器(具有IOT能力的智能家电),为用户提供从单品到成套,再到智能互联的生态系统。从远程控制空调、室内温度、雾化器,到控制电饭煲、机器人扫地、洗衣机,智能家电被改变了性质,变成了智能化生活模块。

传统产业转型升级重点打造智能网联功能,这是人工智能时代的必由之路。这个全球家电制造基地转型升级几乎是全方位铺开的,所以,这里的家电抢先一步占据了产业的潮头位置。在此之外,当我走进合力叉车总部时,这里与我十八年前看到的已是天翻地覆,这个全球前列的叉车企业,连续三十一年位居全国老大,老大不仅在于产销量第一,而是50多项国家和行业标准是合力制定的。制定标准的前提是科技创新,在展厅里,我看到了无人驾驶的叉车,还有电动叉车,数字化、工业互联网、物联网在合力叉车已成为整体的产业业态,从研发到生产、营销、售后,有18个APP,被称为"合力十八宝",根据订单安排生产,根据销售研判市场,根据市场分析确立叉车生产方向。厂方有一个统计数据,三年智能制造,人均产值提高了70%,2017年叉车突破10万台,2021年突破25万台。合力的锂电叉车、氢气叉车、无人驾驶叉车已由研发、样车很快进入量产阶段。谁站上时代的风口,谁就能一飞冲天。

联合利华落户经开区是一个传奇,二十年后它又给合肥带来了新的惊喜。2020年9月14日,世界经济论坛(WEF)发布新一轮全球制造业领域"灯塔工厂",这个"数字化制造"和"全球化4.0"的示范标杆,联合利华强势登榜,实现安徽省"灯塔工厂"零的突破。联合利华完成了从"制造"到"可持续智造"的革命性变革。"灯塔工厂"的生产恰恰是不需要灯塔的,它可以在黑灯瞎火中装料、输送、配比、合成、定型、包装、出库,整条生产线全靠坐在控制中心点击屏幕操控。与自动化生产线的单一性不一样,"灯塔工厂"的一条生产线可以随心所欲生产不同规格、不同类别、不同包装的产品,力士、旁氏、清扬、夏士莲、多芬、奥妙等产品在生产线上任意切换,随要随到。这一切都是在一条"万能"柔性生产线上完成的,这是国内日化的第一条智能生产线,一键式视觉机器人、零切换的跟随式灌装机和3D"万能"切换件等黑科技,能在最短的时间内"把不可能做成可能",那是超出了人们想象力的神奇智能。原来紧急订单需要2到3天才能安排生产,现在两个小时就能搞定。这些智能化设备全都来自中国,AI观察在工厂高风险区域100%全覆盖,安全数据手机和分析时间减少了92%,AI柔性生产代替传统生产模式后,生产成本降低25%,中国区总经理曾锡文说:

"联合利华合肥工业园区当年2500职工，产值30多亿，现在1200多人，产值160多亿。"经贸局胡文亮局长告诉我，联合利华300亩地，上缴税收高达11亿多。

科技局长邵志理说在联合利华、海尔、合力等带动下，经开区家电和传统制造业全面升级，不仅全方位，而且提前行动，抢先站到时代的风口，智能化、数字化赋能、工业互联网激活传统产业的新动能，合肥经开区打造"世界级先进制造业集聚区"的目标已见雏形。

跟招商引进京东方不一样，芯瑞达科技公司做新型显示企业，是安徽唯一自己培育的高新企业，说到底是经开区自己培育的。老板彭友和合伙人王光照都是从肥西走出去的，他们在深圳做研发，却没有厂房、设备、无法量产，2012年他们从深圳回到老家创业，时任开发区招商局副局长孙鸿飞得知实情后，一站式提供服务，先租了海恒集团天门湖标准厂房3000平方米，租金最低价。孙鸿飞对我说："我们招商招出了职业敏感，像个老中医，一摸脉，就知道了三五分，芯瑞达正是我们想要的创新企业。不是我帮他们，是他们帮了我们。"这在十年后果然应验了。2012年7月12日一条线投产，年底3000平方就不够用了，半年产值7000万，第二年1.98亿，第三年3个亿，呈几何级数增长，2020年成为安徽第一家在深交所上市的中小板块科技股，证券代码002983。将芯瑞达单列出来，不是因为它的传奇经历，而是它的科技创新的前沿价值。我在芯瑞达展厅看到了一个令人无比惊艳的场景，一块乒乓球桌大小巨型显示屏上，播放着一部外国风光片，不可思议地是，巨大屏幕上的花草、墙壁、行人的头发、衣服的缝线、脸上的汗毛,丝毫毕现,照片一样清晰,这是在液晶显示屏里根本体验不到的准确和逼真。王光照向我介绍说:这叫作 Micro 显示,也就是微显示。这是一个深奥的表述,通俗点说,等离子、液晶显示的间距从 2.5mm 到 1mm,mini 显示间距 1 到 0.4mm,芯瑞达研发的 Micro 显示是 0.4 毫米以下,所以才有真人面对面的感受。这是第三代显示器,一旦民用,我们现在家中的电视机将全部被代替。我问王光照,家里能不能装一台 Micro 显示屏,他说目前价格还很高,通过光刻机生产出来的芯片才能做 Micro 显示,但这是一个无法阻挡的方向。在离开芯瑞达时,王光照闲聊说,还是要自己培养上市公司,芯瑞达股东们第一年交给经开区的分红所得税就高达四五百万,外来的上市公司是不交的。

从 2009 年的"合肥经济技术开发区创新创业园"起步,经开区"双创"已经提前为今天的"二次腾飞"埋下了伏笔,当产业目光全部聚焦到信息技术和人工智能上的时候,经开区已经建成了七大创新平台、十六大众创空间、十九大科技孵化器,这些创新性基地坐落在南艳湖高科研发、大学城科技孵化、明珠广场众创空间三大创新集聚区。双创平台各类在孵企业 1700 多家,全区国家高新企业有 740 家,国家级研发机构有 20 家。

清华合肥院、哈工大研究院、复旦先进产业研究院、大健康研究院、高校三创园、天大合肥院、北外合肥院等七大创新中心共同搭建了校地合作成果转化的平台,运营面积超过 36.5 万平方米,规划"双创"载体面积 243 万平方米,项目开发涵盖公共安全、智能制造、人工智能、生物医药等高端前沿产业。

走进位于南艳湖畔的"清华合肥公共安全研究院",就能真正领略和体验到物联网、云计算、大数据、移动互联等现代信息技术如何照亮了我们的生活,又是如何改变了我们的生活理念。这是由清华大学、安徽省、合肥市三方共建的产学研一体化科技创新平台和成果转化基地,清华合肥院先后建成科研平台 18 个,孵化企业 15 家,集聚科研产业人员 1409 人,自成立以来累计实现产值约 27.5 亿元。清华合肥院推出的重头戏就是"城市生命线",一座城市道路、桥梁、自来水管道、电路、煤气管线安危全都在控制中心的一块足有 30 米宽的大屏幕上实时监测,我坐在控制中心大厅的最后面,前面有二三十员工盯着工作台上的小屏幕,如有煤气泄露、水管爆裂、电线火灾、交通拥堵、交通事故等意外,控制中心的屏幕上会每时间发出警报,抢修人员和警务人员第一时间赶到现场,即使是桥梁结构出现隐形的危机,控制中心也会第一时间收到数据,第一时间控制现场。2017 年合肥是第一家启动"城市生命线"的,合肥市地下管线有 2.4 万公里,差不多绕地球大半圈了,如果都靠人工去检测,费时费力也就罢了,关键是找不准地方,摸不着头脑,先前水、电、气、路多头铺设、多家管理,条块分割、各自为政,各种管线重叠交错、杂乱无章,事故接连不断,处理效率低下。合肥就发生过桥墩老化变形、路面沉陷、施工挖断煤气管引发火灾等许多事故,在"城市生命线"接手后,这些潜在的危险和混乱的管理全都消除了。

2021 年 8 月,安徽省印发了《关于推广城市生命线安全工程"合肥模式"的意见》,到 2025 年,构建以燃气、桥梁、供水为重点的城市生命线安全工程,覆盖全省16个市及部分县区,打造"安徽样板",国家住建部向全国推广,国家应急管理部将"城市生命线",概括为"清华方案·合肥模式"。以合肥为城市安全云总部基地,逐步覆盖全国各地市基础设施安全检测,目前"城市安全生命线"已在佛山、淮北、徐州、杭州、武汉、福州、乌鲁木齐、大连、宜昌等全国几十个城市运营,而前来洽谈的城市你来我往、前赴后继。

单就合肥来说,平均每月报警92.8起,从2017到2020年三年间,通过实时报警和数据分析,排除引起燃爆险情218起,检测到沼气浓度超标报警3312起,供水管网泄漏67起,泵站异常危险46起,75吨车辆异重8090起,296处热水管网漏热……"城市生命线"排除了危险,减少了损失,甚至是挽救了生命。

现代化工厂里,机器人比人多,比如江淮蔚来汽车车间里,97%的机器人干活,人当监工。可生产线上那些无所不能机器人的核心三大件"控制器、操作系统、仿真系统",全都被欧美垄断,想对我们"卡脖子",随时谁地即可实施。经开区"哈工大机器人(合肥)国际创新研究院",干的就是不让西方"卡脖子"的事,主要开发机器人、人工智能、智能装备及物联网领域的高新技术及成果转化。分三大块,创新研发、创业孵化、产业平台运营。"哈工大合肥研究院"与"清华合肥院"已成为双湖科创园里"智能科技园"最闪亮的两张名片。

我在哈工大合肥院机器人展厅里,看到了人工智能的神奇,有机器人军工、太空探测、公共安全、医疗、康养等。一台人工智能康养设备,从洗漱、按摩、调理、清洁、健身等功能一应俱全,全程智能化,几乎就是一个贴身保姆。哈工大机器人（合肥）国际创新研究院就坐落在南艳湖畔，沿着"创新研发—成果转化—产业培育"的战略性思路，与经开区共建的机器人即人工智能产业集群已经形成规模，超50家产业链上下游项目布局在各个领域，并打通制造"最后一公里"。目前入驻企业中，规模以上企业25家，国家高新企业20家，专精特新企业10家，其中主营食药自动化装备的合肥哈工龙延智能装备有限公司入选安徽省专精特新企业，产值过亿元，已完成5800万A轮融资。研究院完成科技成果转化项目18项，其中领云物联、哈工澳汀、合滨智能等转化公司相继完成市场化融资，"智慧工厂解决方案供应商"哈工龙延智能装备列入德国拜耳、英国联合利华等国际龙头企业的全球采购商名录；工业机器人职业教育领域的"独角兽"企业，哈工海渡跻身2017"中国品牌影响力100强"，焊研威达科技公司被誉为国内高端焊接龙头企业。

2016年入驻经开区的哈工大合肥研究院和清华合肥院目前每家产值在二三十亿，但利润甚至超过百亿产值的企业，一旦时机成熟，企业就会以几何级数增长，这就是高新技术企业的厉害之处。哈工大合肥研究院的厉害之处是，"哈工轩辕"操作系统的研发成功，2019年正式发布，这就相当于手机"安卓"和"苹果"系统一样，是机器人的大脑和灵魂，填补了机器人核心技术的空白，是对"卡脖子"技术壁垒的一次革命性的突破。

清华合肥院、哈工大机器人合肥研究院给经开区带来的不只是高新技术产业，重要的在于它们以强劲的实力在政、产、学、研的合作与合力中，将高校的科技成果和经开区的产业升级，同步推到了时代的风口。

南艳湖智能科技园里"悦芯科技"规模不大,但意义重大。我穿上密不透风的防护服,进入产品制造中心,里面正在组装和测试着一台台冰箱大小的机器,悦芯负责人告诉我,眼前是T800芯片测试设备,而悦芯研发的TM800已经打破了高端芯片测试由欧美、日韩垄断的格局,这个创业才6年的科技公司,在北京创立,2019年入驻经开区,从无到有,从7个人到100多人,产值也是翻番式增长,2000年全年产值为2000万,2021年半年产值为5400万,全年产值突破1个亿,订单份额已占到全国的市场的20%以上。重要的不在于数据,而在于高技术、高效益、高利润。悦芯科技之所以从北京搬到合肥,除了投资环境好,还有就是经开区有长鑫存储,有通富微电,来了悦芯,经开区在全球最顶端的芯片产业这一块,拥有了长鑫生产12寸晶圆,通富微做芯片封装,悦芯负责芯片测试,集成电路芯片生产在经开区形成了一条完整的产业链,而这一意义在实证着经开区集成电路战略正在走向和逼近产业集群的目标和效应。

为了抢占时代风口,经开区专门成立了创新转型升级办公室、科技局、自贸局,招商局另一个名称叫投资促进局。

已经站到了时代风口里的合肥经开区"十四五"的定位是打造"四区"。科技创新策源先导区、世界级先进制造业集聚区、高水平改革开放现行区、国际化都市圈新兴区。经开区南北两区,双城发力,目标是到2025年全区GDP实现1800亿,力争2000亿,产业规模超过5000亿。

那时候，当我们盘点成就和辉煌的时候，每个人都不会忘记，为了经开区的"二次腾飞"，全区上下举"洪荒之力"，几乎付出了全部的心血和智慧。

结　语

合肥经济技术开发区三十年的创业历程对于合肥这座城市的历史与未来都极具启示性意义。在一个既不沿海,也不临江的内陆城市发展工业化、现代化,其逆水行舟的难度是超出人们想象的,从这本书的开篇就能清晰地看出,经开区一路披荆斩棘,绝地反击,书写了一个"置之死地而后生"的生动案例,"新合肥"是一代人用青春和血汗换来的,合肥经开区的三十年奋斗史是合肥这座城市脱胎换骨的时代缩影,精神象征,这是一座城市和一代人的梦想。经过前后一年多的实地采访、人物专访、资料搜集、案头写作,我对合肥经济技术开发区有了一个相对清晰的认识和把握。

合肥经济技术开发区"再造新合肥"的奇迹首先归结于意识超前,观念领先。合肥经济技术开发区一开始的规划目标瞄准的就是工业化、城市化,建一座新城,而不是招几个企业,增加一点产值,修几条道路,建几个参观的景区。所以,当时在合肥人代会上遭到了普遍的质疑,在我看到的几份合肥市人大、政协的提案中,甚至有代表和委员要求追究建设合肥经开区决策者的责任。

正是因为意识超前、观念领先,所以,经开区追求的是高起点规划、大手笔建设,10.8公里框型大道就是为未来建的,而不是为当时建的。开发区的规划设计完全是国际化、现代化的视野与眼光,繁华大道、明珠广场、国际会展中心、明珠国际大酒店,都是超出了那个时代的经济承受能力和心理承受能力的。经开区的整体规划不仅科学,而且布局合理,现代意识、未来感极强。

第二,制度设计先进。经开区"97体改"设计的"小政府、大社会,小机构、大服务"行政体制,以及"政企分开、政事分开、市场化运作"运行机制,彻底改变和打破了传统体制和机制对行政效率、行政后果的消极影响。建立起了一个高效、服务、责任的政府,"两办八局"的小政府中,实行双向选择、全员聘用,打破身份界限,以事设岗,以岗定人,以岗定薪。经开区非常规的体制和机制在当时的合肥和安徽都是标新立异,先进的制度带来了开发区政府效能和个人潜能的最大化的实现,而且为全国的开发区行政体制设置提供最新的模板。后来继任者们继续完善和丰富这些制度,使其更具当代性和现实价值。

第三,抓住了关键和节点。"带领农民致富"和"两个安置""五项保障"制度全面实施,把农民当作资源而不是包袱,把农民当作亲人而不是别人,成功地解决了"三农"问题。许多把农民当作包袱的开发区不仅没甩掉包袱,而且越背越重。合肥经开区"三农"问题的解决不仅保证了开发区优质的投资环境,而且也推动和加快了工业化与城市化建设的步伐。贯穿其中的是"民生工程"和"以人为本"的理念,合肥经济技术开发区的行动远远走在了时代的前列,被国家商务部命名为

"合肥模式",向全国推广。

第四,抓准了项目。开发区建区一开始就把大项目和外资项目作为开发区主攻方向,把有限的土地出让给具有无限发展空间的企业。所以,最早进区的企业是日立建机、佳通、正大、可口可乐,还有半路夭折的兆峰陶瓷,都是大企业和外向型企业。后来提出"高、大、新"的招商主线,逐渐形成了以大项目为抓手,大力度引进高新企业和战略性新兴产业。杰事杰、捷敏、龙迅半导体等纷纷入驻。以大项目带动配套企业,形成产业链,打造产业集聚基地,成为整体化招商的一个新的实践。联想、海尔、日立等企业产业集聚度越来越高。

进入新时代,经开区"二次腾飞"的产业定位于集成电路、新能源汽车、人工智能、生物医药等战略性新兴产业,而且形成了长鑫存储、大众安徽、大健康研究院等世界级龙头企业,而且形成了丰满的产业链和产业集群生态体系。

第五,打造了一支高素质的队伍。再好的制度,没有人去实践,只能是纸上谈兵。合肥经开区高素质的队伍包括历届领导层,专业水平高、敬业精神强、意志品质硬,而且整齐划一,人心很齐,这是我在其他任何地方都没有看到过的一支队伍。开发区人才机制很适合人才的培育与成长,从1997年起,每年从上海等地引进100名优秀的大学生,放到社区、公司、农村、工地去锻炼后,这批年轻人在建设与生产第一线迅速成长,并成为骨干力量,如今经开区输送出去的20多名市县级领导干部基本上都是从农村、社区、工地上成长起来的大学生。经开区人才成长还有一个重要因素就是人才培养机制的合理与科学,经开区是以制度管人,而不是以人管人,干得好,就能上,干不好,上了也得被拿掉。人在这种环境中,时刻都要保持向上的努力,才能有向上的发展空间。

经开区取得辉煌成就的因素还有很多,但上述的分析判断更多地侧重于个人化的感受,所以与常规的表述就可能有些差异。比如,上述总结用"改革创新"四个字就可以完成全涵盖,我是将"改革创新"进行了具体化的阐释和表述。

其实,一个地方的发展,没有领导和上级政府的支持和重视是不可能实现的,合肥经济技术开发区当然也不例外,比如,当初以钟咏三为市长的合肥市政府虽拿不出钱来支持经开区,但政策上是倾力支持的,还有后来的市委书记孙金龙、吴存荣、宋国权、虞爱华以及许许多多的领导都是在经开区最需要的时候,站了出来,身先士卒,直冲一线,敢于拍板,坚决支持。因为支持所属区域的经济建设与社会事业发展,已成为合肥市委市政府领导的常态性的工作之一,所以不再单列出来单独总结。

三十年后的合肥经济技术开发区无疑已经成了安徽省最具发展实力、最具发展活力、最具发展潜力的区域之一。它是安徽的第一个千亿级开发区。

从麦田的第一锹土,到站上 1000 亿产值门槛,合肥经济技术开发区用了整整十七个年头。

2021 年,合肥经开区工业总产值越过 3000 亿。

2023 年合肥经济技术开发区即将实现工业总产值 4000 亿。这是跨越式发展中的几何级数的飞跃。

经过三十年艰苦卓绝的努力与九死不悔的奋斗,合肥经济技术开发区后来居上,昂首跨入全国开发区第一方阵,从最初的中西部16个开发区综合排名第一位,到位列全国217个国家级经开区第六名,长三角第三名,从最初开加油站造水泥涵管到如今制造联合利华、海尔、联想、蔚来、大众等世界品牌,从一个遍地麦田和油菜地的农村到一个崭新的现代化城市,当工业化、城市化、现代化的梦想已经变成现实后,人们都想破译这传奇背后的密码,答案既复杂,又简单,那就是,在这个世界上,只有不敢走的路,没有走不通的路。

"天若有情天亦老,人间正道是沧桑。"

如今的合肥经济技术开发区不仅实现了当初"开放开发,再造新合肥"的梦想,而且展示了合肥在改革的历史大潮中艰苦创业、九死不悔、勇于创新、奋起直追的勇气和决心。这是一笔宝贵的精神财富,它比千万亿产值更有意义。

合肥经济技术开发区的辉煌成就除了见证一代人的奋斗历史,还见证了合肥乃至安徽已经从传统的农业社会走进了现代工业化的时代,走进了科技创新的时代。罗马不是一天建成的,合肥也不是靠一晚上成为网红城市的,当读者合上这本书的时候,一个结论已经形成了,崭新的合肥是"拼来的",而不是"赌来的",至于网络上关于"霸都"的传说,第一声冲锋号是在三十年前的麦田里吹响的。